Sur

Jean Anglade est né en 1915 à Thiers, en Auvergne, d'une mère domestique et d'un père ouvrier maçon. Formé à l'École normale d'instituteurs de Clermont-Ferrand, il enseigne à la ville, puis à la campagne, tout en continuant ses études, pour devenir professeur de lettres, puis agrégé d'italien.

Il a trente-sept ans lorsqu'il publie son premier roman, *Le chien du Seigneur*. À partir de son dixième roman, *La pomme oubliée* (1969), il consacre la plus grande part de son œuvre à son pays natal, ce qui lui vaudra d'être surnommé le "Pagnol auvergnat". Romancier – il a plus de trente-cinq romans à son actif –, mais aussi essayiste, traducteur (de Boccace et de Machiavel), il est l'auteur de plus de quatre-vingts ouvrages, et explore tous les genres : biographies (Pascal, Hervé Bazin), albums, poésie, théâtre, scénarios de films.

Jean Anglade a beaucoup voyagé, et habite aujourd'hui près de Clermont-Ferrand.

LE GRILLON VERT

DU MÊME AUTEUR
CHEZ POCKET

LA BONNE ROSÉE
LE JARDIN DE MERCURE
UN PARRAIN DE CENDRE
LES PERMISSIONS DE MAI
QUI T'A FAIT PRINCE ?
LE TILLEUL DU SOIR
LE TOUR DU DOIGT
LES VENTRES JAUNES
LE VOLEUR DE COLOQUINTES
UNE POMME OUBLIÉE
Y'A PAS DE BON DIEU
LA SOUPE À LA FOURCHETTE
UN LIT D'AUBÉPINE
LE SAINTIER
LA MAÎTRESSE AU PIQUET

# JEAN ANGLADE

LE GRILLON VERT

PRESSES DE LA CITÉ

Le Code de la propriété intellectuelle n'autorisant, aux termes de l'article L. 122-5, (2° et 3° a), d'une part, que les « copies ou reproductions strictement réservées à l'usage privé du copiste et non destinées à une utilisation collective » et, d'autre part, que les analyses et les courtes citations dans un but d'exemple et d'illustration, « toute représentation ou reproduction intégrale ou partielle faite sans le consentement de l'auteur ou de ses ayants droit ou ayants cause est illicite » (art. L. 122-4).
Cette représentation ou reproduction, par quelque procédé que ce soit, constituerait donc une contrefaçon sanctionnée par les articles L. 335-2 et suivants du Code de la propriété intellectuelle.

© Presses de la Cité, 1998.
ISBN 2-266-09432-7

« L'unique peintre de ce bourg repeignait la boutique austère et fredonnait quand de la gare s'en revenaient les deux uniques voyageuses indifférentes à cet amour que menait partout le printemps mais il est des chants qui poursuivent et que nous ramène une brise.
Ô monde je ne puis te construire sans ce peintre et sans ces deux femmes. »

Jean FOLLAIN, *Exister*

1

Son putain de crâne chauve avait exactement la forme d'un œuf d'autruche. Il s'en montrait assez fier : « Signe d'intelligence ! » affirmait-il. Il se vantait d'avoir fait des études au collège le plus huppé de la ville, Godefroy-de-Bouillon, jusqu'au baccalauréat. Bachot non compris. Dessous, un nez élégant et une moustache conquérante, frisée au fer chaque matin. Il blésait un peu en parlant :

— Ze ne roule mes cigarettes que dans le papier Zob. Zob, Zob, Zob ; telle est ma devise.

Fier également de son prénom, Maxime, parce qu'une mitrailleuse allemande le portait, qui avait fait des ravages dans les rangs de l'armée française en 14-18. Au restaurant-comptoir Chabanne-Esbelin, il était en tête des meilleurs clients. Il arrivait vers les onze heures ; il se levait tard, en qualité de travailleur de la nuit. Tout de suite juché sur un tabouret devant le zinc, il commandait un mêlé-cass. Vin rouge (bordeaux de préférence) avec un doigt de cassis.

— Z'ai le palais délicat. Le rouze pur me fait tousser.

Madame Elise le servait comme un client ordinaire, quoiqu'il fût spécial sur plus d'un point. Ainsi, il prétendait avoir trois filles.

— Rien que des filles ? s'étonnait madame Chabanne. Pas de garçon ?

— Chacun prend ce que Dieu lui envoie, répondait-il avec un regard vers le plafond.

Au bout de la rue Fontgiève, un tondeur de chiens avait fait peindre sur sa façade CANICULTEUR. Ce qui, de toute évidence, le mettait au niveau des agriculteurs, des apiculteurs et même des aviculiculteurs. La beauté du terme avait donné au barbier Misson l'idée de se promouvoir PILICULTEUR. Chaque homme a soif d'élévation. Si bien que, lorsque madame Elise Chabanne cherchait à s'informer sur la profession de ses filles, Maxime répondait mystérieusement :

— Elles sont vénéricultrices. C'est un travail de nuit. Le mot vient du grec. Faut pas chercher à comprendre le grec.

— Quelque chose qui ressemble à la médecine ?

— A peu près.

Par discrétion, elle n'insistait pas. Il n'y a pas de sot métier. Tu gagneras ton pain à la sueur de ton front. File, Perpétue, si tu veux aller vêtue. Madame Elise connaissait tous les bons proverbes.

Maxime se mettait donc au comptoir vers les onze heures du matin. Après trois ou quatre mêlé-cass, il descendait de son tabouret, levait légèrement son canotier à la saison sèche, son chapeau melon à la pluvieuse, disant :

— Je vais me restaurer.

— Vous avez remarqué, répliquait madame Elise, que cette maison est aussi un restaurant ? Tout à votre service.

— Je vous remercie ; mais je me restaure chez mes filles.

On le revoyait l'après-dîner. Il s'installait à une table, demandait un jeu de cartes, commençait une réussite tout en dégustant un café carabiné, avec délicatesse, du bout des doigts et du bout des lèvres. Pendant ce jeu de patience, il entrait véritablement en conversation avec les cartes, on voyait sa bouche faiblement remuer, comme s'il les exhortait. Autour de lui, les buveurs ordinaires, caoutchoutiers, balayeurs, plâtriers, goujats, meneurs de bœufs, baissaient le ton pour ne pas troubler ces manœuvres incantatoires. Que demandait-il à son tripot ? Nul ne le sut jamais. Mais on voyait ensuite, selon la réponse, son visage s'éclairer ou s'éteindre. Maxime offrait une tournée générale ou s'enfonçait sombrement dans la lecture de son journal favori.

La presse clermontoise comptait alors de nombreux titres. *Le Moniteur du Puy-de-Dôme*, quotidien d'information sans couleur politique. *L'Avenir du Plateau central*, ainsi nommé parce qu'il avait son siège et son imprimerie en haut de la rue du Port, organe de la droite cléricale et capitaliste. *Le Cri du Peuple*, communiste. *La Montagne*, qui affichait des opinions démocratiques, socialistes, voire révolutionnaires à en croire ses placards de publicité : ils montraient un Montagnard en bonnet phrygien à la tribune de la Convention. *La Nouvelle France*, qui soutenait les intérêts de la femme. *Le Canard clermontois*, qui se nourrissait d'humour et de satire. Mais *Le Cri du Puy-de-Dôme*, bimensuel, se disait républicain catholique. Rien de tout cela n'intéressait monsieur Maxime. Il lisait uniquement *Le Soleil d'Auvergne*, qui s'affirmait « hebdomadaire d'action nationale », sous la direction de Jean Vissouze, imprimeur, 25, rue Gaultier-de-Biauzat. Lorsqu'il pensait avoir un auditoire attentif, monsieur Maxime proposait :

— Me permettez-vous de vous lire, de vous communiquer quelques rayons de mon *Soleil d'Auvergne* ?

Le public opinait, se disant qu'il valait mieux

entendre ça que d'être sourd. Et Maxime commençait :

— *De l'avis de tout le monde, le parlementarisme agonise. L'homme de la rue n'a plus aucune confiance dans ses élus. Les journaux, qu'ils soient de droite ou de gauche, se préoccupent de régénérer le régime qui meurt...* Me, me, me, je passe. *Chacun sent confusément que la France a besoin d'un grand changement, qu'il faut mettre de l'ordre dans le chaos. On réclame à tous les échos un chef, un dictateur, quel qu'il soit...* Me, me, me... *Nous faisons la figure de l'homme qui s'accroche à un crocodile pour éviter de se noyer. Il nous faut plus de sérieux, plus de sérénité, plus de calme. D'accord sur la malfaisance du régime présent. Mais orientons l'opinion vers une solution raisonnable ayant pour elle l'expérience des siècles. Vers le puissant courant qui entraîne les meilleurs esprits d'aujourd'hui : la restauration de la monarchie...*

Suivait un certain nombre de définitions :

— *Démocratie : état pathologique intermédiaire entre la folie et la raison. On marche la tête en bas. On raisonne juste sur des prémisses fausses. Les escargots commandent aux lièvres, et ceux-ci aux lions. Doctrine philosophique pour protozoaires. République : elle ne saurait être le gouvernement du peuple, mais seulement celui d'un parti. Monarchie : gouvernement d'un homme indépendant, dévoué au bien de tous...*

Les clients du café-comptoir comprenaient que monsieur Maxime était royaliste. Ils en rigolaient sous leur moustache : déjà pourvus d'un roi de trèfle, d'un roi de pique, d'un roi de cœur et d'un roi de carreau, ils n'éprouvaient aucunement, pour en avoir déjà goûté, le besoin d'un roi de cour. Mais, respectant le vénériculteur à cause de ses tournées royales, ils dissimulaient leur indifférence.

Lui aussi dissimulait le fond de son cœur, qu'il ne découvrait que lorsqu'il se trouvait entre quatre-z-oreilles avec la patronne du bistrot. Car, antirépublicain, antidémocrate, antisocialiste, anticommuniste, anticégétiste, il nourrissait également une profonde aversion contre les ouvriers de Michelin, de Torrilhon, de Bergougnan :

— Chère madame Elise, dites-moi quand donc ces individus seront satisfaits ! Ils ont obtenu la journée de huit heures, le 1er mai chômé et payé. Ils sont logés, instruits, soignés par leurs patrons. Ils ont une église particulière, des écoles, une clinique, des épiceries à prix réduits, une piscine. Quelle bande de feignants et de parasites !

Elise entendait ces critiques comme elle aurait entendu le latin de la messe : sans y rien comprendre. « Ça m'entre par une oreille, se confiait-elle à elle-même, et ça ressort par l'autre. »

Certains jours, son comptoir devenait un mur des lamentations. Paulo, qui faisait tenir par sa femme un petit commerce de fruits et légumes de France et d'Algérie, ce qui lui permettait d'affirmer fièrement « Je suis primeur ! », Paulo se plaignait des taxes d'octroi que devaient payer les paysannes lorsqu'elles descendaient de Durtol ou de Nohanent et arrivaient à l'entrée de la rue Fontgiève :

— Un de ces jours, prophétisait-il, le peuple se révoltera et foutra le feu à ces bureaux !

Terzian, le savetier arménien, se plaignait de Philomène, sa voisine du dessus, qui lui flanquait le mauvais œil chaque fois qu'il allait parier aux courses de Vichy :

— Faudra absolument que je lui arrache les deux yeux de mes propres doigts !

Il les brandissait, longs, crochus, très opérationnels.

Monsieur Auguste Aussoleil, qui portait un patronyme prédestiné à l'éclairage, allumeur de réverbères, gémissait sur l'électrification qui menaçait la ville. Les rues de Clermont ne connaissaient encore que le gaz de houille. L'électricité nécessaire au fonctionnement des tramways était produite par une petite usine, avenue de la République. Les allumeurs, leur perche sur l'épaule, se rassemblaient le soir devant la mairie en attendant l'heure fatidique que sonnait l'angélus à la proche cathédrale. Dès le premier coup, ils s'éparpillaient en courant, chacun ayant à cœur d'apporter la lumière dans son quartier avant les autres. Arrivés à pied d'œuvre, ils tournaient un robinet, le gaz montait dans les réverbères. L'homme pressait une sorte de poire à lavement, le souffle d'air produit couchait la flamme au sommet de la perche, le bec et le manchon irradiaient. Au petit jour, l'allumeur se faisait extincteur en bloquant les robinets d'admission.

— Nous sommes une trentaine comme moi, se désolait monsieur Auguste Aussoleil. Trente chômeurs en perspective !

— Le progrès est inévitable dans sa marche en avant, répondait monsieur Maxime. Ah ! la modernité, cher ami ! La modernité !

Déjà, de nombreux propriétaires affichaient sur leurs façades *Eau, gaz, électricité à tous les étages*. L'hôtel-restaurant-comptoir Chabanne-Esbelin n'était pas à la traîne, puisque ses vingt chambres et ses salles communes jouissaient de la lumière électrique. Même si les anciens tuyaux du gaz restaient par endroits accrochés aux plafonds. Les ampoules avaient la forme d'une poire bon papa et se terminaient par une pointe de verre ; on distinguait à l'intérieur le tire-bouchon du filament. Les commutateurs, faits d'un petit levier en faux ivoire, se tournaient uniquement dans le sens des aiguilles d'une montre, pour allumer comme pour éteindre.

Il vint une jolie dame. Parisienne de la tête aux pieds, de son chapeau à plumes jusqu'à ses bottines à boutons de nacre. Venue rendre visite à sa cousine, religieuse de Saint-Vincent, employée à l'institution des aveugles, elle avait profité de son passage à Clermont-Ferrand pour admirer le pont naturel et les petites merveilles de la fontaine pétrifiante. Il faisait chaud, elle avait soif. Madame Elise lui prépara un diabolo menthe.

— Vous permettez ? s'imposa monsieur Maxime.

Il lui prit le plateau des mains et présenta lui-même le verre, la soucoupe, la carafe. En même temps, il sortit ses grandes manières et engagea la conversation avec la dame. Il avait beaucoup voyagé dans sa prime jeunesse et connaissait Paris aussi bien que Fontgiève. De son comptoir, madame Chabanne, ébahie, l'entendait évoquer des lieux magnifiques, qu'elle ne connaissait que par ouï-dire : Montmartre, la Concorde, le Trocadéro, Pigalle, Belleville. Et par ouï-chanter :

> *... Et si tu n'l'as pas vu*
> *T'as qu'à monter là-d'ssus :*
> *Tu verras Montma-artre !*

Ils échangeaient ces noms de l'un à l'autre comme deux joueurs de tennis échangent des balles. Au terme de la partie, la jolie dame voulut payer son diabolo. Monsieur Maxime s'y opposa galamment :

— Faites-moi l'honneur, madame, d'accepter ce breuvage pour le plaisir que j'ai pris à votre compagnie.

Comment refuser ? Il alla plus loin :

— A quel hôtel êtes-vous descendue ?

— A l'Albert-Elisabeth. Je ne connaissais pas le Chabanne-Esbelin, pardonnez-moi.

— C'est un peu loin. Je serais infiniment heureux si vous me permettiez de vous y transporter.

— Ma foi... avec grand plaisir.

— Je sors ma monture, et nous partons.

Monsieur Maxime ne reculait devant aucun vocable. Déjà, la Parisienne se vit assise en amazone sur une blanche haquenée. L'instant d'après, il repassa la tête par la porte entrouverte.

— En route !

Elle dit gracieusement au revoir à tous les consommateurs. Quand elle fut dehors, il était trop tard pour reculer ; l'homme au crâne ovoïde l'emporta sur le cadre de sa bicyclette Landru. Nom peint en lettres blanches sur le tube bleu. Sait-on que cet illustre criminel avait commencé sa carrière comme fabricant de vélocipèdes ? Lors de sa vie parisienne, monsieur Maxime avait été son client et son ami.

Fontgiève ne sut plus rien de la dame au chapeau plumé. Fut-elle introduite dans la vénériculture ? Confiée à un confrère de monsieur Maxime ? Brûlée dans un fourneau ?

2

La mémoire de la famille remontait seulement à la naissance, vers 1825, d'une arrière-grand-mère maternelle prénommée Marie-Antoinette. En hommage sans doute à la reine guillotinée. On savait qu'elle avait donné le jour à dix-huit enfants, dont cinq ou six morts en bas âge. Le reste s'était dispersé dans les campagnes auvergnates ou limousines.

Parmi ces dix-huit, du moins, grand-mère Clémence. Elle épousa vers 1880 Adrien Esbelin, originaire d'Orcines. A seize ans, il liait des fagots de bois mort dans les forêts et descendait les vendre au marché de Clermont. Quatre ans plus tard, marchand de vaisselle en terre et en faïence, il allait de village en village, de ferme en ferme, proposer des écuelles, des bols, des assiettes qu'il faisait venir de Digoin. En retour, il achetait les vieux chiffons, les ferrailles, les toisons de brebis et même les vieux meubles, qu'il revendait à la brocante qui se tenait une fois par mois place Fontgiève.

Le quartier lui plut. Le nom descendait sans doute d'une antique fontaine juive, remplacée depuis longtemps par plusieurs fontaines chrétiennes. Y compris des fontaines guérisseuses. Celle de Saint-Alyre alimentait une petite buvette, mais ne coulait point en hiver, ayant coutume, comme l'avait constaté la clientèle, de tarir et de se perdre chaque année à la chute des feuilles du noyer, puis de ressurgir à leur pousse. Quoique très limpide, elle avait une saveur aigrelette due à la présence de divers sels. Elle alimentait aussi un établissement de bains hygiéniques qui combattaient plusieurs affections. Enfin, une dérivation était dirigée vers une cabane de planches ; l'eau tombait en cascatelles sur les objets qu'on y exposait, feuilles d'arbre, figurines, médailles ; ils se recouvraient d'une couche de calcaire blanche ou ivoirine, assez épaisse pour laisser croire que ces objets avaient été pétrifiés. Cette curieuse vertu inspira une romance à un poète local, monsieur Bouvardet ; il la récitait dans les bistrots, très applaudi par les buveurs de spiritueux :

> *Source, dont l'onde lentement*
> *Tombe d'une roche jaunie,*
> *Toi dont le pouvoir étonnant*
> *Détruit, dessèche et pétrifie,*
> *As-tu donc endurci son cœur*
> *En désaltérant mon Adèle ?...*
> *Quand sur tes bords mon créancier*
> *Viendra chercher un frais asile,*
> *Ah ! songe à le pétrifier*
> *Afin que je dorme tranquille.*

Les sources de Saint-Alyre avaient fait mieux, en construisant au cours des siècles, molécule par molécule, un pont de calcaire, dit pont Naturel ou pont du Diable. Il enjambait la Tiretaine de son arche unique, couronnée de végétations hirsutes. Rue Sainte-Claire jaillissait aussi une eau sauvage, appelée le *gargalhou* à cause de son bouillonnement.

Malgré ces exubérances, le quartier de Fontgiève ressemblait à la fin du siècle dernier à un village, avec ses étables et ses chèvreries, ses repasseurs de couteaux, ses raccommodeurs de porcelaines et de parapluies. Dans cette foule vociférante, bêlante, aboyante, passaient quelquefois les pantalons garance d'un bataillon de chasseurs. La caserne de la Chasse avait été jadis une maison de retraite pour le clergé du diocèse, confisquée à la Révolution. Les ruelles adjacentes ne jouissaient pas cependant d'une odeur de sainteté. Le souvenir de quelques glorieux apaches — Antoine Gardette, chevalier de la pince-monseigneur ; Joseph Vaysset, dit le Parisien ; Jean Brebouillet, dit le Lyonnais… — leur avait valu le titre de « Petit Cayenne ». L'industrie caoutchoutière en fit un quartier ouvrier, beaucoup plus respectable.

Rien ne prédisposait Clermont-Ferrand à devenir la capitale mondiale du caoutchouc. Pas le moindre plant d'hévéa n'honora jamais ses alentours. Le *caoutchou* (orthographe première) avait été rapporté du Brésil en 1740 par le mathématicien La Condamine, parti là-bas mesurer la longueur du méridien terrestre. Mais les Britanniques furent les premiers à utiliser cette gomme pour en faire des toiles imperméables. C'est une histoire d'amour qui le transporta en Auvergne.

Miss Elisabeth Pugh Parker, Ecossaise, nièce du manufacturier Mac Intosh, avait un joli nez pointu et quelques taches de rousseur sur le visage, juste ce qu'il fallait pour qu'on ne la prît point pour une Anglaise. Venue à Paris pour améliorer son français, elle fréquenta madame veuve Daubrée, qui tenait un pensionnat. Son fils Edouard, grand jeune homme de trente ans, officier de chasseurs, tomba amoureux de ce nez et de ces taches. Ils s'épousèrent en 1829.

Elle avait dans le sang le germe des affaires. Elle poussa son mari à créer une entreprise en Auvergne, où il avait servi. Associé à son cousin Aristide Barbier, un ancien notaire ruiné par la révolution de 1830, il choisit le site de Lavaure, près des Martres-de-Veyre, sur les rives de l'Allier, pour installer une sucrerie. Un tambour de ville lut une proclamation dans les villages environnants :

— Avis à la population ! Messieurs Barbier et Daubrée informent les producteurs de betteraves sucrières qu'ils sont acheteurs de toutes quantités de ce légume. Ils le paieront au juste prix selon ses qualités. Ils sont également disposés à recruter des ouvriers payés soixante centimes chaque jour du lever au coucher du soleil. Les personnes intéressées doivent se présenter à la porte de leur établissement de Lavaure dans la semaine qui suit. Qu'on se le dise !

Soixante centimes représentaient vers 1830 l'achat de trois kilos de pain bis. Les économistes de l'époque soutenaient la nécessité absolue du chômage et des bas salaires : « Il est très important de retenir l'ouvrier dans un besoin continuel de travail ; de ne jamais oublier que le bas prix de la main-d'œuvre non seulement est avantageux en lui-même pour le fabricant, mais rend l'ouvrier plus laborieux, plus réglé dans ses mœurs, plus soumis aux volontés qu'on lui impose » (P. Brisson, *Histoire du travail*). En conséquence, les deux cousins trouvèrent autant de bras qu'ils en voulurent. Toutefois, une année plus tard, une inondation de l'Allier emporta leur usine, leur matériel et leurs espérances sucrières.

Loin de se décourager, ils repartirent vers un autre lieu, vers une autre aventure. Ils louèrent dans Clermont un local entre la rue des Jacobins et l'actuel passage Godefroy-de-Bouillon. Avec l'aide de quelques chaudronniers et forgerons professionnels, ils fabriquèrent des pompes, des charrues, des faucheuses, des locomobiles. De son côté, madame Elisabeth Daubrée se rappela l'article qui avait fait la fortune de son oncle : la toile caoutchoutée. La voilà qui trempe un pinceau dans une dissolution de gomme et de benzine, badigeonne elle-même des rectangles de toile sur une table. Elle en confectionne des imperméables [1]. Puis, diversifiant sa production, elle fabrique des jarretières, des blagues à tabac, des tétines de biberon, des ceintures, du fil élastique, des tuyaux. Elle-même et ses ouvrières découpent au sabre les blocs de gomme brute importée du Brésil, dont elles consomment vingt-cinq kilos par jour.

Le local devient trop petit. On achète, on transforme un ancien moulin sur la Tiretaine. Bientôt l'entreprise emploie près de la chapelle des Carmes-Déchaux une centaine de personnes, dont quatre-vingts femmes. Elles viennent à pied, en sabots, de Montferrand, d'Aubière, de Gerzat. Elles travaillent quinze heures par jour pour un salaire de dix-huit sous.

Afin d'amuser ses enfants, Elisabeth eut l'idée de former des pelotes avec des chutes de ce caoutchouc qui avait gagné un *c* final. Les balles qui en résultaient rebondissaient à merveille, contrairement aux vieilles balles de chiffon. Elles devinrent une rage parmi les amies des petites Daubrée, puis parmi les jeunes Clermontoises. D'où une fabrication nouvelle. On habillait ces balles avec des étoffes multicolores. Elles souffraient toutefois d'un inconvénient : le froid les durcissait et les empêchait de sauter. Avant de s'en servir, les fillettes devaient les pétrir entre leurs mains ou les réchauffer dans leur corsage. Mais voilà que l'Américain Charles Goodyear imagine en 1839 un procédé qui, ajoutant du soufre au caoutchouc, corrige ce durcissement. La vulcanisation est inventée. Goodyear ayant négligé de la protéger par un bre-

---

1. Le mot anglais *mackintosh* et son abrégé *mack* désignent un imperméable.

21

vet, l'entreprise Barbier-Daubrée s'en empare sans lui demander si le nez lui chatouille. Pour malaxer ensemble la gomme et la fleur de soufre, Barbier fabriqua un pétrisseur. Déjà il pensait qu'on pourrait un jour garnir de caoutchouc les roues des fiacres et calèches ; ce qui ne devait se réaliser que bien plus tard. En attendant, on orientait l'emploi de la gomme élastique vers les débouchés industriels : joints pour machines hydrauliques, siphons autoflueurs, amortisseurs ferroviaires. En 1846, l'usine des Carmes était la plus grande productrice de caoutchouc manufacturé de France, sans qu'il en revînt un centime à l'imprévoyant Goodyear.

Déjà se développait dans la maison ce qui serait plus tard « l'esprit Michelin » : maigres salaires, exactitude dans la besogne, ordre, sobriété, morale, religion. Patrons pointilleux, exigeants, inquisiteurs. Crayons usés jusqu'au dernier centimètre. Mais les ouvriers venaient de la campagne, où ils étaient petits propriétaires. La paye réduite mettait du saindoux dans leurs épinards. Ils trouvaient que les choses allaient très bien ainsi. En 1848, tandis que Paris était en feu, ils ne levèrent pas le nez de leurs machines.

En 1852, la fille aînée d'Aristide, Adèle Barbier, épousa un employé aux douanes et artiste peintre d'origine champenoise, Jules Michelin. Cette même année, la maison Barbier-Daubrée fut enfin traînée en justice par Charles Goodyear. Grâce à de bons avocats et à des juges français animés de sentiments patriotiques, elle gagna son procès. Le plaignant n'eut plus qu'à mourir ruiné. Après cette grande victoire de l'Auvergne sur l'Amérique, le gendre de monsieur Barbier, renonçant à devenir le Douanier Rousseau, entra dans les affaires beau-paternelles.

Le chemin de fer, arrivé à Clermont, apporta de nouvelles facilités à l'industrie. L'ancien moulin sur la Tiretaine était devenu une importante usine qui crachait haut dans le ciel ses fumées. Parallèlement, la famille patronale s'était développée, devenant une véritable tribu où les femmes rivalisaient de fécondité : plusieurs devaient produire jusqu'à neuf ou dix enfants. Obsession du rendement, sans doute. La concurrence la stimulait aussi : celle de l'Angleterre ; celle d'un rival auvergnat, Jean-Baptiste Torrilhon, installé à Chamalières.

Jules Michelin partageait son temps entre la peinture et le caoutchouc, sans grand talent ni d'un côté, ni de l'autre. Son mérite principal fut d'engendrer deux fils, André et Edouard, qui devaient donner à l'entreprise une impulsion décisive. Elle en avait grand besoin. A la fin du XIXe siècle, les ouvriers ne recevaient plus régulièrement leurs salaires, les banques refusaient tout nouveau crédit, les fournisseurs ne fournissaient plus. Ce qui sauva l'industrie périclitante fut l'invention du vélocipède, puis de la bicyclette, qui se mirent à rouler sur pneumatiques collés à la jante : une autre invention étrangère, du vétérinaire écossais John Boyd Dunlop. Mais, en cas de crevaison, le mécanicien avait besoin de trois heures pour réparer. Edouard Michelin eut cette idée géniale :

— Il nous faut fabriquer un pneumatique facilement démontable, qui puisse être changé en un quart d'heure, sans l'intervention d'aucun spécialiste. Mettre la crevaison et sa réparation à la portée de tous les imbéciles.

Vaste clientèle !

Vinrent les pneumatiques à l'usage des fiacres, puis des automobiles. Avec des hauts et des bas. En 1895, une voiture baptisée l'*Eclair*, non point à cause d'une vitesse foudroyante, mais parce que la direction capricieuse la faisait parfois zigzaguer sur la route, prit part à la course Paris-Bordeaux. Equipée de pneumatiques Michelin. L'état des chaussées, l'inexpérience des conducteurs, soixante crevaisons, deux incendies, des rayons brisés et remplacés, deux vitesses sur trois bousillées, une émeute, trois chiens écrasés, un cheval emballé, un carburateur dessoudé et recollé au mastic, de l'eau dans l'essence, un accès d'apoplexie ne l'empêchèrent pas d'arriver, mais avec quarante heures de retard sur une Panhard-Levassor, montée sur jantes de fer. Un *Eclair* cabossé, méconnaissable, bruni par les flammes. Bref, un *Eclair* au chocolat.

Avec un sens aigu de la publicité, les deux frères directeurs, Edouard et André, aussi barbus l'un que l'autre, lancèrent néanmoins une affiche publicitaire qui montrait un gros bonhomme glabre construit de pneus superposés, levant une coupe emplie de cailloux pointus. Légende : *Nunc est bidendum.* Traduction libre : le pneu Michelin boit l'obstacle. Bibendum venait de naître. Et avec lui les Bibs, ses ouvriers.

Une troisième entreprise caoutchoutière clermontoise, celle des frères Bergougnan, aussi barbus que les Michelin, s'installa dans le quartier de Fontgiève. Spécialisée dans les bandages pour camions, les tuyaux, les semelles. Chaque nuit, un spécialiste de la contre-publicité parcourait la ville à la recherche des placards MICHELIN BOIT L'OBSTACLE, afin de coller par-dessous cette bande : ET IL EN CRÈVE.

Les quatre barbus s'opposaient dans leurs productions, mais aussi dans leurs esprits. Michelin voulait s'attacher chaque membre de son personnel du berceau jusqu'au cercueil. Né dans une « maternité Michelin », l'enfant fréquentait l'« école Michelin ». Il acquérait ensuite une spécialité par un « apprentissage Michelin ». Habitait un pavillon ou un appartement dans une « cité Michelin », avec jardin potager pour occuper ses dimanches. Il allait à la messe en l'église dite « Jésus ouvrier », peu soucieuse de faire savoir que Jésus de Nazareth ne fut jamais prolétaire, mais artisan menuisier, ce qui est une tout autre condition. Il pratiquait le sport dans les rangs de l'ASM, « Association sportive Michelin ». Achetait son épicerie dans une « coopérative Michelin ». Se faisait enlever l'appendice à la « clinique Michelin ». Les rues des quartiers bibendomesques portaient des noms édifiants : rue du Devoir, rue du Courage, rue de la Vaillance, rue de la Foi, rue de la Confiance, rue de la Bonté, rue de la Charité, rue de l'Amitié, rue de la Bienfaisance, rue de la Volonté, rue de l'Espérance. A moins que ces vertus caoutchoutières ne fussent remplacées par des noms fleuris : allée des Pommiers, des Lilas, des Bruyères, impasse des Eglantiers, des Hortensias, des Résédas, des Œillets… En fin de course, le bon Bib recouvrait enfin la liberté de se faire enterrer au cimetière de son choix.

Chez les Bergougnan, aucun de ces privilèges obligatoires n'avait cours. Les syndicats faisaient des gorges chaudes du « paternalisme Michelin » ; mais la plupart des syndiqués y aspiraient secrètement.

Au total, directement ou indirectement, le caoutchouc assurait une réelle prospérité à la ville et aux communes circonvoisines. A partir de 1906, Bibendum commença de s'implanter hors de France. Tout cela dérivait du joli nez de miss Elisabeth Pugh Parker.

Etablie sur la rive gauche de la rue Fontgiève en regardant le puy de Dôme, l'usine Bergougnan employait déjà plusieurs milliers d'ouvriers. Le grand-père Adrien Esbelin jugea qu'il y avait là beaucoup de gosiers à désaltérer, beaucoup d'estomacs à repaître. Il emprunta cinq cents francs à un curé, trois mille francs à un notaire et acheta la maison qui faisait angle avec la rue Haute-Saint-André. C'est ainsi que fut fondé l'hôtel-restaurant-comptoir Esbelin. On loge à pied, à cheval et en voiture. On prend des pensionnaires. Il comprenait au rez-de-chaussée deux espaces publics : la salle à boire et la salle à manger, avec une table commune de douze couverts ; invisible, la cuisine où grand-mère Clémence marmitonnait avec l'aide d'une servante. Aux étages, les vingt chambres. Par-derrière, la cour, la remise, l'écurie, dont l'accès donnait sur la place du Passeport. Le ravitaillement en fruits, légumes, produits de basse-cour était commode grâce à la proximité du marché Saint-Pierre. D'une boucherie voisine provenaient les viandes, de préférence bas morceaux, foies, cœurs, mous, tripailles. Aubière fournissait le vin, le gros rouge qui console et fait pisser.

Ne se sentant pas assez utile dans la maison, Adrien ajoutait à ses hôtelières des activités de camionnage à travers la ville. Derrière son cheval percheron, il allait même jusqu'à Pont-du-Château chercher du sable et du gravier pour les maçons. Quotidiennement, il descendait aussi à la gare du PLM avec une charrette, qui portait sur le flanc cette inscription : HÔTEL-RESTAURANT ESBELIN. Attraper et ramener des voyageurs, c'était un peu comme pêcher la truite dans la Tiretaine : il revenait souvent bredouille.

Clémence et Adrien avaient donné le jour à deux filles, la blonde Elise, née en 1888, la brune Maria, née en 1892, et à un garçon, Pierre, né en 1890. La dernière année du siècle, grand-père Esbelin mourut sous les roues de sa propre voiture. On l'enterra au cimetière des Carmes.

Le cheval fut vendu. Clémence resta seule pour élever ses trois gosses, gouverner l'hôtel, rembourser les dettes.

— Je te garde, dit-elle à sa femme de chambrefille de salle-aide cuisinière, pour la nourriture et le coucher. Mais je ne peux pas te verser de salaire. Sinon, je n'ai plus qu'à mettre la clé sous la porte. Plus tard, peut-être… Mais je te soignerai si tu es malade.

Marinou accepta ce marché. Pareille à une bonne de curé, elle resta cinquante ans au service de l'hôtel, sans autres gages que les pourboires d'occasion. Un infime casuel. De temps en temps, les jours d'affluence, madame Esbelin appelait à son secours une pensionnaire du proche hôpital-hospice qu'elle employait à effiler les haricots, à gratter les carottes, à éplucher les pommes de terre, et qui retournait à son asile en fin de journée lestée de deux bons repas.

Dès leur plus jeune âge, ses enfants mirent aussi la main à la pâte. Elise et Pierre, les deux aînés, allaient notamment chaque après-midi attendre à la gare les voyageurs éventuels. Non plus avec la charrette et le percheron, mais en poussant une voiture à bras barrée de la même enseigne HÔTEL-RESTAURANT ESBELIN. L'aller se faisait bien par la rue Montlosier, la place Delille, l'avenue Charras. En descendant cette dernière voie, il arrivait même qu'Elise prît place dans la brouette et que Pierrot, piaffant, hennissant, faisant feu des quatre fers entre les brancards, la transportât jusqu'au terminus. A la grande joie des passants. Devant le PLM, toutefois, ils ne brillaient guère au milieu des fiacres, des calèches venus de Jaude ou de Royat. Les cochers en gibus de l'Ecu, des Messageries, du Métropole les houspillaient, les menaçaient de leur fouet. Ils remontaient souvent à vide. Parfois cependant, quelques clients charitables, attendris par leur jeunesse piteuse, déposaient sacs et valises dans le chariot. Ils repartaient cahin-caha. Pour gravir l'avenue de la Croix-Morel, les voyageurs poussaient au cul leur trinqueballe. Ils se faufilaient ainsi parmi les attelages d'ânes, de vaches, de chevaux ; passaient devant le consulat de Belgique, où pendouillait un drapeau noir, jaune, rouge ; atteignaient la place Gaillard, descendaient enfin au petit trot la rue Fontgiève, arrivaient à l'hôtel-restaurant-comptoir, où madame Clémence les accueillait les bras ouverts :

— Bienvenue, messieurs ! C'est le ciel qui vous envoie !

Les créanciers de Clémence Esbelin y mirent une patience admirable, largement compensée par un intérêt de six du cent. Double de ce que versait la Caisse d'épargne. A force de sueurs et de sacrifices, elle réussit à se dégager. Favorisée par la clientèle ouvrière de Bergougnan et d'autres usines, qui, en entrant ou en sortant, venait siffler un coup de rouge. La chopine coûtait dix sous, un café versé à la cafetière six sous, et quinze accompagné d'un petit verre de rhum. Les sous-officiers de la Chasse demandaient une absinthe, un vermouth, une gentiane. Ils fumaient de longues pipées, encouragés par les allumettes phosphoriques — souvent de contrebande, très inflammables — que leur offraient les pyrogènes dispersés sur les tables. Ces petits réceptacles de porcelaine ou de faïence avaient en miniature la forme de volcans : voyez le Pariou ou le puy de Dôme. Le cratère contenait les allumettes, tête en bas. Les flancs, finement striés de cercles concentriques, servaient de trottoirs. La base circulaire présentait la réclame d'une liqueur : VRAIKINA, 1ʳᵉ MARQUE DU MONDE, CASSIS ROUVIÈRE, FRAISE DU FOREZ, DUBONNET VIN AU QUINQUINA, LILET APÉRITIF AU SAUTERNES, SUC SIMON PUISSANT DIGESTIF, CHERRY-BRANDY ROCHE, GOUDRON BERTHOMEUF, LA MONT-DORIENNE DISTILLÉE À THIERS PAR MAGNIER ET GAUTHIER. Quelques-uns tenaient plutôt du coquetier : CHOROT FILS APÉRITIF FORTIFIANT, CLAQUESCIN LE DIGESTIF LE PLUS SAIN. Le consommateur saisissait son allumette ; à peine touchait-elle le frottoir qu'elle prenait feu. Certains fumeurs s'amusaient même à l'enflammer contre la semelle de leur soulier. Ou le fond de leur culotte, en levant un genou comme s'ils allaient lancer une ruade. L'allumette dans le pyrogène attirait le chaland comme l'appât attire le poisson. Certains soirs dans le bistrot la fumée était si épaisse qu'elle formait un brouillard. On ne voyait plus ses pieds.

En 1911, la blonde Elise rencontra un garçon de trente-cinq ans, Henri Chabanne, spécialiste de la charpente métallique. Sa profession l'avait conduit au Portugal, où il avait participé à la construction du pont transbordeur de Lisbonne. En Ecosse, il avait jeté des ponts ordinaires sur la Clyde. En Afrique du Sud, à la suite d'un accident du travail, il avait failli se faire lyncher par les Zoulous. Fatigué de tant d'aventures, il s'était installé en Auvergne, avait trouvé à la fonderie Ollier un emploi de traceur sur métal. Il se rasait aux lames Gillette à une époque où les Clermontois usaient encore du rasoir-sabre. Au lieu des moustaches à la relevette, il portait sous le nez la crotte trapézoïdale que devaient plus tard illustrer Charlie Chaplin et Adolf Hitler. Ce qui indiquait combien il était en avance sur son époque. Un jour, il entra au restaurant-comptoir Esbelin. Elise lui servit un champoreau. Il tomba amoureux d'elle et la demanda en mariage dans le quart d'heure qui suivit.

— Vous voulez rire ! s'écria-t-elle.

Déjà, elle avait été sollicitée à deux ou trois reprises, mais elle se trouvait encore trop jeune, quoique âgée de vingt-deux ans, pour quitter sa pauvre mère, Clémence. L'homme présentait beau, avec sa moustache chaplinesque, sa haute taille, son chapeau canotier, ses guêtres blanches. On discuta en famille de sa proposition. Au premier tour, Pierre et Maria votèrent pour les noces, Elise contre, Clémence s'abstint. Au second, cette dernière vota pour à condition que ce monsieur Chabanne vînt habiter l'hôtel-restaurant, où sa jeune femme continuerait son ancien service, où le gendre prêterait la main aux diverses besognes pendant ses heures de liberté. Ils furent unis par l'abbé Fourvel, vicaire à Saint-Eutrope.

La brune Maria montra moins de scrupules puisqu'elle épousa, l'année suivante, Louis Portejoie, le receveur des postes de Maringues, et le suivit sur les bords de la Morge. Pierre, devenu grand, prétendit vouloir recevoir un salaire ; comme sa mère ne pouvait lui verser qu'un peu d'argent de poche, il se fit embaucher par les services municipaux ; c'est lui qui peignait au pochoir et à la céruse diverses interdictions sur les murailles : DÉFENSE DE DÉPOSER OU DE FAIRE DES ORDURES. DÉFENSE D'AFFICHER, LOI DU 29 JUILLET 1881. DÉFENSE DE LAVER LE LINGE DANS L'ABREUVOIR. DÉFENSE D'URINER DANS L'IMPASSE. Il voulut avoir aussi son indépendance domiciliaire et s'en alla résider dans une chambre de location, rue de l'Ange.

A la veille de la Grande Guerre, l'hôtel-restaurant-comptoir abritait cinq personnes permanentes : Clémence Esbelin, âgée de cinquante-quatre ans ; sa fille Elise ; son gendre Henri Chabanne ; la servante, Marinou ; une petite Judith, née en 1912. Plus un enfant en cours de préparation, qui devait voir le jour le 10 septembre 1914, être du sexe masculin et porter le prénom de Marcel. La rue Fontgiève, champêtre sur sa rive droite plantée d'arbres et bordée de jardins, industrielle et caoutchoutière sur la rive gauche, jouait à saute-mouton avec la Tiretaine grâce à un pont en dos d'âne qui gênait fort le passage des camions automobiles. Il fut aplani, la chaussée élargie et pavée dans sa partie haute, aux approches de la place Gaillard, ci-devant place du Poids-de-Ville. Mais les vaches, les chevaux, les ânes y fréquentaient encore. Les ruelles, les impasses qui y aboutissaient restaient poussiéreuses ou boueuses selon la saison.

Mal famées en tout temps, elles méritaient peu leurs références célestes : rue de l'Ange, rue Sainte-Rose, rue Sainte-Claire, rue Saint-Eutrope, rue Saint-Cirgues, rue Saint-Adjutor, rue Amadéo. Si quelques riverains y aimaient Dieu, le diable y avait aussi une bonne clientèle.

Et puis ce fut la guerre. La caserne de la Chasse se vida. Henri Chabanne, mobilisé dans le génie versaillais, n'y resta que quelques jours. Son patron, monsieur Ollier, ayant besoin de ses talents, il retrouva son marbre comme « affecté spécial ». Toutes les usines, même celles qui précédemment fabriquaient des savonnettes, se convertirent en usines d'armement. Les hommes y furent remplacés par les femmes. Bergougnan livrait les bandages indispensables aux camions et aux canons tractés. Pour faciliter les allées et venues de son personnel, une ligne de tramway fut installée le long de la rue Fontgiève. Arrivée place Gaillard, la conductrice descendait de sa voiture, faisait tourner à cent quatre-vingts degrés la perche du trolley, produisant un feu d'artifice d'étincelles bleues, et repartait en sens inverse.

Malgré les morts, les blessés, les disparus, la vie des civils ne perdait rien de son alacrité. Il fallait bien divertir les permissionnaires. Un cinéma nouveau s'ouvrit rue Fontgiève, avec trois portes en arcades flanquées de cette enseigne : NOVELTY, qu'il fallait lire de bas en haut sur une flèche verticale :

Y
T
L
E
V
O
N

Si bien que les Clermontois qui ne connaissaient pas l'anglais crurent d'abord qu'il s'appelait Ytlevon. Concurremment avec le Familia et le Capitole, il donnait des films américains où l'on voyait Charlot et sa badine, ou Nick Carter, l'as des détectives. Le cinéma français proposait les cabrioles désopilantes de Max Linder dans *L'Etroit Mousquetaire*. N'ayant pas le secours de la parole, acteurs et actrices exprimaient leurs sentiments par des mimiques excessives ; roulaient des yeux de bilboquet pour montrer leur terreur ; produisaient des rictus diaboliques en cas de méchanceté ; sautaient comme des cabris dans leurs allégresses ; pleuraient des larmes de glycérine ; échangeaient en amour de longs regards langoureux ; mais les baisers étaient rares et ne devaient pas dépasser trois secondes.

Les programmes comprenaient toujours deux films et une « attraction ». Juste avant l'entracte, des artistes paraissaient en chair et en os sur la scène, chanteurs, jongleurs, acrobates, femmes-serpents, prestidigitateurs, avaleurs de sabres. Après leur numéro, ils descendaient dans la salle et vendaient leurs portraits en format carte postale. Le Novelty offrait une singularité supplémentaire : une buvette où l'on pouvait consommer avant, pendant, après le spectacle. La ville de Blaise Pascal ne manquait point de divertissements.

Une « attraction » plus belle encore fut offerte aux Clermontois à la fin de 1917. L'Amérique venait de déclarer la guerre à l'Allemagne. En hommage à ce secours décisif, la municipalité décida de rebaptiser avenue des Etats-Unis la rue de l'Ecu et la rue Saint-Louis, son prolongement jusqu'à Gaillard. Des soldats américains vinrent participer à la cérémonie. Habillés d'uniformes kaki que certains qualifiaient de « caca d'oie ». Le socle de Vercingétorix fut pavoisé de bleu, blanc, rouge, couleurs des deux nations amies. Une musique militaire joua les hymnes nationaux. Il y eut des discours que personne n'entendit faute de sonorisation. Puis les troupes défilèrent, très applaudies, et repartirent vers le casse-pipe…

Tout n'est pas mauvais dans les guerres. De même que tout n'est pas mauvais dans la peste, qui inspire les peintres et les écrivains. La caserne de la Chasse reçut des officiers allemands prisonniers. Une quinzaine au début, puis une centaine, sous la garde de territoriaux à moustache grise. L'intendance les nourrissait de pommes de terre, de lentilles aux cailloux, de macaronis véreux. Mais ces gradés continuaient de recevoir leur solde, par l'intermédiaire de la Suisse, convertible en argent français. Ils pouvaient donc s'offrir de temps en temps de meilleurs repas. C'est ainsi que grand-mère Clémence en préparait chaque jour une trentaine qu'elle transportait elle-même à la Chasse. Lorsqu'elle paraissait à l'entrée de la caserne, les Allemands l'applaudissaient, soulevaient les couvercles, humaient les vapeurs et criaient :

— Fife la France !

Ils se trouvaient bien de leur condition, excepté qu'ils n'avaient pas le droit de sortir en ville. Contrairement aux simples soldats, qu'on voyait dans les rues en uniforme, marqués dans le dos des deux lettres PG : prisonnier de guerre.

La guerre fit la prospérité de l'hôtel-restaurant-comptoir. En 1918, la dévaluation aidant, grand-mère Clémence acheva de rembourser le notaire.

— A présent, je peux mourir tranquille.

La maudite grippe espagnole sembla vouloir la prendre au mot. Elle atteignait toutes les familles. Chaque jour, des corbillards sillonnaient les rues. Les fossoyeurs ne savaient plus où donner de la pioche. Les malades souffraient de vomissements, de douleurs intestinales, d'une fièvre qui faisait sauter les thermomètres. On se demandait pourquoi l'Espagne, pays neutre, nous avait envoyé cette saloperie. Judith, Marcel, grand-mère Clémence, Henri furent atteints les premiers. Tandis qu'Elise faisait face aux obligations de son commerce, Marinou courut chercher un médecin. Elle en trouva un disponible à la caserne Gribeauval ; il vint dans son uniforme bleu examiner les quatre malades.

— C'est la grippe espagnole, déclara-t-il après les avoir observés, comme si l'on ne s'en doutait point.

Judith, âgée de sept ans, semblait la plus prise ; elle peinait à respirer, le nez et la gorge encombrés de matières purulentes. Il ordonna des fumigations d'eucalyptus. Lorsqu'il se pencha sur Marcel, il déclara que ce garçon ouvrait bien trop les yeux pour être sérieusement atteint. Clémence et Henri grelottaient sous leurs couvertures.

— Faites-leur boire des grogs bien chauds. Frictionnez-les avec de la charpie imbibée d'eau-de-vie.

Il regagna la caserne sans se faire payer. Cette nuit-là, il pleuvait à verse. On entendait une tourterelle toute trempée qui exprimait sa détresse et demandait un parapluie :

— Au se... cours ! Au se... cours ! Au se... cours !

Grand-mère eut un songe de fièvre qu'elle raconta le lendemain à sa fille Elise :

— Sais-tu qui est venu me voir pendant que je dormais ? Mon pauvre Adrien. Je l'ai bien reconnu, avec sa barbichette et sa moustache en fer à cheval. Il s'est penché sur le lit de notre pauvre Judith et se préparait à l'enlever. Je lui ai dit : « Laisse cette enfant tranquille. Elle est bien trop jeune pour faire le voyage. » Il s'est tourné vers moi, s'est mis à rire. Je lui ai dit : « Si tu veux, prends-moi à sa place. » « D'accord, c'est toi que je prendrai. Mais pas tout de suite. Dans quelque temps. Quand notre Pierre sera revenu du front. »

En somme, par un grand privilège, la grippe espagnole atteignit tout le monde à l'hôtel Chabanne-Esbelin, mais n'emporta personne.

Clémence passa son sursis à embellir la maison. Elle mit à toutes les fenêtres des rideaux de dentelle. Une grande passion la prit pour les fleurs. Chaque matin, elle alignait devant le restaurant, suivant la saison, un rempart de jacinthes, de tulipes, de pétunias, de géraniums, de fuchsias, d'hortensias bleus, de catilinettes en pots, pour qu'ils prissent l'air et le soleil. Elle les orientait, les arrosait, leur faisait la conversation, ils étaient son amour et son orgueil. Avant la nuit, sitôt que les marguerites joignaient leurs doigts, elle les rentrait dans la remise.

Elle allait s'approvisionner chez les horticulteurs de la place Delille, se ruinant en espèces nouvelles. Mais s'il lui arrivait de passer devant une boutique chatoyante, elle quémandait une bouture, offrant de la payer. Ce qui était toujours refusé, car les amis des plantes d'ornement se reconnaissent entre eux, s'obligent, forment une espèce de franc-maçonnerie florale. Lorsque, au cours de ses vagabondages, elle traversait le jardin Lecoq, qui offrait une exposition permanente et des plus colorée, elle éprouvait les mêmes sentiments que les ministres dont parle Voltaire dans le corridor de la tentation. Après avoir résisté un long moment, elle promenait autour d'elle des regards précautionneux ; ensuite, d'une main leste, hop ! elle enlevait un phlox paniculé ou une amarante crête-de-coq qu'elle fourrait dans son cabas. Elle se faisait voleuse de fleurs et filait, d'un pas ferme mais sans courir, comme il convenait à la situation. La conscience bourrelée de remords et de satisfaction, se répétant tout le long du chemin :

« Un jour, ma pauvre Clémence, tu finiras en cabane ! »

Non point. Elle mourut chez elle le vendredi 30 avril 1920, après avoir récupéré son fils Pierre selon cette sorte de convention qu'elle avait obtenue d'Adrien. Son lit fut couvert d'iris. Elle devait être mise en terre le lundi 3 mai. Cela ne put se faire. Ce jour-là, en effet, la place des Carmes-Déchaux, noire de monde, n'aurait laissé passer aucun corbillard. Désirant faire du 1ᵉʳ mai la fête du Travail avec la complicité du muguet, la CGT avait décrété la grève du caoutchouc. Un grand défilé parcourut la ville, porteur de pancartes : POUR LA NATIONALISATION DES CHEMINS DE FER. CONTRE LA VIE CHÈRE. PAIX AVEC LA RUSSIE SOVIÉTIQUE. AMNISTIE POUR LES MARINS DE LA MER NOIRE. Rencontrant par hasard un marin français en permission, les manifestants le portèrent en triomphe comme s'il avait eu quelque lien avec ses collègues bolcheviques révoltés contre leurs officiers.

— Pouvons-nous amnistier les marins de la mer Noire ? demanda Edouard Michelin à son frère André.

— Je ne crois pas.

— Pouvons-nous faire quelque chose contre la vie chère ?

— Personne n'y peut rien.

Devant les portes de l'usine, des piquets de grève arrêtaient les non-grévistes. Il y eut de la bagarre. Le tumulte dura jusqu'au 3 mai. Des pierres voltigeaient. L'une d'elles tomba sur la tête d'un certain Challes Francis, âgé de quarante-cinq ans, demeurant à Montferrand. Quelques jours plus tard, il en trépassa. La faute à personne.

Grâce à ces désordres, les marins de la mer Noire furent amnistiés.

Grand-mère Clémence attendit jusqu'au 4 pour

rejoindre son mari Adrien au cimetière des Carmes. Ses enfants plantèrent un hortensia sur sa tombe ; chaque été, il produisit longtemps de merveilleuses fleurs bleues. Et le 1ᵉʳ Mai devint, selon le mot de monsieur Maxime, la fête des feignants.

3

Marcel Chabanne n'avait de ses premières années que peu de souvenirs. Il se rappelait principalement les baisers de sa mère. A tout moment, elle sortait de la cuisine, lui tendait les bras et les lèvres. Les baisers laissaient sur ses joues une trace humide qu'il n'appréciait guère, il s'essuyait avec le revers de sa main.

— Oh ! le petit *regrettif* ! s'écriait-elle avec un peu d'indignation. La prochaine fois, je l'embrasserai sur les cheveux.

Il n'aimait pas trop non plus son odeur, de poisson, de friture, de céleri. Il détestait l'odeur du céleri.

Elise l'installait sur une table en compagnie de ses jouets, de ses crayons, de ses papiers. Très tôt, il fit preuve d'un goût pour les lignes et les couleurs. Il dessinait fidèlement les animaux, les objets, les personnes. On reconnaissait son père, avec la crotte de moustache sous le nez, monsieur Maxime coiffé du chapeau melon, la servante Marinou au chignon tombant. Il jouait aussi avec les pyrogènes, Dubonnet, Lilet, Suc Simon, qui n'avaient plus qu'une fonction ornementale, depuis que les allumettes de la Régie refusaient de s'enflammer sur les frottoirs de porcelaine. Il les réunissait, les alignait, les empilait.

Le dimanche matin, sa mère le débarbouillait à

grande eau, tout nu dans un baquet. Cela se passait dans l'arrière-cuisine. Un jour qu'ils se trouvaient seuls à cette lessive, le reste de la famille occupé ailleurs, on entendit sonner le grelot de la porte. Elise l'abandonna pour aller servir les clients. C'étaient des habitués, dignes de tous égards. Elle leur tint la conversation, inépuisablement. Quand ils eurent séché leur chopine, ils en commandèrent une seconde. Lorsqu'elle put enfin retourner dans l'arrière-cuisine, elle constata avec soulagement que son fils ne s'était pas noyé. Comme Plampougnis dans *Le Conte de Plampougnis*, simplement, il s'était endormi, la tête au soleil et le cul dans l'eau. Ainsi le racontait grand-mère Clémence :

« Plampougnis était si petit que, certaines fois, son père le mettait dans son gousset lorsqu'il partait pour la foire. Un jour qu'il pleuvait, il s'abrita sous les feuilles d'un plant de rave. Les vaches auvergnates sont friandes de ce légume. L'une d'elles, la Barrade — ainsi baptisée parce qu'elle était marquée, "barrée" de deux couleurs, blanc et roux —, s'approche de la ravière. Elle se penche. Et d'un seul coup de langue elle avale le plant de rave. Et Plampougnis avec. Voilà le pauvre biquet dans la panse de la vache, au milieu de l'herbe, des feuilles, des limaces.

Après un moment, ayant besoin de lui, sa maman l'appelle :

— Plampougnis !... Oh ! Plampougnis !... Où es-tu ?

Il entend sa voix étouffée et répond :

— Je suis là !
— Où, là ?
— Dans le ventre de la Barrade.
— Sainte Vierge ! Est-ce possible ? Dans le ventre de la Barrade !

— Faites-moi sortir ! Faites-moi sortir !

Pas facile ! La mère appelle son mari, lui explique la situation. Alors il prend un couteau — un laguiole, naturellement, de marque aveyronnaise, mais fabriqué à Thiers —, il l'aiguise bien ; ensuite, en lui faisant le moins de mal possible, il ouvre la bête comme on déboutonne un pardessus.

Que trouve-t-il dedans ? Il trouve un beau merdier. Comment dégager Plampougnis ? Pardi ! Comme on fait quand on a tué le cochon ! L'homme fait tomber toute cette masse de ventraille dans une brouette, s'en va la laver au ruisseau. Il secoue les boyaux dans l'eau, en avant, en arrière, énergiquement. Or le courant, qui passait par là, se saisit de Plampougnis et l'emporte. Il aurait pu se noyer ; mais il avait si peu de poids qu'il lui suffisait de quelques mouvements pour se tenir à la surface, telle une libellule.

Après un long voyage, le courant le dépose sur une berge. Et lui, mort de fatigue, s'endort tout d'un coup, la tête au soleil et le cul dans l'eau. Voilà bien la comparaison avec le jeune Marcel Chabanne dans son baquet.

Il dort une heure ou deux. Soudain, quelqu'un s'approche du ruisseau pour boire. Qui, ce quelqu'un ? Ni plus ni moins que le loup ! Le méchant loup toujours affamé, altéré, pressé, pourchassé. Il lape l'eau et, sans voir le petit, il l'engloutit comme avait fait la vache. Tout ce qui entre fait ventre. Allons bon ! Voilà de nouveau le minuscule Plampougnis dans un autre merdier. C'est à peine, d'ailleurs, si le loup lui-même s'en est aperçu.

Un peu après, ce vorace se met en quête d'une nourriture plus substantielle. Il entend bêler au loin un troupeau de brebis. Il s'en approche... à pas de loup, naturellement. Mais Plampougnis entend aussi les agneaux et leurs mères, et se met à crier :

> *Attention, bergère, attention !*
> *Le loup veut manger tes moutons !*

La bergère ôte ses sabots, frappe leurs semelles l'une contre l'autre, clac ! clac ! clac ! La sale bête prend peur et s'enfuit. Alors, entre elle et son passager, s'engage cette discussion :

— Fais-moi sortir ! Fais-moi sortir !

— Je te ferai sortir si tu me permets de manger. Sinon, jamais je ne pourrai te pousser dehors.

Un peu plus loin, même scène. Les brebis, le loup, le berger. Cris de Plampougnis : *Attention, berger, attention !...* Cette fois, le berger lance ses chiens aux trousses du dévorant, qui s'enfuit tout péteux. Et de plus en plus furieux contre son locataire :

— Tu n'as qu'à me faire sortir ! Tu n'as qu'à me faire sortir !

Il lui faut donc essayer d'une autre façon. Il entre dans un bois, cherche deux arbres jumeaux, nés d'un pied commun, mais dont les troncs sont à peine éloignés l'un de l'autre. Le loup se glisse dans cet étroit espace et, forçant de toute son énergie, il se fait comprimer l'estomac et le ventre. De sorte qu'il obtient ce qu'il voulait. Tout par un coup, flop ! voilà notre Plampougnis expulsé, par le trou qui ne respire pas. Bien content, le loup s'enfuit et court se faire pendre ailleurs.

Le pauvre Plampougnis était tombé dans l'herbe. Il commence par se débarbouiller avec la rosée, car il sent un peu le punais. Puis il s'aperçoit que la nuit est venue, qu'il se trouve tout seul à la lisière d'une forêt, que personne ne va le border dans son lit, l'embrasser sur le front en disant :

— Bonne nuit, mon petit Plampougnis. Dors bien. Que les anges t'entourent de jolis rêves.

Alors, il se met d'abord à pleurer des larmes grosses comme des noisettes. Il se dit ensuite : "Faut pas que je m'endorme dans l'herbe. Sinon, je suis sûr qu'une autre bête, mulot, renard ou lapin, viendra encore m'avaler. J'en ai marre d'être toujours mangé par celui-ci ou celui-là. Faut que je grimpe dans un arbre." Il choisit un pin qui forme un beau parapluie et, s'accrochant aux branchettes, il réussit à se hisser, s'installe dans une fourche, s'adosse au tronc, récite une prière : "Mon Dieu, s'il vous plaît, faites que personne ne vienne me manger cette nuit." Et il s'endort, dans le bon parfum de la résine, dans la caresse des douces feuilles acuminées.

Le lendemain matin, les premiers rayons du soleil lui chatouillent les paupières. Il se réveille et demande à voix haute :

— Où suis-je ? Qui suis-je ? D'où viens-je ? Où vais-je ?

— Tu es Plampougnis, lui répond une tourterelle bien informée. Tu as ronflé toute la nuit à la fourche de ce pin. Tu viens de chez toi et tu voudrais bien y retourner.

— Exact ! dit-il. Ça me revient !

Il descend de l'arbre. Et que voit-il à son pied ? Un âne en train de tondre les ronces et les chardons. Et quel âne ? Ni plus ni moins que Césarine, l'ânesse de ses parents.

— Oh ! Césarine ! s'écrie-t-il. Oh ! chère Césarine ! Ramène-moi à la maison.

Elle est trop occupée à brouter pour lui répondre. Cependant, il réussit à saisir le bout de sa queue et, s'accrochant à ses longs poils, il se hisse sur son échine. Lorsque Césarine est repue, elle se met en route et rapporte bel et bien son petit maître à la ferme. Imaginez la joie de sa famille en le retrouvant ! Le père récompense l'ânesse par deux morceaux de sucre qu'il lui tend au creux de sa main, et qu'elle happe de ses larges babines.

Ainsi finit l'histoire de Plampougnis telle que

grand-mère Clémence la racontait à ses petits-enfants.

— Plus jamais, concluait-elle, Plampougnis ne s'abrita lorsqu'il pleuvait sous les feuilles d'une rave. Et je ne vous le conseille pas non plus. »

Bien qu'elle fût capable de l'abandonner une demi-heure dans un baquet, Marcel adorait sa mère. La preuve : hors les moments où il dessinait au fond de la salle, il ne pouvait vivre loin d'elle. Sitôt qu'elle quittait le rez-de-chaussée pour monter dans les chambres, il la poursuivait. Elle faisait semblant de s'étonner de sa présence :

— Qu'est-ce que tu fais encore dans mes jupes ?
— Je viens t'aider.

Il se proposait pour balayer, retourner les matelas, grimper aux escabeaux. Quand elle acceptait ses services, il tombait exprès pour qu'elle le relevât et le guérît de ses bosses. Il pleurait tout de suite, même quand il n'avait point mal. Elle soignait ses coudes et ses genoux avec des enveloppements de baisers qu'il acceptait sur ces endroits, pour humides qu'ils fussent.

Et Judith ? A peine sortie de sa coquille, elle eut le don du langage. A six mois, elle comprenait les mots, même si elle ne les prononçait pas encore. On lui avait fait cadeau d'une balle Michelin imprimée d'images colorées : carotte, pomme, cheval, cochon… On lui demandait : « Où est le cheval ? » Elle tournait la balle entre ses menottes, posait l'index dessus et s'écriait : « Ah ! » Sans jamais se tromper. Et si on lui demandait : « Où est Michelin ? », elle le cherchait pareillement et posait le doigt sur la marque. On sut très tôt qu'elle voulait devenir institutrice, ce qui n'étonna personne, vu son penchant pour le vocabulaire.

Elle fut ensuite la sœur aînée d'un tout petit garçon. Deux ans d'écart. Elle jouait avec lui comme avec un baigneur en Celluloïd. Elle manœuvrait ses bras et ses jambes à plaisir. Lui couché sur le dos, dans son moïse.

— Fais doucement, recommandait la mère. Sinon, tu risques de le casser.

Aussi prenait-elle des précautions infinies. Elle lui dévorait les pieds, les mains, le visage, miam-miam ! Lui répondait en produisant des bulles. Ou bien il la saisissait par les cheveux.

— Oh ! le méchant ! protestaient les témoins.

— Il ne me fait pas mal, répondait-elle avec une grimace de douleur.

Elle lui chassait les mouches et les papillons. Elle lui chuchotait des histoires qu'il était seul à entendre et à comprendre. Elle chantonnait la berceuse de grand-mère Clémence :

Au bois de Toulouse, il y a des voleurs.
Il y a des voleurs, lari-ron-trontron, larirette.
Il y a des voleurs, lari-ron-trontron.

Ça l'endormait à tous les coups.

Un soir qu'Elise le baignait, Judith, penchée, remarqua un étrange ustensile qu'il avait entre les jambes.

— Qu'est-ce que c'est que ça ?

Et la mère, un peu rouge :

— C'est un petit robinet que je lui ai mis là pour faire pipi.

Judith resta toute rêveuse. Avant de réclamer :

— Et moi ?

— Quoi toi ?

— Tu ne m'as pas donné de robinet !

— Bien sûr que non, parce que tu es une fille. Les filles n'en ont pas besoin puisqu'elles portent des jupes ou des robes, qui se soulèvent. Tandis que les garçons portent des culottes qui s'ouvrent et se ferment par-devant. A cause de ça, ils ne pourraient pas faire pipi sans robinet. Voilà.

— C'est pas juste !
— Qu'est-ce qui n'est pas juste ?
— Que je n'aie pas de robinet. J'en veux un, moi aussi.
— Arrête de me parler de ça, ou je t'envoie un emplâtre !
— J'en veux un ! J'en veux un !
— Tu l'as !

Elle reçut l'emplâtre. Elle pleurnicha toute la nuit sur ce robinet que sa mère ne voulait pas lui accorder, qui eût été bien pratique et bien propre.

Quelques jours plus tard, le petit Marcel la revancha de cette injustice. Il était alors posé tout nu sur un oreiller et sa mère, après l'avoir lessivé, l'enfarinait comme un hareng qu'on veut frire. Tout par un coup, sans avertissement, il ouvrit la vanne de son robinet. Un jet chaud, ambré, atteignit Elise en pleine figure. Aveuglée, elle s'essuya les yeux, le nez, la bouche avec un drapeau. Cependant que, près d'elle, Judith se tordait de rire et pissait dans sa culotte. Double revanche.

Elle dut bien par la suite accepter sa condition de fille. Ils grandirent tous deux. Elle habillait et coiffait des poupées. Il eut ses jouets de mâle : chevaux de bois, camions, aéroplanes. Il acceptait de moins en moins ses miam-miam. Ils s'envoyèrent des coups de sabot, se griffèrent, se mordirent. Bref, ils devinrent parfaitement frère et sœur.

4

Des buveurs entraient, il fallait leur laisser les tables pour taper la manille, discuter femmes, sports, politique. Elise chassait Marcel comme une mouche :
— Va prendre l'air. Va jouer sur la place.
Place de la Liberté. Il y trouvait des ânes, des vaches, des chevaux. Parfois un ours au bout d'une chaîne. Plus rarement, un crocodile en bois traîné par Jéjé. Une procession de jeunes aveugles encadrés de religieuses à cornette, chacun tenant par un coin de son tablier celui qui le précédait. Ainsi vont les éléphants d'Afrique trompes et queues nouées l'une à l'autre. Les bonnes sœurs les promenaient à travers la ville, décrivant ce qu'ils auraient dû voir, leur faisant palper les fontaines, les croix, les lampadaires. Certains marchaient les paupières fermées, comme cousues ; d'autres montraient au fond de leurs orbites deux œufs à la coque écoquillés. Tous jacassaient, riaient aux éclats ; il était difficile de trouver plus joyeuse humeur que chez ces garçons et ces filles en balade dans un monde invisible.

Le dimanche s'y tenait le marché aux puces. Une exposition des choses les plus inimaginables, les plus incompréhensibles. Marcel errait comme Alice au pays des merveilles. Flânait parmi les vases de nuit au fond desquels était peint un œil écarquillé. Les portraits d'évêques, de juges, d'avocats dans les robes de leur profession. Les poupées borgnes, les oursons manchots, les manchots en queue-de-pie, les pistolets à chiens, les chiens à roulettes, les poignées de porte, les casques de pompier, les tabatières, les pompes à vélo, les cartes à jouer, les cartes postales, les cartes géographiques, les abat-jour, les rabats de prêtre, les rabat-joie en Celluloïd, les pique-feu, les pique-chasse, les pique-assiette empaillés. Et puis les casse-noisettes, les casse-pierres, les casse-pipes, les casse-tête, les casse-pompons. Et encore les tire-clous, les tire-bouchons, les tire-crins, les tire-larigot. Pareillement, les pousse-balles, les pousse-navettes, les pousse-au-cul, les passe-droits, les passe-lacets, les passe-montagnes, les passe-partout. Pendant des heures, Marcel prenait en main tel ou tel de ces objets, tournait la manivelle, appuyait sur le bouton, tirait la languette. Le marchand pucier venait à lui, demandait :

— As-tu des sous pour acheter ?
— Non.
— Alors touche avec les yeux.

Il lui enlevait la camelote. Marcel aurait aimé toucher avec les yeux ; mais c'était trop bas, il aurait dû se mettre à plat ventre.

A six ans, il fut inscrit à l'école Fontgiève, au fond de la place du même nom. Ses dons pour le dessin furent remarqués tout de suite. Souvent, le maître, monsieur Chassagnol, épinglait un de ses chefs-d'œuvre au mur, parmi d'autres. En revanche, il se montrait rétif à la lecture et serait sans doute resté un illettré s'il n'était tombé amoureux de mademoiselle Sivet. Le groupe scolaire servait d'« école d'application » où les normaliennes venaient apprendre la pratique du métier d'institutrice. C'est ainsi que, pendant le second trimestre de l'année 1920-1921, il succomba au charme de cette jeune fille. Avec ses anglaises qui lui tombaient le long des joues, ses yeux verts, ses doigts effilés, elle était d'une beauté indescriptible. Principalement lorsque, passant de l'un à l'autre pour une lecture individuelle, elle s'asseyait près de lui, flanc contre flanc, et l'enveloppait de sa tiédeur et de son parfum. Elle ne sentait pas l'eau de Cologne comme les femmes ordinaires, mais les Petit Lu. Elle avait une délicieuse odeur de biscuit. On en aurait mangé. Pendant ces trois mois de cours préparatoire, subjugué, il apprit à lire et à écrire. En principe, elle aurait dû rester en permanence sous le contrôle de monsieur Chassagnol ; mais celui-ci, qui avait fait la guerre, en avait rapporté une soif inextinguible. Aussi s'absentait-il souvent pour aller se désaltérer dans un des proches bistrots, confiant son effectif à la jolie normalienne.

Naturellement, ses copains remarquèrent très vite les regards adorateurs que Marcel levait vers mademoiselle Sivet, ses rougeurs, ses bafouillages. Chacun d'eux avait une ou deux fiancées dans l'école de filles contiguë, qu'il apercevait au moment des entrées et des sorties. Tous trouvèrent ridicule qu'un mec de six ans tombât en amour devant une vieille qui en avait au moins dix-huit ou dix-neuf et qui, par conséquent, aurait pu être sa grand-mère. Ils lui auraient bien attaché dans le dos, selon la moquerie d'usage, un cœur en papier avec le nom de la poulette. Mais le stage de la normalienne se termina, on ne la revit plus, l'affaire tomba dans la Tiretaine. Marcel resta seul avec son chagrin à digérer. Les chagrins aident à grandir.

Pour se consoler, il jouait avec les mômes du quartier, place de la Liberté. Avec Jéjé, le fils du sabotier ; Tonin, celui du bureau de tabac ; Nénesse, celui du primeur ; Doudou, celui du pompier ; et même Riri, qui ne fréquentait ces lieux qu'en été et vivait les autres saisons à Vincennes, près de Paris. Il avait un accent si spécial qu'on l'aurait pris pour un étranger. Par exemple, quand on lui mettait un pain, il criait :

— J'y dirai à momon.

Alors, naturellement, on lui en mettait deux, avec cette recommandation :

— Vas-y dire à momon ! Rapporte-paquet !

On n'aimait pas les rapporteurs. Surtout quand ils avaient l'accent de Vincennes.

Le plus riche de ses copains était Raymond Londiche, le fils de l'épicier en gros. Un ami des plus précieux, vu qu'il avait les poches toujours pleines de caramels, de dragées, de chouine. La chouine était une espèce de mastic caoutchouté inventé par les Américains. Inusable : on pouvait la mâchouiller des jours et des semaines sans en venir à bout. Elle avait une saveur de menthe ou de citron. Quand Londiche avait distribué autour de lui toutes ses tablettes arrivait un retardataire qui implorait :

— Tu me donnes un peu de ta chouine, dis ?

Raymond partageait avec les dents la boulette qu'il avait dans la bouche. Comme saint Martin son manteau. Il en retirait une moitié sous la forme d'un fil qui collait aux doigts. L'autre mec enfournait cette chose, continuait la mastication interrompue, dans laquelle il restait un soupçon de saveur.

Les Londiche habitaient la maison la plus remarquable du quartier, au rez-de-chaussée des « deux balcons ». Elle comportait des ornements sculptés en lave de Volvic : une porte en gothique flamboyant, deux balustrades très ouvragées, une dentelle de pierre. Tout cela provenait — mais les épiciers ne le soupçonnaient guère — de la cathédrale de Clermont, mise à mal pendant la période révolutionnaire. Avant 1789, une tribune soutenue par trois ogives, ornée de pinacles, de niches, de statues, séparait la nef du chœur : le jubé. Ainsi nommé parce qu'un diacre montait sur ce perchoir au cours des offices et entonnait la prière :

« *Jube Domine benedicere…* Daigne, Seigneur, me bénir. Que le Seigneur soit dans mon cœur et sur mes lèvres, pour que j'annonce dignement et fidèlement l'Evangile de Dieu. »

En 1793, le jubé fut démoli parce qu'il gênait les artilleurs qui voulaient faire à l'intérieur de la cathédrale des exercices et des tirs « à boîtes ». A blanc. Ses débris furent jetés aux ordures. Un maçon les recueillit, qui en para la façade du numéro 46 de la rue Fontgiève, au flanc de laquelle les Londiche tenaient leur dépôt.

La mère, ancienne repasseuse, connaissait à peine l'alphabet. La prospérité de son mari lui avait gonflé les chevilles. De mauvaises fréquentations lui apprirent que l'instruction permet seule de monter aux grandes fortunes. Elle rêva pour son fils Raymond d'un accès aux études supérieures. Elle apprit par lesdits informateurs que l'école française la plus prestigieuse s'appelait Polytechnique ; qu'on ne pouvait se dispenser d'elle si l'on voulait devenir général, ministre ou ingénieur.

Or, chez monsieur Chassagnol, Raymond se montrait plutôt rétif à l'apprentissage des voyelles et des consonnes. Si bien qu'à la fin de l'année l'instituteur recommanda à ses parents de lui faire redoubler le cours préparatoire. Indignée, l'épicière leva les bras au ciel :

— Redoubler son cours préparatoire, mon Raymond ? Ça ne se peut pas !

— Pourquoi donc ?

— Parce que ça retarderait son entrée à la Polytechnique.

Et l'instituteur, dissimulant un sourire sous ses moustaches :

— Que ferait-il à la Polytechnique s'il lisait mal ?

— Je suis prête à payer des leçons particulières.

— Faites-lui-en donner pendant les grandes vacances.

A qui s'adressa-t-elle ? Aux Chabanne, qui la mirent en relation avec monsieur Maxime, le vénériculteur. Il accepta de venir chez les Londiche à cinq francs de l'heure. Non pas le matin, car il se levait tard, mais les après-midi. C'est ainsi que Raymond vécut deux mois d'été en compagnie des voyelles et des consonnes que lui dispensait ce distingué professeur.

Marcel avait son observatoire au fond de la salle du bistrot. De là, il pouvait examiner par-devant la clientèle installée aux tables ou autour du zinc. Par-derrière, à travers les vitres, la rue Fontgiève, qui tenait par la queue la place de la Liberté. Ce bout de queue s'appelait rue Haute-Saint-André, en souvenir d'une ancienne abbaye disparue à la Révolution et dont l'emplacement était occupé par l'école normale de garçons.

Rien ne lui échappait de ce qui se disait au nez de madame Elise, ou en cachette d'elle, derrière le paravent d'une main, comme à l'école quand un élève souffle la réponse à son voisin. Rien ne lui échappait non plus des piétons, des voitures, du tramway. Quatre fois par jour — deux dans un sens, deux dans l'autre —, il voyait une limousine de Dion-Bouton conduite par un chauffeur en livrée ; elle transportait le matin les enfants Bibendum depuis le château familial d'Orcines jusqu'au collège Godefroy-de-Bouillon ; elle allait les reprendre le soir. Il ne passait pas plus de dix voitures automobiles dans la journée. Lorsque l'une d'elles s'arrêtait par hasard place de la Liberté, une nuée de gosses l'entouraient, avides d'en connaître les moindres détails. Tout y était prévu pour le confort des passagers : la capote-accordéon, les banquettes capitonnées, le pare-brise orientable, l'éclairage au gaz acétylène, l'avertisseur en forme de poire qui faisait coin-coin, la roue de secours dans une gaine sur le marchepied. Le volant était à droite, hérissé de manettes et de robinets, l'accélérateur entre les pédales du frein et de l'embrayage. Une notice accompagnait les modèles neufs pour apprendre aux dames à s'y installer avec décence, car la mode était aux jupes encore longues, étroites par le bas : ... *S'introduire par la partie arrière de la personne. Serrer les genoux, joindre les chevilles. Ramener les jambes à l'intérieur par un mouvement de pivotement. Pour sortir, effectuer à rebours les mêmes manœuvres.*

La rue était un spectacle permanent, aussi riche que le cinéma ou la lanterne magique. Elle se trouvait périodiquement envahie par un troupeau de chèvres. Non point chèvres auvergnates au poil ras, mais pyrénéennes, velues, barbues comme il n'est pas permis, noires de robe, les pattes claires, le ventre blanc, l'oreille basse, des frisettes sur le front. Elles venaient réellement des Pyrénées, broutant l'herbe des talus, des haies sauvages, les branches basses des tilleuls. Grignotant de même un chapeau de paille par-ci, une espadrille par-là. Voire une lettre bleue d'huissier ou verte de percepteur, suivant les occasions. Encadrées d'hommes coiffés de bonnets phrygiens, armés de fifres et de chalumeaux, mi-bergers, mi-chèvre-pieds. Elles parcouraient la France, une clochette au cou. On les entendait grelotter de loin, accompagnées par les pipeaux. Elles envahissaient les chaussées, les tramways s'arrêtaient pour n'en point écraser, les voitures faisaient de même. Les places devenaient chèvreries. La traite se déroulait sous les yeux de la clientèle. Il en coûtait deux sous le verre. Le lait de chèvre, comme celui d'ânesse, a des vertus pharmaceutiques. Certaines mères de famille astucieuses présentaient le plus grand verre de la maison : une chope à bière, avec des creux pour les doigts. Alors le chevrier plaçait la chope loin au-dessous du pis. En un instant, elle se trouvait emplie : deux doigts de lait et six doigts de mousse. A malin, malin et demi.

Puis les chèvres repartaient vers une destination inconnue, laissant sur place leurs crottes, que les jardiniers recueillaient soigneusement car c'est le meilleur des engrais.

Au programme de la rue, il y avait aussi les bornes-fontaines. Chaque famille avait son ou ses porteurs d'eau. La servante Marinou allait remplir les cruches de fer deux ou trois fois chaque jour ; mais elle n'avait que la rue à traverser. On y faisait parfois la queue, ce qui favorisait les papotages.

Le 11 novembre 1922, une de ces bornes provoqua un accident de la circulation, dont Marcel Chabanne fut témoin, à travers la vitre. Alors que tout Fontgièvre se rendait en ville pour assister au défilé des troupes, un père de famille et ses deux fils — neuf ou dix ans — suivaient le trottoir de la Chasse. Un peu fort de bedaine, il allait, engoncé dans son paletot, les mains dans les poches. Comme il arrivait en face de l'hôtel-restaurant-comptoir, il eut la fâcheuse idée de regarder voler une mouche, buta du ventre contre la borne-fontaine, partit la tête en avant tandis que ses pieds décollaient du sol. Couché en équilibre tel le plateau d'une balance, les mains retenues, il lançait des imprécations au ciel et à la terre, alors que ses deux gars se désopilaient.

— Aidez-moi à me dégager, deux crétins que vous êtes !

Il faut dire que le public environnant n'avait pas

non plus envie de pleurer. Mais aucun passant n'osait intervenir dans cette affaire de famille, se rappelant cet avertissement de l'Ecclésiaste : *« Celui qui se mêle aux querelles d'autrui agit comme s'il prenait par les oreilles un chien enragé. »*

— Est-ce que vous allez me laisser longtemps comme ça, triples cons ?

Les deux fils, enfin, se décidèrent à intervenir, à mettre un terme à ce jeu de bascule. Le père de famille put rejoindre la terre ferme. Dans les jours qui suivirent, tous les mômes du quartier vinrent pratiquer ce balancement sur les bornes-fontaines de la rue Fontgiève.

Autre spectacle de choix : celui de la pompe à parfum. Dans les années vingt, Clermont-Ferrand ne connaissait pas plus les égouts qu'au cœur du Moyen Age. Les eaux sales se déversaient dans la Tiretaine, dont un affluent portait le nom significatif de Merdanson. Au mieux étaient-elles recueillies par des fosses d'aisance. D'où la nécessité de procéder de temps en temps à des évacuations. Confiées à l'entreprise Morand-Cohade, dont les camions-citernes portaient la mention ASSAINISSEMENT. Lorsqu'un de ces véhicules opérait, relié aux parties basses d'une maison par un long tuyau, tout le quartier à cent mètres à la ronde se bouchait le nez.

Il arrivait par temps chaud que les vidangeurs entrassent se désaltérer au comptoir Esbelin-Chabanne. Immanquablement, la clientèle ordinaire leur lançait d'aimables salutations :

— Tiens ! Voilà nos vieux loups de merde !

Ils ne s'en fâchaient aucunement, sachant qu'en vérité elle était bien leur gagne-pain. Mais ils s'abreuvaient et repartaient au plus vite afin de n'incommoder personne. Ils travaillaient dans la délicatesse. Madame Elise eut un jour la curiosité d'interroger monsieur Morand-Cohade lui-même pour savoir ce qu'il faisait de ce sous-produit :

— Nous l'épandons dans la plaine. C'est grâce à nous que la Limagne fournit de si belles récoltes de blé, de maïs, de betteraves. Il en revient quelque chose dans le sucre de vos cafés. C'est que l'engrais humain est la meilleure des fumures. Les paysans chinois, renommés dans le monde entier pour leurs capacités, n'en utilisent pas d'autre. Lorsque vous êtes invité à une table chinoise, la politesse exige qu'avant de partir vous alliez débarrasser vos entrailles dans la fosse de votre hôte ; que vous lui rendiez en engrais une partie de la nourriture qu'il vous a donnée. C'est grâce à ce système qu'ils éloignent la famine qui toujours les menace.

Par les vertus de sa pompe à parfum, monsieur Morand-Cohade était donc en quelque sorte un bienfaiteur de l'humanité.

Les éboueurs municipaux complétaient son œuvre sanitaire en relevant, deux fois par semaine, le contenu des poubelles métalliques. La population produisait d'ailleurs une modeste quantité d'ordures. Le plastique n'était pas encore inventé ; le papier brûlait dans les fourneaux ; les paysannes enveloppaient leur beurre dans des feuilles de chou ; les bouteilles de verre servaient à deux générations ; le vin se débitait au tonneau, le lait à la mesure. Quant aux déchets encombrants, vieux matelas, godasses éculées, casseroles percées, ils s'en allaient au fil de l'eau. La Tiretaine, qui coulait à deux cents mètres du restaurant-comptoir, les emportait vers l'Allier, vers la Loire, vers la mer océane. Si bien qu'elle inspira un chansonnier, Jean Maupoint :

Au bord de la Tiretaine
Derrière les abattoirs,

> *Tous les jours de la semaine*
> *Je vais respirer la brise du soir.*
> *C'est mieux que la Touraine,*
> *Que les bords de la Loire.*
> *Au bord de la Tiretaine,*
> *A Clermont, tous les soirs.*

A qui désirait monter son ménage, le poète conseillait d'y aller pêcher son nécessaire. Mais si un jour la vie lui paraissait insupportable, il pouvait y mettre fin en douceur :

> *Dans le lit de la Tiretaine,*
> *Vous vous laisserez glisser.*
> *Vous aurez l'âme sereine*
> *Sachant que la mort sera vite arrivée.*
> *Dans les eaux de la Seine,*
> *On est long à se noyer ;*
> *Tandis que dans la Tiretaine*
> *On est vite asphyxié.*

Tout Clermont connut ces couplets, qu'on chantait aux repas de baptême, de mariage, de première communion.

Pauvre Tiretaine, au nom pourtant si joli ! Venu peut-être du celte *tritania*, « trois ruisseaux », car elle naît effectivement, avec la bénédiction du puy de Dôme, d'une triple confluence. En amont de la ville caoutchoutière, ses eaux scintillaient de truites, rinçaient le linge des laveuses, faisaient encore tourner les roues de plusieurs moulins, traversaient la route de Royat sous le pont des Soupirs. Elles se rappelaient les amours du général Boulanger, poète de la politique, et de Marguerite de Bonnemains. Protégées par Marie Quinton, la Belle Meunière.

La Tiretaine méritait mieux que d'être transformée en cloaque dans sa traversée de Clermont.

De leur manque d'égouts, d'électricité, d'hygiène, de sécurité sociale, de congés payés, les Clermontois se consolaient dans les réjouissances publiques. Farandoles estudiantines. Processions de Notre-Dame-du-Port. Bœufs gras du carnaval, enrubannés, cocardés, promenant leurs énormes culs. Courses des facteurs, des garçons de café, des unijambistes. Ne pouvant espérer que le Tour de France fît un détour par leur département (ce qui pourtant devait arriver en 1948), ils inventèrent le Circuit des villes d'eaux. L'itinéraire, passant par Issoire et Champeix, joignait Saint-Nectaire, qui ramone les reins, au Mont-Dore et à La Bourboule, qui ramonent les bronches ; à Châtelguyon, qui ramone les intestins ; à Vichy, qui ramone le foie et la rate. La première édition eut lieu le 29 août 1920 et fut émaillée de nombreux incidents. Le coureur Laquehaye cassa une de ses pédales et termina l'épreuve en pédalant d'une seule jambe. Le Suisse Finocchio tomba de façon si merveilleuse que les mâchoires de sa selle furent brisées ; il enleva ce siège inutile et pédala cent vingt kilomètres en danseuse ; s'il cherchait d'instinct à s'asseoir, la tige de la selle menaçait de le sodomiser. Tout le long des cinq cents kilomètres du parcours, le cortège fut applaudi par les foules. Excepté à Pont-du-Château, où une escouade de boy-scouts n'eut pas un geste d'encouragement et s'avéra être réellement une escouade d'enfoirés.

Défilés du 14 Juillet, du 11 Novembre. Fêtes de la République et de la Victoire. Avec une admiration, un respect infinis, la foule regardait passer le bleu horizon qui avait eu raison des aigles noirs. En tête marchaient les anciens combattants, constellés de médailles. Quelques-uns sur des fauteuils roulants. En queue, les enfants des écoles, bourrés de patriotisme jusqu'aux oreilles. Aux accents de *La Madelon* et de *Sambre-et-Meuse*. Dieu que la guerre était jolie ! Une année, Marcel Chabanne faillit manquer ce spectacle. Pour avoir la veille voulu jouer à l'acrobate, il était tombé d'une échelle, s'était fendu la peau du front. Le docteur Liénard l'avait enveloppé d'un énorme bandage blanc. Ainsi enturbanné, il défila derrière la troupe, ruminant une pensée qui le remplissait d'orgueil : « Les gens vont sans doute me prendre pour un blessé de guerre ! »

Et les régiments de passage ! Ils venaient à pied de Montbrison, de Saint-Etienne, faisaient étape dans la capitale des Auvergnes. Ils dressaient leurs faisceaux place Fontgiève ou place de la Liberté, et dormaient chez les civils avec des billets de logement. On se les arrachait. Il n'y en avait pas pour tout le monde. L'hôtel-restaurant-comptoir en recevait quinze ou vingt. Le lendemain, ils repartaient en direction du camp de La Courtine. Les filles à marier les regardaient s'éloigner avec mélancolie.

Les cirques aussi étaient un putain de spectacle. Ils paradaient d'abord à travers la ville, avant de dresser leur chapiteau place Gambetta, que la population clermontoise continuait d'appeler place des Salins à cause d'anciennes sources salines depuis longtemps disparues dans les entrailles de la terre. Ils mettaient en montre leur ménagerie : singes auxquels on jetait des cacahuètes, tigres somnolents, lions quelque peu mangés aux mites. Laissant le bistrot aux soins de Marinou, Elise Chabanne y conduisait ses enfants le jeudi après-midi pour profiter des tarifs avantageux. Ils y virent Rigoulot, l'homme le plus fort du monde, muni de biceps épouvantables ; il déchirait en cent quatre, puis en deux cent huit morceaux un jeu de cinquante-deux cartes. Au plus haut du chapiteau, des acrobates beaux comme des anges volaient sous la toile. Judith et Marcel furent conquis surtout par les clowns Antoine et Tracassin. Le premier, recouvert d'un caparaçon, jouait le rôle du cheval, le second celui du cavalier. Mais lorsque celui-ci voulait monter en selle, l'autre, oubliant sa nature de quadrupède, se redressait sur les pattes postérieures. Ce qui amenait Tracassin à supplier :

— O Antoine ! Baisse la tête !

Ces exclamations répétées suscitaient les rires du public. Huit jours de temps, on vit ensuite dans les cours de récréation les gamins et gamines reprendre les mêmes rôles et s'écrier :

— O Antoine ! Baisse la tête !

5

Les dimanches d'été, les habitants du Petit Cayenne s'en évadaient facilement. A pied ou à bicyclette, ils enfilaient l'avenue du Puy-de-Dôme [1], passaient devant l'école normale de filles, d'où ils voyaient sortir ces demoiselles en stricte robe sombre et chapeau noir, encadrées de leurs surveillantes. Telles une troupe d'orphelines. Ils traversaient la route de Bordeaux, commençaient l'ascension qui conduisait au géant de la chaîne. Ça grimpait terriblement. Arrêt au Grand Tournant et à la Pierre qui branle. Ils la faisaient branler un peu quand elle voulait bien, car elle avait ses humeurs. Regards admiratifs sur tout Clermont, d'où émergeaient les flèches noires de la cathédrale. Sur les coteaux vêtus de vignes. Sur la Limagne infinie et les montagnes lointaines du Forez. On pouvait atteindre la Baraque. Ou s'installer sur les pentes du puy Mergue, attaquer les provisions de bouche, mettre le vin à fraîchir sous le suintement d'une source. On rentrait le soir la tête emplie de paysages et de sentiment.

Variante aux Quatre-Routes : enfiler celle de Tulle, bordée de châtaigniers après Durtol. En octobre, les châtaignes pleuvaient sur la chaussée comme une

---

1. Actuellement avenue Raymond-Bergougnan.

manne céleste, pour le bonheur de qui les ramassait. On poussait jusqu'à Nohanent — qui se prononce Nonant —, afin d'y lutiner les laveuses en pleine action. Autour de leurs immenses bassins, agenouillées, un peu dépoitraillées, elles étaient bien une cinquantaine occupées à rincer le linge des hôtels et des maisons bourgeoises. Et pan ! pan ! pan ! Et hardi que je te caquette ! Mais elles appréciaient peu qu'on les dérangeât et pratiquaient, si nécessaire, le lancement du battoir.

D'autres promeneurs montaient jusqu'à Beaumont, Boisséjour ou Ceyrat. Certains dancings jouissaient d'orchestres vivants. Les plus modestes se contentaient d'un piano mécanique dans lequel on glissait une pièce de bronze. A l'épuisement des deux sous, la valse s'arrêtait soudain entre deux *tagada*. On renourrissait la tirelire et les *tagada* repartaient.

Mais l'évasion la plus simple conduisait au jardin Lecoq. Agencé sous le second Empire par le professeur Henri Lecoq, qui recevait lui-même visiteurs et visiteuses comme dans un salon, priant « les fleurs qui ont des crinolines d'épargner les fleurs qui n'en portent pas ». On y trouvait plus de quatre mille espèces, notamment des herbes médicinales que le jardinier-chef accordait gratuitement aux personnes qui en faisaient la demande. Depuis 1914, la passerelle qui enjambait le bassin aux cygnes débouchait sur un débris du château de Bien-Assis, jadis propriété de Florin Périer, beau-frère de Pascal, où le malheureux Blaise allait soigner ses échauffements d'entrailles en buvant du lait d'ânesse. Voulant agrandir leur usine des Carmes, les frères Michelin achetèrent cette demeure et la démolirent, conservant seulement la porte du potager, dont les pierres furent transférées et ressoudées. Ainsi Bibendum but-il cet obstacle. N'importe quel promeneur pouvait à présent passer sous cette ogive, que l'auteur des *Pensées* dut franchir bien souvent. Elle était belle à voir à la chute des feuilles, mélancolique symbole du respect fragmentaire d'une ville envers le plus glorieux de ses enfants. L'Egypte, plus tard, devait déplacer tout entiers les temples de la Vallée des Rois. Clermont ne se soucia point de déplacer le minuscule Bien-Assis.

Du moins, au jardin Lecoq, était-on toujours en bonne compagnie. Les tuyaux d'arrosage éparpillaient des arcs-en-ciel sur les pelouses et sur le faune acrobate. Sous le kiosque, l'orchestre municipal donnait des concerts. Monsieur Burlurut, aveugle, ténor léger et maître de chant, y débitait :

> *Le cœur de ma mie*
> *Est petit, si petit, petit !*
> *J'en ai l'âme ravie,*
> *Mon amour le remplit.*

Il y avait aussi les épisodes du chef Bonneau, que tout le monde appelait monsieur Tonneau. Il dirigeait ledit orchestre d'une main de fer, juché sur une estrade. Le volume de son ventre justifiait bien le sobriquet. Or l'été, quand les musiciens se produisaient en bras de chemise, il n'osait se montrer en bretelles. La ceinture retenait mal son pantalon, qu'on voyait glisser imperceptiblement, suivant le rythme que le chef imposait à pleins bras à ses exécutants. De temps en temps, il profitait d'un *moderato cantabile* pour le remonter de la main gauche. Mais ensuite venait un *con fuoco*, le pantalon reprenait sa glissade. Tous les spectateurs, les yeux écarquillés, attendaient, espéraient sa chute définitive. Les demoiselles, autant que les messieurs, dissimulant leurs rires derrière un éventail. Puis le concert s'achevait, on ne sait quel fil protégeait le falzar, la foule se dispersait, déçue, se disant : « Ce sera pour la prochaine fois. » Le dimanche d'après, l'orchestre revenait, monsieur Bonneau regrimpait sur son juchoir. L'ouverture de *Guillaume Tell* ou de *La Pie voleuse* offrait de grandes promesses; mais, contre toutes, la culotte tenait bon. Rien n'en vint à bout, ni *L'Arlésienne*, ni *La Chasse fantastique*, ni *La Chevauchée des Walkyries*. Jamais les spectateurs du jardin Lecoq n'eurent le bonheur de voir monsieur Bonneau en caleçons courts.

Loin du kiosque, cependant, des vieillards promenaient leur sagesse et leurs rhumatismes. Des enfants jouaient dans le sable. Des couples s'embrassaient derrière les roses. Souriant à l'avertissement d'une nymphette nue au ventre un peu bombé, que deux satyreaux, sur le toit de la grotte, observaient avec un mélange d'ironie et de pitié.

Dans le bassin — patinoire en hiver —, les cygnes et les canards ramaient invisiblement sous leurs carènes de plumes. Des paons sonnaient de la trompette en faisant des couacs. Des moineaux prenaient des bains de poussière. Dans une cage, les singes se répandaient en singeries. Il arriva qu'une dame de haut rang s'approchât un peu trop de leurs barreaux. Elle était couronnée de chichis qui lui formaient une tête d'Agrippine. Un des quadrumanes allongea une main, se saisit des bouclettes, laissant la dame déchichitée.

Marcher, regarder, écouter, tout cela donne soif. A la disposition des Clermontois altérés, les cafés-comptoirs étaient si nombreux que certaines rues en offraient un toutes les quatre maisons. Modeste comme celui des Chabanne-Esbelin. Ou faramineux comme le Glacier, le Café de Paris, le Globe, avec sa coupole vitrée. A la belle saison, des orchestres et des chanteurs s'y produisaient. L'Enclos des Roches, à l'entrée de Chamalières, ne servait que de l'eau minérale et de la limonade « au gaz naturel ». A ses principaux clients, les élèves-maîtres de la proche ENG (école normale de garçons), le patron tenait des discours capiteux :

— Jeunes gens, l'eau que je vous offre s'est formée dans les entrailles de nos volcans il y a dix-neuf millions d'années.

Ils en restaient aussi étourdis que s'ils avaient bu du champagne. L'illusion était d'autant plus facile que l'eau minérale des Roches montrait l'étiquette de sa mise en bouteilles : 1920… 1922… 1923…

— Ah ! 1923 ! s'extasiait le patron. Notre meilleur cru ! L'année où le président Millerand vint inaugurer le puy de Dôme !

A la vérité, d'autres présidents de la République avaient déjà gravi l'illustre cime. Ainsi, l'année 1895, Félix Faure s'y était fait véhiculer après avoir célébré le huitième centenaire de la première croisade, lancée de Clermont par le pape Urbain II, dont la statue, très justement, était depuis conchiée par les pigeons et colombes de la place Royale, apôtres de la paix. En 1910, Armand Fallières avait aussi honoré ce sommet de sa visite, après avoir béni place des Salins une foire-exposition.

En ce début de juillet 1923, une triple mission attendait monsieur Alexandre Millerand : honorer le troisième centenaire de la naissance de Blaise Pascal ; dévoiler, place Delille, le monument aux morts de 14-18 ; remettre en marche le train du puy de Dôme. Ses sentiers avaient été aplanis par monsieur Strauss, ministre de l'Hygiène. Celui-ci s'était intéressé aux productions agricoles du département et, guidé par monsieur Jean-Baptiste Marrou, député et négociant en vins, il avait rendu visite aux vignobles environnants. Tournée achevée aux Martres-de-Veyre par un hygiénique banquet servi dans le salon de l'hôtel Anglade.

Quant au président, il jouissait d'un pouvoir

magique, souvent constaté : à chacun de ses déplacements officiels, il faisait pleuvoir. La chose s'était d'abord manifestée en Algérie. Cette terre coloniale souffrait d'une longue sécheresse lorsqu'il lui rendit visite. A peine y eut-il posé le pied que des nuages se formèrent et lâchèrent des trombes d'eau, à la plus grande joie des agriculteurs. A telle enseigne qu'ils lui conférèrent le titre de *Sidi mtaâ el Naou* : Seigneur de la Pluie. Le même phénomène se répéta à Besançon, où le Doubs faillit déborder. Le 8 juillet 1923, à peine sorti de la gare de Clermont-Ferrand, il fut accueilli par un orage épouvantable. Cela ne le retint point de dévoiler, au débouché du boulevard Trudaine sur la place Delille, le soldat de pierre blanche, deux fois plus grand que nature, œuvre du sculpteur Vaury, que le poète Emile Dousset, abrité d'un parapluie, chanta en ces termes :

C'est lui. Regardez-le. Son visage s'éclaire.
Son masque tout à coup reprend des traits
                                    [humains.
D'un bras très sûr, il fait le geste nécessaire
Du semeur qui confie une graine au terrain...

En fait, ce « geste nécessaire » était celui du lanceur de grenade, et ladite graine, mal cultivée, devait produire plus tard une seconde guerre mondiale. La foule applaudit vigoureusement, bien qu'elle eût les pieds mouillés. Les enfants des écoles agitaient de petits drapeaux tricolores. Toute sa vie, le petit Marcel Chabanne se rappela le salut du gibus que lui adressa particulièrement le chef de l'Etat lorsque sa calèche passa devant les élèves de Fontgiève.

Le Seigneur de la Pluie monta ensuite au sommet du puy de Dôme pour rappeler l'expérience atmosphérique de Florin Périer, inspirée par Blaise Pascal, laquelle devait aboutir à cette conclusion étonnante : la nature a moins horreur du vide au sommet des montagnes qu'à leur pied. Pour accomplir cette ascension, le cortège présidentiel emprunta le petit train à vapeur et à fumée qui, partant de la place Lamartine, avait fonctionné et donné pleinement satisfaction de 1907 à 1917. A cette date, ses locomotives et ses rails, réquisitionnés, partirent sur le front des Vosges assurer le transport de l'artillerie lourde. Ils y firent vaillamment leur devoir. La paix revenue, les voies furent remises en place, les voitures ripolinées, inaugurées enfin par monsieur Millerand. A l'auberge du Temple de Mercure, il prononça un beau discours dans lequel, d'ailleurs, il ne fut question ni du train, ni de Pascal, mais de la nécessité pour tous les Français de s'unir contre les menaces extérieures.

Le lendemain, il reprit sa tournée inaugurale et s'en alla apporter la pluie à Brioude, à Saint-Flour et au Puy-en-Velay.

Le petit train redevint le beau jouet qu'il avait été naguère. Les Clermontois en étaient dingues. Chaque jour de mai à octobre, car il ne fonctionnait qu'à la belle saison, il emportait des cargaisons d'hommes, de femmes, d'enfants, de caniches. Les petits Chabanne l'empruntèrent plusieurs fois. Il longeait l'asile de fous, remontait l'avenue de l'Observatoire, traversait la partie basse de Chamalières, prenait la route de Bordeaux, saluait d'un coup de sifflet l'entrepôt de Champradet, où attendaient les locomotives de remplacement. On atteignait Durtol. Là commençaient les véritables pentes. A petite allure, comme on enfile une aiguille de bois, il enfilait le pont sur lequel courait son confrère du PLM, s'engageait dans la vallée du Rivaly. A la halte du Grand Tournant, grâce à une double voie, il croisait son confrère descendant. L'ascension reprenait. D'autres coups de sifflet, le mécanicien saluait les peupliers, les gardeuses de chèvres, les maraîchers dans leurs jardins. Ses rails n'occupaient qu'un tiers de la chaussée ; il était souvent dépassé par des voitures automobiles, des calèches, des bicyclettes.

S'enroulait alors autour du puy la grande spirale, longue de quatre kilomètres. A l'allure d'un homme au pas. Cela permettait aux passagers de descendre en cours de route ; de cueillir des marguerites ; d'en effeuiller une, elle m'aime, un peu, beaucoup, passionnément ; de rattraper sans peine les baladeuses. Tout cela au milieu des appels, des rires, des bravos. Et de l'encens charbonneux que répandait la locomotive. La vue tournante s'étendait au loin sur la chaîne des Puys, la Limagne, le Cantal, le Forez, et même jusqu'aux Alpes, dont on distinguait la fine ligne blanche quand la transparence de l'atmosphère le permettait.

Les événements historiques touchaient peu les mômes du Petit Cayenne. Si ce n'est par ricochet. Leurs pensées ne montaient pas si haut. Elles se limitaient aux devoirs et aux leçons, aux jeux quotidiens, à la chouine, aux petits bateaux qu'ils allaient déposer sur les eaux troubles de la Tiretaine. Certains se contentaient de cracher dedans, persuadés que leur salive naviguerait jusqu'à l'océan Atlantique.

La grande affaire était, dans toutes les classes, la revue mensuelle. Le dernier jour du mois, après les compositions, l'instituteur disposait ses élèves selon leur classement. Le premier s'installait avec armes et bagages au premier pupitre ; le deuxième s'asseyait à sa droite. Et ainsi de suite sur ces tables doubles jusqu'au dernier, qui se trouvait relégué au fond, près de la porte de sortie. Lorsque les regards du maître se promenaient sur son cheptel, ils s'arrêtaient plus volontiers sur les têtes de devant. Celles de derrière se sentaient un peu oubliées. Ainsi ses élèves apprenaient-ils que dans la République l'égalité des droits est contrariée par l'inégalité des talents ; mais que chacun peut s'élever à force de travail et d'application.

Certains élèves étaient d'ailleurs peut-on dire abonnés à leurs sièges. Ainsi Jacques Liénard, qui pétait des étoiles aussi bien en orthographe qu'en multiplique, qu'en histoire, qu'en géo, qu'en vocab. Il savait tout. Aussi instruit que le maître d'école lui-même. Peut-être davantage. Pas étonnant si, plus tard, il fit carrière dans la médecine et la chirurgie comme son père. Il servait donc en permanence de locomotive à la classe. A l'inverse, Raymond Londiche, le fils de l'épicier en gros, était le wagon de queue. Un jour, sa mère vint encore protester :

— Pourquoi donc que mon fils est toujours assis près de la porte ?

— Parce qu'il est classé le dernier, madame.

— C'est votre faute.

— Vraiment ?

— Vous n'avez qu'à l'asseoir devant, par exemple à côté de Liénard, qui est votre chouchou.

— Je n'ai pas de chouchou, madame.

— Je suis sûre que si vous le mettez à côté de Liénard, il attrapera un peu de sa science. Au lieu qu'à côté d'un crétin, il ne peut que devenir crétin lui-même.

— Vous pensez donc que la science s'attrape par voisinage, comme la rougeole ?

— J'en suis certaine.

— Je veux bien en faire l'expérience. Nous verrons le résultat.

— Il y a autre chose, monsieur l'instituteur.

— Je vous écoute.

— Je me suis aperçue que mon fils ne connaît pas la règle de trois. Et je sais bien qu'on ne peut pas entrer à la Polytechnique si on ne connaît pas la règle de trois.

— Nous en parlerons bientôt. Au troisième trimestre.

— N'y manquez pas.

Raymond fut assis, à titre tout à fait exceptionnel, à côté de Jacques. Il passait son temps à lui pincer les fesses. Cette proximité ne produisit rien de bon. Seul résultat : quand Londiche eut été renvoyé à sa place naturelle, Liénard se mit aussi à pincer les fesses de son voisin de droite.

Pour ce qui est de Marcel Chabanne, il se promenait modestement entre la troisième et la sixième place. A cause de cette manie qu'il avait de dessiner, d'user des tubes de gouache ou d'aquarelle, ses copains le surnommèrent Marcel la Peinture.

6

— Je vous présente une de mes filles, dit monsieur Maxime. Nathalie. Elle est vénéricultrice.

Madame Elise fit une courbette et sortit la formule qu'elle employait dans les grandes circonstances :

— Très honorée.

Nathalie était coiffée à la garçonne, une mode qui se répandait lentement dans Clermont, les jeunes femmes hésitant à sacrifier leur chevelure, leurs chignons, leurs anglaises, leurs macarons. Malgré ses sourcils charbonneux et sa bouche peinte, elle était assez jolie. Ses yeux obliques et minces, très enfoncés, lui donnaient un regard de serpent. Vêtue d'assez court, elle s'assit sur un tabouret de comptoir, ce qui découvrit ses mollets.

— Vous avez deux sœurs, je crois ? questionna madame Elise.

— Oui, j'ai deux autres filles, répondit Maxime à sa place.

— Qu'est-ce que je vous offre ?

— Elle aime bien le guignolet. Et pour moi, ce sera un Lilet.

Cela se passait un jeudi, en fin de matinée. Blotti dans son coin, Marcel assistait à ces échanges de propos. Toutefois, Nathalie parlait peu, oui, non, merci, mais souriait beaucoup, découvrant des dents blanches et régulières.

— Elle est timide, expliqua monsieur Maxime.

Elise voulut frapper un grand coup :

— Qu'est-ce que c'est, au juste, la vénériculture ?

Et lui :

— Une besogne compliquée. Nous avons aussi nos secrets, comme Michelin et Bergougnan.

— Ah ! si c'est une question secrète !

On sortait de cinquante-deux mois d'espionnage. Il n'y avait pas si longtemps qu'on avait dépendu dans les bistrots les recommandations : TAISEZ-VOUS. LES MURS ONT DES OREILLES. L'ENNEMI VOUS ÉCOUTE. Elise n'insista point.

Sur ces entrefaites entra justement un groupe de caoutchoutiers. Ils s'installèrent à une table, commandèrent bouteille. Ils chuchotaient entre eux, tout en dévisageant la sombre Nathalie courte de jupe et de cheveux. Elle sembla d'ailleurs importunée par ces regards et bientôt elle descendit de son tabouret, salua la compagnie de ses doigts aux ongles scintillants et sortit, précédant son père affirmé. Madame Elise s'excusa :

— J'aurais dû vous présenter la fille de monsieur Maxime.

Gloussements des caoutchoutiers :

— Vous savez ce qu'elle est, madame Elise ? Vous savez qui est cette gonzesse ?

— Dites-le-moi.

— Une pute, tout simplement. Je l'ai croisée dans la rue de l'Ange. Aucun doute. Elle fait la retape. Et Maxime est son julot.

— Son julot ?

— Son patron. Il la fait travailler pour lui. On appelle ça un proxénète. Un maquereau, si vous préférez. Vous ne vous en doutiez pas ?

— Qu'il soit ce qu'il voudra, c'est un bon client.

Bien élevé. Bien propre. Instruit. Il donne des leçons de lecture au petit Londiche.

— Vous ne devriez pas le recevoir chez vous.

— Je reçois toutes sortes de monde. Même des flics. Même des curés. Pourquoi donc que je le chasserais ? Faut-il que je demande leurs papiers à mes clients avant de les servir ?

Il est vrai que souvent passait dans la rue une de ces paires d'agents cyclistes dont les pèlerines flottaient derrière eux comme des ailes et qu'on appelait des « hirondelles ». Ils arrêtaient leurs bécanes contre le trottoir et entraient boire un petit canon pour se rafraîchir en été, pour se réchauffer en hiver. Ils avaient rencontré plus d'une fois Maxime, sans rien lui dire.

— Mais enfin ! s'écria Paulo le bien informé, vous ne vous rendez pas compte !

Là-dessus, il expliqua qu'il existait deux sortes de putes. Les unes, pensionnaires dans les bordels, comme il s'en trouvait rue des Trois-Raisins ou rue des Petits-Fauchers, offraient toutes les garanties de propreté, d'hygiène, de morale. Les autres travaillaient à l'air libre, dans les ruelles du quartier des Minimes, avec la complicité des hôtels de passe ; et c'était une vraie dégoûtation parce qu'elles ne jouissaient d'aucune surveillance médicale et collaient à la clientèle les plus affreuses maladies. En outre, ces malheureuses étaient honteusement exploitées par leurs supposés protecteurs dans le genre de Maxime.

— Tout ça est bien possible, répliqua madame Elise. Mais tant que ce monsieur se comportera chez moi poliment, honnêtement, je ne pourrai pas le mettre à la porte.

Un après-dîner, en l'absence dudit mais en présence de quatre manilleurs, Nathalie reparut, le visage couvert de peinture. Ce qui, pour une femme seule, était déjà une incongruité. Elle s'assit au comptoir et commanda un diabolo menthe. Madame Elise l'observa bien sous son maquillage et lui trouva l'air fatigué. Profitant de leur tête-à-tête, elle eut envie de lui parler de ce terrible métier de vénéricultrice, de ses peines, de ses profits, des motifs qui l'y avaient conduite. Puis elle renonça à cet interrogatoire, par discrétion, se contentant de questions vagues :

— Vous allez bien ?... Monsieur Maxime aussi ?... Vous habitez donc dans le quartier ?... Est-ce que vous aimez ce temps de chaleur ?...

« Après tout, se disait-elle, chacun, chacune fait ce qu'il veut de son corps. Gagne sa vie suivant les moyens que lui a donnés la nature. L'une avec son intelligence, l'autre avec ses bras, l'autre avec sa peau. Qu'est-ce qui est le moins honorable ? » Elle connaissait assez bien l'Evangile, se rappelait le métier de Marie de Magdala, dont l'Eglise avait fait une sainte sous prétexte qu'elle avait essuyé de ses cheveux les pieds de Jésus. Elle songeait aux hommes sans femme, français ou étrangers, à qui les putes apportaient des consolations. Leur rôle avait quelque ressemblance avec celui des infirmières ou des sœurs de charité.

Nathalie sirotait son diabolo en regardant ailleurs. Vers les bouteilles sur leur rayon. Vers les joueurs de manille qui la zyeutaient par-dessus leurs cartes. Vers la *Loi sur la répression de l'ivresse*. Et c'est elle qui, soudain, se mit à lui chuchoter des confidences :

— J'ai une fille de douze ans, Odile. Elle est en pension à Orcines, au collège Sainte-Anne. Elle a la vocation.

— Pour la... vénéri... ?

— Elle voudrait devenir religieuse. Ces dames porteuses de cornette acceptent très bien mon argent. Elles ne savent pas comment je l'ai gagné. Ou elles s'en foutent.

— L'argent n'a pas d'odeur.
— Il paraît que si. Une de mes cousines, qui travaille à la Banque de France à Chamalières, où l'on fabrique les billets, m'a raconté que de temps en temps on ramasse les vieux, ceux qui ont longtemps passé de main en main ; on en fait un tas et on les brûle. Il paraît qu'ils sentent.
— Ils sentent quoi ?
— Le fromage.
— L'argent vieux sent le fromage ? Quelle drôle d'idée !
— C'est ce que m'a dit ma cousine.

Madame Elise regardait avec plus de considération cette pute dont la fille voulait prendre le voile. Mais pourquoi Nathalie eut-elle, l'instant d'après, l'inadvertance d'ouvrir son sac, d'en tirer un étui, un fume-cigarette d'ébène, d'y emmancher une cibiche, de l'allumer à la flamme de son briquet, d'envoyer autour d'elle des bouffées odorantes, spécialement en direction des joueurs de cartes, qui ricanaient et lui renvoyaient des œillades ? Madame Elise Chabanne voulait bien admettre la putasserie, mais non point qu'une femme fumât chez elle, en présence de respectables consommateurs. Car en 1925, pute ou pas pute, une femme qui osait fumer en public était à placer au-dessous de la truie. Les mâles seuls avaient ce privilège, qu'ils chantaient avec romantisme :

Du gris, que l'on prend dans ses doigts
Et qu'on roule,
C'est bon, c'est âpre comme du bois,
Ça vous soûle...

Elise s'exprima très clairement :
— Madame, je vous prie de ne pas fumer chez moi.

— Pourquoi donc ? Tous vos clients fument bien, ici !

— Parce que ça ne convient pas à une honnête femme. Comment vous permettez-vous de fumer chez moi, quand vous avez une fille chez les bonnes sœurs d'Orcines ?

— Je ne suis pas une honnête femme. Je fais la retape.

— Inutile de le crier. Ma maison n'est pas un… pas un…

— Vous voulez dire pas un bordel ?

— C'est ce que je veux dire, en effet. Eteignez votre cigarette, ou bien prenez la porte.

— Je prends la porte. Vous ne me reverrez plus.

Heureusement, l'hôtel-restaurant-comptoir recevait des clients plus honorables. Ainsi l'industriel Hippolyte Conchon-Quinette. Propriétaire d'une fabrique de vêtements établie en bordure de la place des Salins depuis 1896. Fils de Jean-Philibert et d'Eugénie Quinette, parent d'un autre Hippolyte Conchon, maire de Clermont au milieu du XIXe siècle, lors de la révolte des propriétaires. Un décret venait d'ordonner le recensement des biens bâtis et non bâtis avec déclaration de leur valeur estimée. Horrifiés à l'idée de révéler leur fortune, supposant à juste titre que cette enquête produirait une aggravation fiscale, les possédants manifestèrent dans les rues, lapidèrent la police. La troupe fut requise, tandis que des barricades se dressaient autour de l'hôtel de ville. Le tumulte continuant, l'autorité militaire commanda le feu. Les soldats tirèrent d'abord en l'air, puis sur la foule. Six hommes et deux femmes restèrent étendus. Le lendemain, 10 septembre 1841, les gens d'Aubière et de Beaumont vinrent à la rescousse, armés de bâtons, de faux, de vieux fusils, de pistolets à pierre. Ils incendièrent les barrières d'octroi, obstacles au libre commerce. Puis ils se heurtèrent aux lignards. Place de Jaude, le maire, monsieur Hippolyte Conchon, parut à la fenêtre de sa demeure, construite à l'angle de la rue Blatin, sur l'emplacement de l'ancien couvent des Minimes. Occupé aujourd'hui par le Crédit Lyonnais. Il harangua la foule :

— Chers amis clermontois, beaumontois, aubiérois ! Rentrez chez vous ! J'ai l'honneur de vous annoncer que le recensement est suspendu... Cessez donc toute agitation, comme du brave monde que vous êtes tous !... Croyez bien que je ferai toujours l'impossible pour...

Les huées couvrirent sa voix, les pierres volaient autour de lui comme des mouches. La foule envahit ensuite sa maison, la saccagea, y mit le feu. Jusqu'à 2 heures du matin, on se battit sur les barricades. Enfin, le calme revint. L'émeute se transporta aux environs, à Saint-Germain-Lembron, à Vertaizon, à Chauriat. Puis force resta aux baïonnettes.

Pour indemniser monsieur Conchon, le roi Louis-Philippe lui versa une indemnité de cent mille francs, le décora de la Légion d'honneur, en fit un conseiller à la cour de Paris. Révolutions, mariages, pendaisons : questions de chance ou de malchance.

Mais son homonyme et descendant, Hippolyte Conchon-Quinette, fut servi par une chance très fidèle. Ses deux usines de confection — l'une à Clermont, l'autre à Thiers — employaient en 1915 plusieurs centaines d'ouvriers. Ou d'ouvrières : les *conchonnettes*. Fort de sa devise (vendre directement du producteur au consommateur), il implanta des magasins dans la France entière, de Sète à La Rochelle, de Grenoble à Saint-Brieuc. Lui-même résidait sur les rives du lac d'Aydat — à vingt kilomètres de Clermont —, y élevant des vaches qui approvisionnèrent en lait les enfants de la ville durant la guerre 14-18.

L'usine des Salins ne plaisait pas cependant à tout le monde. Longtemps et vainement le voisinage avait protesté contre une sirène à vapeur qui hululait cinq fois par jour et dès 7 heures du matin. Lui seul faisait la sourde oreille. Il fallut, vers 1920, une interdiction municipale de toutes les sirènes. Les ouvriers ne perdirent rien pour autant de leur ponctualité obligatoire. Dix minutes avant son ouverture, tous se pressaient devant la grande porte romane que le concierge refermait inexorablement à l'heure sonnante. Sans considérer que certains venaient à pied des communes voisines et qu'ils avaient des kilomètres de marche dans les jambes. Arriver en retard d'une minute signifiait la perte d'une journée. Et le renvoi en cas de récidive.

En principe, les hommes travaillaient le matin, les femmes l'après-midi. Ce qui permettait au patron de tenir le raisonnement suivant :

— Mes syndiqués (il ne désignait jamais autrement ses ouvriers, quoique bien peu eussent leur carte) se plaignent d'être mal payés ? Mais ils finissent à 13 heures ! Qui les empêche alors de commencer ailleurs une autre demi-journée ?

Travail à la chaîne, monotone, fastidieux. Aussi les volontaires ne manquaient point lorsque monsieur Conchon en appelait pour monter aux fenaisons ou à l'arrachage des pommes de terre dans son domaine d'Aydat. Il prenait seulement les fils de paysans, coutumiers des travaux agricoles.

Tel était le « père Conchon », comme l'appelaient les syndiqués. Long, maigre, la figure en étrave, vêtu d'une veste à gibecière, de bas cyclistes, il descendait tous les matins à bicyclette comme s'il partait faire le Tour de France ; mais son chauffeur le suivait dans une limousine, qui lui épargnait le soir un retour escarpé. A 13 heures, abandonnant l'usine à ses surveillants, il enfourchait de nouveau sa bécane et, par la rue Bonnabaud, pédalait jusqu'au restaurant Chabanne-Esbelin, qu'il avait choisi pour sa proximité, sa cuisine familiale, la modicité de ses prix et l'accueil chaleureux de madame Elise :

— Bonjour, monsieur Conchon-Quinette ! Puisque vous voilà, nous pouvons régler nos montres : il est 13 heures 10.

Les clients le saluaient avec respect. Sa place était réservée à l'écart de la table d'hôtes. La patronne lui servait elle-même, suivant les jours et la saison, la potée aux choux, le gigot brayaude, l'omelette aux pommes de terre, le boudin aux châtaignes. Le vendredi, morue à la gaillarde, car c'était un homme respectueux des usages catholiques. Le samedi, fraise de veau, qu'elle appelait du « ventre ». Elle insistait pour qu'il se servît largement :

— Reprenez un peu de mon ventre, monsieur Conchon-Quinette !

A la table commune de douze couverts, la servante, Marinou, ne changeait pas les assiettes. Chaque client s'arrangeait pour pomper le jus avec du pain. Ainsi nettoyée, l'assiette recevait le plat suivant. Certains raffinés, au moment du dessert, la retournaient et ils consommaient leur confiture, leur crème ou leur compote sur le fond, marqué SARREGUEMINES. A sa table individuelle, en revanche, monsieur Conchon-Quinette jouissait d'une assiette propre à chaque plat. Privilège qui n'offusquait personne. Sa pâtisserie préférée : les *guenilles*. Sortes de bugnes lyonnaises adaptées à l'appétit auvergnat, en plus substantiel, en moins saupoudré. Lorsque Marinou étendait la pâte sur la table enfarinée, Judith et Marcel en chipaient de petits morceaux qu'ils mangeaient tout crus. Elle découpait là-dedans avec une roulette ou la pointe du couteau des triangles, des bâtons, des trèfles, des cœurs. Ou des ronds avec un verre renversé. Elle mettait à frire cette géométrie dans l'huile bouillante; empilait dans une assiette; frimait de sucre cristallisé. On pouvait consommer les guenilles brûlantes, tièdes ou froides. En fait, le père Conchon se contentait de trois petites ou de deux grosses. Il mangeait peu, mais il mastiquait chaque bouchée avec une lenteur, une application extrêmes, comme si c'eût été de la chouine. Il professait une théorie diététique :

— La vache engloutit sa nourriture tant qu'elle est au pâturage; mais ensuite, dans l'étable, elle la regorge, la rumine pour la bien digérer. Beaucoup d'hommes se comportent comme les vaches : ils engloutissent leurs aliments sans prendre le temps de les mâcher comme il faut. Si bien qu'ils ressortent par l'autre orifice à peine digérés. C'est du gaspillage. Sans parler de la fatigue qui en résulte pour l'estomac. Au lieu de toujours vouloir des augmentations de salaire, les syndiqués feraient mieux d'apprendre à mâcher leur pain. Les maîtres d'école devraient l'enseigner aux enfants. Mais je t'en fiche ! Alors on revendique : du pain ! du pain ! du pain ! Voilà comment se produisent les révolutions.

Chaque mois, il prévenait madame Elise de son absence pour un jour ou une semaine : il partait en tournée d'inspection, conduit par deux chauffeurs qui se relayaient nuit et jour. Il visitait ses succursales proches ou lointaines. A midi, les trois hommes cassaient la croûte assis sur le parapet d'un pont ou sur un talus.

— Mâchez bien vos aliments ! recommandait le patron.

Et il donnait l'exemple. On dormait dans la voiture pour épargner les frais d'hôtel. Ils démontraient en même temps que leurs vêtements étaient infroissables.

Autre cliente prestigieuse : madame Amandine Pichon, institutrice à l'école de Fontgiève. Divorcée d'un commis voyageur, remariée, en instance de divorce une seconde fois d'un vétérinaire, elle venait prendre les repas de midi cinq jours par semaine parce qu'elle détestait cuisiner pour elle seule :

— Je mange chez vous, charmante Elise, ou bien je me laisse mourir de faim.

Madame Chabanne acceptait avec plaisir cette épithète de « charmante », ne soupçonnant pas qu'il s'agissait d'un souvenir littéraire[1].

Quoique surmontée d'une volumineuse chevelure brune, Amandine montrait des sourcils dessinés au crayon noir.

— Parbleu ! dit Paulo, le client toujours informé, elle porte une fausse perruque !

Elle ne s'en cachait point. La meilleure preuve : de loin en loin, sa tignasse changeait de couleur, d'épaisseur, d'architecture. On se rendit compte qu'elle disposait d'une impressionnante batterie de moumoutes. Elle était d'un caractère enjoué, ses élèves l'adoraient parce qu'elle les faisait rire en imitant les cris des animaux. Y compris d'espèces exotiques qu'ils n'avaient jamais vues. Le tout accompagné du vocabulaire adéquat :

— L'éléphant barrit. Le tigre feule. Le chacal jappe. L'hyène ricane. L'hippopotame souffle...

Hors la classe, elle savait aussi imiter les voix de personnes connues. Celle du docteur Philippe Marcombes, maire de Clermont, qui bégayait un peu dans ses discours officiels :

— Mes chers con... con... concitoyens, mes chères con... con... con... concitoyennes...

---

1. Voir les premiers mots de *L'Avare*, de Molière.

Celle d'Edouard Herriot, leader du Cartel des gauches, venu le soutenir salle Gaillard, qui entrecoupait ses propos de silences interminables :

— Ce que nous voulons... nous... radicaux-socialistes... c'est une plus juste répartition des richesses...

Celle du curé de Saint-Pierre-les-Minimes en chaire :

— Quand je vois les attelages et les voitures automobiles qui m'amènent du monde le dimanche, je me dis : « Comme mes paroissiens sont riches ! » Mais quand je vois ce qu'ils déposent dans la corbeille de la quête, je me dis : « Comme mes paroissiens sont misérables ! »

Et tout le monde de se fendre la pipe autour d'elle. Elle aurait eu pourtant bien des raisons de pleurer : trompée, bafouée, divorcée. Ses déboires ne lui enlevaient pas le goût de la farce. Plutôt qu'institutrice, elle aurait dû se faire clownesse. Ainsi, le coup du vieil ami reconnu, dans le tramway Jaude-Montferrand, en présence de Judith et de sa mère Elise. Un jour de Toussaint, alors qu'elles revenaient de fleurir au cimetière des Carmes les tombes de grand-mère Clémence et de grand-père Adrien. Dans la baladeuse remplie de mines d'enterrement. Un couple entre deux âges se tenait debout, accroché à la barre. La soixantaine chiffonnée. Vêtu de noir comme il convenait à ce jour de fête que les Français confondent avec celui des morts, alors qu'ils devraient célébrer tous les saints. Y compris saint-nectaire, saint-pourçain, saint-honoré. Amandine chuchota à l'oreille d'Elise :

— En voilà deux que je vais faire rire un peu, ils en ont besoin.

Elle s'approche du monsieur, les bras ouverts, s'exclame :

— Enfin, je te retrouve, mon chéri ! Où étais-tu

donc passé ? Pourquoi ce si long silence ? Comme je suis heureuse !

— Mais… mais… mais… madame, je ne vous connais pas.

— Ne joue pas la comédie, après tout ce qu'il y a eu entre nous. Et qui est cette bonne femme ? Tu pourrais me présenter !

— Vous… vous me prenez pour un autre… Voulez-vous voir ma carte d'identité ?

— Laisse-moi rire. Ha ! ha ! ha !… Je la sais par cœur, ta carte d'identité !

— Eh bien ! Dites un peu ! Dites un peu qui je suis !… Je vous écoute !

— Cette comédie, mon chéri, est indigne de nous.

Et la compagne du sexagénaire, rouge comme un piment, de s'écarter de lui, s'écriant :

— C'est trop fort ! C'est trop fort !

— Place Delille ! annonça le receveur de la TCRC.

La compagne sauta sur le trottoir, s'enfuit telle une gazelle, tandis que son vieux mec la poursuivait :

— Attends ! attends ! que je t'explique !

Amandine Pichon revint s'asseoir près de ses amies, pour conclure :

— Voilà. Je les ai guéris de leur morosité.

Une autre fois — c'était le mardi gras —, tandis que les masques couraient la ville, se faisant peur les uns aux autres, elle fit à son public cafetier cette confidence :

— Savez-vous ce que je devrais faire ? Me déguiser en mon naturel et me mêler aux Arlequins, aux Colombines.

— Qu'appelez-vous votre naturel ?

— Regardez !

La voilà qui enlève sa perruque d'astrakan. Dessous paraît son crâne chauve, aplati, rosâtre, sillonné de veines bleues comme une carte de France, on y distingue sans peine la Loire et le Rhône avec leurs affluents. Et ce n'est pas fini : elle se penche, ouvre la bouche, fait tomber dans la main son double dentier. Cris d'horreur. Les femmes se bouchent les yeux. Les hommes n'en croient pas leurs oreilles. Marcel Chabanne pense voir le fantôme de l'Opéra, que montrent en ce moment les affiches du Novelty. À la fin, tout s'arrange : la salle entière éclate de rire. Pour sûr que son naturel vaut tous les masques du monde.

— Eh bien ! Eh bien ! s'exclame monsieur Maxime.
— Mais qu'est-ce qui vous est arrivé ? gémit la blonde Elise. Qu'est-ce qui vous a réduite en cet état ?
— Mon cochon de mari.
— Le commis voyageur ?
— Non, le vétérinaire. Il a cherché à m'empoisonner avec des remèdes de cheval. Il m'a seulement fait perdre les dents et les cheveux.
— Vous avez, j'espère, déposé une plainte à la police ?
— A quoi bon ! Je n'ai aucune preuve.

Elle remit en place sa moumoute et son râtelier, reprit sa figure artificielle.

Quelques jours plus tard, elle offrit le champagne à toute la clientèle :

— Ça y est ! J'ai divorcé de mon assassin !

Elle raconta par le menu le déroulement du procès, imitant les voix de son ex-conjoint, des avocats, du juge. On s'y serait cru.

— De nouveau, me voici libre comme l'air ! Mais ne me parlez plus des hommes. On ne m'y prendra plus à donner mon cœur ! Les hommes me dégoûtent. Si je dois un jour abandonner mon métier d'enseignante, je me ferai conseillère en divorce.

Ce fut une joyeuse célébration, avec beaucoup de rires et beaucoup de bulles. Marcel eut même droit à une demi-coupe de pétillant.

Le client le plus honorifique du restaurant-comptoir n'était ni plus ni moins que l'abbé Fourvel, vicaire à Saint-Eutrope. Un homme rond de corps et de caractère, aimé de sa paroisse et de ses alentours. Il venait souvent rendre visite aux pensionnaires de l'asile de nuit, qu'il entreprenait le matin, lorsque les vapeurs du vin rouge et des cauchemars s'étaient dissipées. Il les traitait comme des hommes, non comme des rebuts; conversait avec eux; essayait d'apaiser leurs affres; leur distribuait quelques piécettes. Aussitôt après, il traversait la rue Haute-Saint-André, entrait saluer madame Elise. Il y gagnait un verre de chanturgue et des restes de nourriture, des fonds de marmite, pour qu'il les distribuât aux oiseaux passagers de la maison d'en face.

— Les deux plus grandes misères du monde, chère madame, c'est d'avoir des dents et pas de pain, d'avoir du pain et pas de dents. Mais grâce à des personnes charitables comme vous, toutes deux peuvent se réparer.

Il avait dans le bistrot ses copains, avec qui, parfois, il tapait la manille coinchée. Il arriva un soir que le sacristain de Saint-Eutrope entrât en coup de vent :

— Venez vite, mon père ! Une de vos paroissiennes se prépare à avaler son bulletin de baptême. Et elle ne veut que vous pour l'extrême-onction.

— Quel nom ? Quelle adresse ?

— Mademoiselle Laurent Marguerite, rue de la Morée.

— C'est une âme sainte, des plus bigote, je la connais. Elle montera au paradis même sans mon huile. J'accours. Mais laissez-moi finir cette partie.

Il se trouvait au risque d'être « mis dedans » avec son partenaire, Misson, le perruquier piliculteur, et, dans cette situation délicate, c'eût été du plus mauvais effet de se débiner sous prétexte que... La partie fut donc menée à son terme :

— Atout ! Atout ! Et ratatout ! cria monsieur Aussoleil, l'adversaire, qui avait « mis un coup ».

L'abbé s'en alla battu, mais avec les honneurs de la guerre.

Certains jours, monsieur Maxime, qui était sorti de Godefroy-de-Bouillon avec le bac moins deux, l'attaquait sur le problème de l'existence de Dieu. Le vénériculteur ne croyait pas en un univers sorti des mains d'un Créateur divin :

— *primo*, parce que, selon lui, l'univers a toujours existé ;

— *secundo*, parce qu'il est trop imparfait ;

— *tertio*, parce qu'il ne correspond pas aux descriptions qu'en font les Ecritures.

— Par exemple ? demanda l'abbé.

— La Bible nous dit que Dieu créa la lumière le premier jour ; qu'Il lui donna le nom de Jour et aux ténèbres le nom de Nuit ; qu'il y eut ainsi un Soir et un Matin. Ensuite, c'est le quatrième jour seulement que Dieu créa les corps célestes qui nous servent pour marquer le temps et les saisons, les semaines et les années. C'est-à-dire qu'Il fit le soleil, la lune et les étoiles. Mais alors, je vous le demande, mon père, si au commencement de la création ces astres n'existaient pas encore, d'où provenait la lumière du premier jour dans un monde sans éclairage ? C'est comme si vous demandiez à monsieur Aussoleil, ici présent, d'éclairer la ville de Clermont sans becs de gaz !

Dans sa réplique, l'abbé commença par une concession :

— Les choses ne se sont sans doute pas déroulées exactement comme les raconte la Bible. L'auteur — ou les auteurs — de ces récits, s'adressant à un public simple, qui ignore les subtilités de l'esprit, parle de la même façon que les conteurs du coin du feu. Vous savez, ces oncles, ces grands-pères, ces vieux sages qui expliquent à leur auditoire composé de laboureurs, de bergers, de bûcherons, de femmes, d'enfants. Ils veulent narrer les grands événements du passé, les grandes figures, Mandrin, la bête du Gévaudan, la Révolution, Napoléon, Mornac. Alors, pour bien se faire comprendre, ils simplifient. Quelquefois, même, ils arrangent les choses à leur façon. Ils prétendent que cette bête qui mangeait le monde, mais s'attaquait de préférence aux jeunes filles, était en réalité un gentilhomme assoiffé de sang et de chair fraîche. Voilà. Quand les auteurs de la Genèse parlaient de lumière et de ténèbres, ils s'adressaient de même à un public qui ignorait tout de l'astronomie. Alors ils ont peut-être mis la charrue avant les bœufs. Mais les bœufs y sont. La charrue aussi.

Les témoins de cette joute ouvraient les yeux, la bouche, les oreilles, se croyant revenus aux années du catéchisme. Le vicaire de Saint-Eutrope avait réponse à toutes les objections. Ses paroissiens affirmaient qu'il était si fort qu'il aurait conduit le diable à la messe. De temps en temps, il buvait un petit coup de chanturgue pour faire descendre ses fortes pensées.

Une autre fois, monsieur Maxime l'entreprit sur la Saint-Barthélemy. Et une autre, sur le « faux célibat » des prêtres : en spécialiste de la vénériculture, il ne croyait pas à leur chasteté. Il raconta même des anecdotes qui firent crever de rire les manilleurs, tirées sans doute du journal *Froufrou*, un hebdomadaire rose et cochon.

Ils parlèrent aussi finances. Car l'argent fourre son nez partout, même s'il sent le fromage, jusque dans les choses les plus saintes.

— Combien vous rapporte la quête du dimanche ? osa demander monsieur Maxime.

— C'est selon l'affluence, selon le temps qu'il fait, selon le mois de l'année.
— En moyenne ?
— Entre dix et trente francs. Le soir de Noël, à la messe de minuit, cela peut monter jusqu'à deux cents. Nous ne gardons pas cet argent. Nous le versons à l'évêché, qui fait ensuite une répartition entre ses prêtres.
— Ordinairement, de quelle couleur sont les pièces de votre plateau ? Plutôt blanches ou plutôt foncées ?
— Nous recueillons vingt pièces de bronze pour une de nickel ou d'argent.
— Vous donne-t-on même des pièces d'un sou ?
— Fréquemment.

Un sou de 1926 représentait une demi-aiguille, dix allumettes, un caramel, une moitié de cigarette, une bouchée de pain.

— Est-ce qu'il vous arrive enfin, demanda pour rire monsieur Maxime, de trouver dans votre plateau des boutons de culotte ?
— Non, parce que c'est trop cher. Les mendiants qui tendent à la porte leurs chapeaux gagnent en général plus que nous.

Brouillé avec la religion depuis Godefroy, monsieur Maxime n'allait jamais à la messe ; mais il pratiquait occasionnellement la charité. Par exemple, il payait volontiers les consommations de l'abbé Fourvel. L'un maigre, long, olivâtre, nerveux comme un lézard, l'autre placide, les yeux écarquillés comme un crapaud, ils formaient une étrange paire.

Maxime aimait bien aussi taper la belote ou la manille avec les ouvriers aux mains épaisses. Le jeu lui-même se déroulait dans un silence obligatoire, à peine ponctué par des exclamations de plaisir ou de dépit :

— Et celle-ci !... Et celle-là !...

Le vénériculteur comptait les points à une vitesse vertigineuse, qui éblouissait les partenaires. Nul ne le prit jamais en faute. Venaient ensuite les commentaires des uns ou des autres :

— Aurait fallu que je prenne...
— Que je prisse, rectifiait Maxime.
— Quoi, prisse ?
— Il faut que je prenne. Subjonctif présent. Il aurait fallu que je prisse. Subjonctif imparfait. Cela s'appelle : concordance des temps.
— Donc : aurait fallu que je prisse... à carreau. D'accord ?
— D'accord. Toutefois aurait-il fallu aussi que tu le pusses !

Avec lui, les parties de cartes devenaient des leçons de grammaire, de vocabulaire, d'orthographe.

Très informé sur la langue française, l'histoire sainte, l'astronomie, les finances, le vénériculteur aimait aussi à discuter politique avec les ouvriers du caoutchouc, tous aussi rouges que des écureuils. Il prétendait que la République française était pareille à un bateau gouverné non point par un capitaine, mais par une horde de pirates, chacun tirant à soi la voile sans souci des vents, ce qui conduirait inévitablement le navire au naufrage. Il était abonné au *Soleil d'Auvergne,* dont il laissait traîner des numéros sur les tables, y cochant au crayon rouge les paragraphes les plus sulfureux. Un royaliste au milieu de ce quartier populaire était une curiosité aussi grande que si l'on y avait vu pousser un bananier.

— Quand il m'arrive d'écrire, je colle toujours sur l'enveloppe le timbre à l'envers. Si bien que la Semeuse, cette République idiote qui sème contre le vent, a la tête en bas et les pieds en haut. C'est ma façon de la renverser. En attendant mieux. Nous sommes un petit noyau d'hommes décidés qui nous préparons à une nouvelle Restauration.

Cela devait mal finir. Ancien élève des curés, ennemi de la Bible, de la démocratie, des syndicats, du préfet, de la police, c'étaient trop d'originalités chez un seul homme. Un dimanche matin, monsieur Maxime tapait tranquillement une manille avec ses partenaires habituels lorsque la porte du bistrot s'ouvrit en coup de vent. Deux civils coiffés d'un feutre à raie bondirent à l'intérieur, pétard au poing, et encadrèrent les joueurs, visant spécialement le restaurateur de la monarchie.

— Etes-vous le sieur Galais Maxime ?
— Je ne peux le nier.
— Dans ce cas, nous vous arrêtons.
— Pour quel motif ?
— Pour complot contre la République. Complot royaliste. Vous vous expliquerez au commissariat central. Suivez-nous, et passez devant.

Il fut emmené menottes aux poignets. Il revint trois semaines plus tard, barbu, défait, amaigri, expliquant qu'on l'avait relâché pour insuffisance de preuves, qu'il y avait loin des principes à l'action, de même qu'il y a loin de la coupe aux lèvres.

— Je juge préférable de changer de résidence.

Il embrassa les femmes et les enfants, serra la main des hommes et disparut du Petit Cayenne. On ne le revit plus jamais.

7

Encore un clown : monsieur Jacomet. Profession : employé des pompes funèbres, comme l'attestaient son costume de deuil et les initiales d'argent brodées sur son collet : PFG. Autrement dit, croque-mort.

— Il y a longtemps, protestait-il, que nous ne croquons plus les morts, que nous ne mordons plus leur gros orteil pour savoir s'ils sont bien clamsés.

Sur sa lèvre supérieure, il portait la courte moustache, dite crotte, qui ornait aussi celle d'Henri Chabanne ; si bien que, debout côte à côte, ils avaient l'air de frères jumeaux.

— Mes collègues et moi, affirmait-il, nous l'avons gagnée de haute lutte.

— Comment ça ?

— Pendant la guerre, tous les hommes se laissaient pousser la barbe et la moustache, comme vous savez. On n'avait ni le temps, ni les moyens de se raser. Tous des poilus. Mais voici qu'à notre démobilisation les directeurs des pompes nous interdisent de porter le poil. Sous prétexte qu'il fait mauvais effet sur les familles. Ou qu'il nous donne l'air d'être des anarchistes, pareils à la bande à Bonnot. Nous avons dû faire grève, refuser pendant huit jours d'enterrer les clients. Au bout de quoi nous sommes arrivés à un compromis, sans vainqueurs ni vaincus.

Défense de porter la barbe ou la moustache en guidon de bicyclette. La crotte seule est autorisée.

Monsieur Jacomet, comme la plupart de ceux qui fréquentent les macchabées, se plaisait à raconter des histoires funéraires et désopilantes.

— Dans notre métier, on a souvent l'occasion de rire. Je veux dire : de rire intérieurement, sans que ça se voie sur la figure. Par exemple, on monte l'escalier pour prendre le cercueil. A travers la porte, on entend des discussions entre les héritiers : « Qu'est-ce que ça veut dire ? La belle-mère avait une ménagère en argent. Où donc qu'elle est passée ? Et le chandelier, hein ? En argent lui aussi ! Il a disparu ! Qu'est-ce que ça veut dire ? » Alors on frappe doucement, on se frotte les pieds sur le paillasson. La discussion continue. On tousse un peu. On finit par pousser la porte. Aussitôt c'est un grand silence. Chaque visage prend l'expression d'une profonde douleur. Amusant, non ?

Et l'histoire du goupillon :

— Un jour, dans une église, je prends le goupillon et je le tends tout mouillé au premier de la famille. Celui-ci veut le secouer. Tout par un coup, la boule fout le camp. Elle roule dans l'église, elle va se cacher dans un coin. Voici tout le monde à quatre pattes pour la retrouver. Impossible. Heureusement, le curé avait un autre aspersoir, et il a sauvé la cérémonie. Celui qui se marrait le plus, j'en suis sûr, c'est le client dans sa boîte !

Et celle de la machine à coudre :

— Les funérailles les plus tristes sont celles des enfants. Ça gémit, ça pleure, ça hurle de tous les côtés. Mais je vous raconte une exception. C'était après le décès d'un petit de trois ans. Nous arrivons, nous accrochons autour de la porte les borniols, les tentures noires. La petite caisse était disposée dans une chambre sombre, volets fermés. Or à côté se trouvait une machine à coudre, sous son couvercle en bois. Elle avait à peu près les mêmes dimensions que le cercueil de mon jeune client. Entre les deux, la table de nuit, avec le verre d'eau bénite et le brin de buis. Qu'est-ce qui arrive ? Il arrive qu'à plusieurs reprises un visiteur entre dans la pièce obscure, saisit le brin de buis et le secoue sur la machine à coudre en faisant un signe de croix. Chaque fois, vous pouvez me croire, cette erreur apportait un peu de gaieté dans la maison.

Monsieur Jacomet, lui, ne riait jamais au récit de ces joyeusetés. Il avait exercé sa figure à rester impassible en toutes circonstances. Mais sa philosophie consistait à faire rire de la mort. Et c'était bien fait pour elle, car il n'y a pas de figure plus grotesque que cette grande salope aux dents découvertes, qui exhibe sans pudeur ses côtes, ses rotules et ses tibias, qui brandit une faux fallacieuse.

Le morceau de bravoure de l'employé aux pompes était d'expliquer, par voie démonstrative, comment doit se comporter un cheval dans un enterrement de première classe :

— Il faut le dresser patiemment, comme les laboureurs dressent leurs vaches ou leurs bœufs avant de les atteler. Lui apprendre à suivre le curé, qui marche devant le convoi. Alors, l'un de nous se déguise ; se met, en manière de surplis, un journal sur le dos et sur la poitrine. Il avance, chantant en latin *Tu m'as fait lever tôt, méo ! Tu payeras mes pas, méa !* Le cheval doit aussi progresser en mesure, suivre exactement le rythme de la *Marche funèbre* de Chopin. Sinon, ça fait désordre.

Pour mieux se faire comprendre, monsieur Jacomet écartait dans le café les chaises et les guéridons, se mettait à quatre pattes, levait un bras, levait une jambe, tout en chantant ladite *Marche* :

— Poum… poum… poumpoum ! Poum… poum… poumpoum !…

Tout le monde dans le bistrot applaudissait. On se serait cru au cirque. Quand son nez arrivait à la porte, il se relevait, s'époussetait les mains :

— Voilà, mesdames, messieurs, comment doit marcher un vrai cheval de corbillard.

Pour conclure, il poussait un long hennissement : *hi… hiiiii…* sans qu'un seul trait de sa figure bougeât d'une ligne. Chacun comprenait qu'il y a un art d'enterrer comme il y a un art de bâtir.

Libre comme l'air ! La liberté d'Amandine Pichon ne dura que quelques semaines.

Tout à coup, la clochette tinta, la porte s'ouvrit, l'institutrice chauve entra comme un bolide. Personne dans la salle du café. Madame Elise sortit de sa cuisine.

— Ça y est ! J'ai déniché un autre merle !
— Quoi, quoi, quoi ?
— Mais oui, charmante Elise : un autre amoureux ! Un autre fiancé !
— Je vous croyais dégoûtée des hommes.
— Celui-là est exceptionnel.
— Toutes mes félicitations.

Elle considéra un moment la maîtresse d'école, sa « fausse perruque », ses faux cils, ses fausses dents. Visiblement, une question lui brûlait les lèvres. Amandine sut la lui épargner :

— Vous vous demandez sans doute s'il est au courant de mes infirmités ? Si j'ai eu le courage de lui répéter le coup du mardi gras ?

— Je me le demande un peu.

— Eh bien, je vais vous répondre : il sait tout. Je lui ai découvert ma calvitie générale. Car je suis chauve de partout, charmante Elise. Même… en bas.

— Oh !… Et il vous accepte ?

— Il m'accepte telle que je suis. Telle que ce cochon de vétérinaire m'a réduite.

— C'est une grande preuve d'amour.

— Nous sommes deux handicapés.

— Ah bon ! Lui aussi ?

— Je vous le présenterai. Vous comprendrez ce que je veux dire. Il pardonne mes désagréments, puisque je pardonne les siens. Il ressemble à Polichinelle et au Nain jaune réunis.

— Ça doit être bizarre. A-t-il du moins une bonne profession ?

— Il est clerc chez un notaire de Beaumont.

— Vous n'allez pas épouser un misérable !

— Il possède à Chamalières une petite maison. Disons même une villa, avec eau, gaz, électricité. Il y a tout de même une chose qui nous sépare : il est protestant, et moi catholique.

— Oh ! madame Pichon ! Vous êtes une institutrice laïque. Vous avez l'habitude d'oublier les religions.

— Sans doute. N'empêche que je me sens catholique au fond du cœur, et je me demande comment je vais réussir à supporter ce huguenot. Heureusement que je suis divorcée deux fois, et que je ne peux prétendre qu'à un mariage civil.

— Dans un ménage, que diable, on ne parle pas Evangile tous les matins ! A votre âge, n'est-ce pas, vous n'espérez pas avoir d'enfant, seule chose qui pourrait poser problème. Tout ira bien, vous verrez, vous verrez, pourvu que vos caractères s'accordent.

Amandine repartit très remontée. Quelques jours plus tard, en effet, elle vint présenter son nouveau merle, monsieur Rigaudière. Pas si nain qu'elle le prétendait, seulement un peu bas du dos, les fesses plongeantes, la tête énorme, coiffée de beaux cheveux gris. A demi Polichinelle, muni d'une seule bosse, dorsale. Ses yeux révélaient l'intelligence, le savoir, la sagesse. Sa profession lui assurait un bon revenu, confirmé par ses vêtements de qualité, la chaîne de montre qui barrait son gilet, sa chevalière d'or. Les présentations se firent dans la plus parfaite cordialité.

— J'offre une coupe de champagne à tout le monde ! dit ce bossu pour faire oublier sa bosse.

Au nom de tous les présents, monsieur Carré, retraité de l'état civil, prononça quelques mots :

— Buvons à la prospérité de nos nouveaux amis. Nous leur souhaitons beaucoup de bonheur et beaucoup d'enfants.

Chacun leva sa coupe et personne ne sourit.

Un autre enseignant fréquentait le restaurant-comptoir : monsieur Hébrard, professeur d'anglais dans les deux écoles normales, celle de filles, avenue du Puy-de-Dôme, et celle de garçons, rue Jean-Baptiste-Torrilhon. Il avait servi pendant la guerre comme interprète entre les armées française et britannique. C'était un bel homme, haut de taille, large d'épaules, avec une voix étonnamment douce, en désaccord avec son poids. Ayant vécu plusieurs années chez les Anglais, il établissait entre eux et nous des comparaisons surprenantes :

— Alors que nous nous prétendons le peuple le plus intelligent de la terre, eux font semblant de se considérer comme stupides. Quand l'un d'eux prend un air idiot, c'est qu'il est en train de réfléchir. Quand, au contraire, un Français ne comprend pas quelque chose, il l'explique à ses voisins. Ce qui lui évite de montrer son ignorance.

— Oui, mais, dit madame Elise, il paraît que leur cuisine est abominable.

— Abominable, mais saine. Elle fait moins mal au foie que la nôtre.

— Est-ce que ma cuisine fait mal au foie ?

— Je n'ai pas dit cela. Je veux dire : en général.

— Mais je fais partie du général !

— Non. Vous êtes une exception.

— Saine, mais dégolasse, précisa Pouett-Pouett, l'Italien.

— Quel est leur plat le plus curieux ?

— C'est assurément le haggis écossais. Si vous allez en Ecosse, on vous fera croire que ce haggis est un oiseau rare et délicieux. Un peu comme nos perdreaux. Je me suis laissé inviter à une partie de chasse au haggis. Nous sommes revenus bredouilles. Par bonheur, nos amis écossais avaient réussi à en tuer un lors d'une battue précédente. Ils l'ont disposé sur la table. Extérieurement, cela tient du sac de patates, du catafalque, de la cornemuse. Jamais ils ne nous en ont donné la recette. Chaque Ecossais a d'ailleurs la sienne. Ce sont des gens qui ne font rien comme nous.

— Par exemple ?

— Quand ils vont à la pêche, ils attrapent le poisson, le mesurent, le pèsent, font dessus des réflexions philosophiques ; puis ils le rejettent à l'eau.

— Alors, pourquoi pêchent-ils ?

— Pour le plaisir du sport.

Aussoleil, qui s'intéressait aux femmes, voulut se renseigner :

— Il paraît qu'ils ne sont pas très portés sur le... le sentiment ?

— Le sentiment ?

— Vous voyez bien ce que je veux dire.

— Ecoutez. Quand j'étais étudiant, je logeais à Londres chez une veuve pourvue d'une fille de dix-huit printemps. Croyez-moi si vous voulez : toutes deux étaient folles de moi. J'étais obligé de partager mon temps. Le lundi soir, je le consacrais à la mère ; le mardi, à la fille ; le mercredi à la mère ; et ainsi de suite. Je crois que les Anglaises aiment aussi ce genre de sport.

— Et le dimanche ?

— Nous allions aux vêpres tous les trois.

— Vous n'avez pas honte de raconter des choses pareilles ? s'écriait madame Elise. Heureusement qu'aujourd'hui il n'y a pas d'enfant qui vous entende !

Paulo entraîna la conversation sur un terrain moins scabreux :

— Est-ce qu'ils boivent du vin ?

— Quelquefois. Mais ils fabriquent des boissons qu'ils appellent « vins » avec des fruits colorés. Ils obtiennent par ce moyen du vin de fraise, du vin de mûre, du vin de framboise, du vin d'airelle.

— Ça ne doit pas monter à la tête !

— Quand ils veulent se soûler, ils boivent du whisky. Une eau-de-vie qui a un goût de créosote. En le buvant, vous avez tout à fait l'impression que vous léchez une traverse de chemin de fer.

— Beurk ! fit Paulo, résumant l'opinion générale.

De ces confrontations culturelles, les clients du bistrot sortaient convaincus des supériorités françaises. Aussi furent-ils bien étonnés lorsque, après les vacances de 1924, le professeur Hébrard annonça qu'il venait de se marier. Et avec qui ? Avec une Ecossaise ! Chacun, néanmoins, la trouva timide et charmante, avec son français embarrassé, sa chevelure rousse, ses yeux verts. Le portrait tout craché de miss Elisabeth Pugh Parker, qui avait implanté à Clermont l'industrie du caoutchouc ! Les jeunes époux prirent quelques repas au restaurant-comptoir. Elle consommait les petits pois en les disposant en équilibre sur le dos de la fourchette, ce qui tenait de la prestidigitation. Pendant ce temps, elle fronçait le nez à l'odeur des andouillettes grillées, dont les bergougnans se régalaient. Ou à celle des tripes. Le professeur prit à part madame Elise pour excuser sa jeune épouse :

— Elle a tout à apprendre de ce qui fait notre civilisation. Laissez-lui un peu de temps, je vous prie.

— Mais pourquoi donc, monsieur Hébrard, êtes-vous allé chercher cette étrangère ? N'y a-t-il pas de jolies filles à Clermont ?

— Que voulez-vous, chère madame, je suis prof d'anglais. Souvent, j'ai besoin de consulter un dictionnaire. Et je n'ai pas trouvé de meilleur moyen que celui-là pour avoir un dictionnaire à ma disposition constante. Même dans mon lit.

8

Quand Marcel faisait ses devoirs au fond de la salle, il aimait le bourdonnement des voix, la vapeur des grogs et des viandox, les coups de poing des manilleurs sur les tables, leurs cris de triomphe. Non seulement ce tapage ne l'empêchait pas de travailler, mais il se sentait dedans comme une abeille dans sa ruche.

— Je voudrais un goudron Pérouse, dit un client.

Marcel leva la tête, vit un homme splendide, coiffé d'un large chapeau, portant cravate lavallière, cape Trois-Mousquetaires, pantalons serrés aux chevilles.

— Tout de suite, monsieur, répondit madame Elise.

Elle mit sur le zinc un verre cabaret, choisit derrière elle une bouteille contenant un liquide brunâtre, versa jusqu'à mi-hauteur.

— Je suis heureux, dit l'homme splendide, que vous serviez cette boisson tonique, digestive, spécifique par excellence des affections bronchiteuses. Je me présente : Mario Pérouse.

Madame Chabanne en resta bouche bée. Ensuite, elle put dire :

— Le... le fabricant ?

— Le fils du fabricant. Il distille le goudron Pérouse et plusieurs autres liqueurs. Personnellement, j'ai plutôt une autre activité. Mais j'habite tout près de votre établissement, rue de Serbie. Et je suis entré chez vous en voisin, pour vous saluer.

— Très honorée, monsieur Pérouse.

Elle lui tendit la main par-dessus le comptoir, fut très surprise qu'il la prît dans la sienne, se penchât, la frôlât de sa moustache, au lieu de la secouer comme faisaient les bergougnans.

— Pendant que nous y sommes, ajouta-t-il, puis-je vous demander une faveur ?... Peu de chose. Il s'agit d'afficher au bon endroit ce placard publicitaire.

Cela représentait, évoluant parmi les masses glacées, dans la lumière crue des cimes, un skieur qui brandissait une bouteille de goudron Pérouse, remarquable protection contre les froidures.

— C'est moi qui l'ai peint, précisa-t-il.

— Mais vous êtes un grand artiste !

— Avec plusieurs collègues, nous formons un groupe : l'école de Murols. Vous connaissez Murols ?

— J'en ai entendu parler. Près du lac Chambon ?

— Nous nous réunissons là-haut pour confronter nos goûts et œuvrer dans le même esprit. Victor Charreton, Jules Rey, Jean de Chasteauneuf, Vladimir Terlikowski ; et même un prêtre, l'abbé Boudal. Tous assoiffés de couleurs. Nous peignons Murols et ses alentours. De préférence l'hiver. On nous appelle aussi l'école des Neiges. Mon père voulait faire de moi un avocat. Heureusement, il y a eu la guerre. En 1916, gazé, j'ai été réformé. On m'a envoyé respirer à la montagne. Tout de suite, j'ai été emballé par ce magnifique pays.

Il but un peu de son goudron, puis reprit sa biographie :

— Un matin que j'étais en train de peindre en plein air le village enneigé, des paysans, réunis autour de moi, observaient les mouvements de mes pinceaux sur la toile. J'entendis l'un d'eux chuchoter à son voisin : « Pauvre diable ! Faut-il qu'il soit dans le besoin pour travailler avec un froid pareil ! » Un autre jour, à cause de mon parasol, je fus pris pour un raccommodeur de parapluies. Paris s'intéresse à nous de temps en temps. Rarement. Paris ne s'intéresse qu'à lui-même. Peut-être, dans vingt ans, il nous découvrira.

Elise n'en revenait pas de recevoir dans son bistrot une personne si importante. Pour entendre leurs propos, les joueurs de cartes tenaient leur manille en suspens. L'un d'eux s'écria, désignant le jeune Marcel, attentif dans son encoignure :

— Nous avons aussi un artiste, dans la maison.

— Oh ! protesta la mère, rouge de confusion. Il dessine seulement, pour s'amuser.

— C'est l'idéal, chère madame : produire de la beauté en s'amusant. A moi, elle coûte mille peines et mille sueurs. Est-ce que je peux voir ce qu'il fait ?

Marcel la Peinture s'en alla quérir le carton où il enfermait ses esquisses, dessins au crayon, aquarelles, gouaches, fusains. Portraits de son père, de sa mère et de sa sœur, vases de roses, le lac de Genève d'après une carte postale, et même une nature morte bistrotière composée de bouteilles, de verres, d'une miche de pain. Sur deux tables rapprochées, il étala tous ces essais. Mario Pérouse se pencha, releva pour mieux voir le bord de son chapeau, en tint quelques-uns à bout de bras. On l'entendait pousser des gloussements. Tous les présents retenaient leur souffle. Puis il prononça de vraies paroles :

— Quel âge a cet enfant ?

— Onze ans, répondit la mère.

— ... et demi, précisa Marcel.

— Je n'en crois ni mes yeux ni mes oreilles. Ces premiers travaux sortis des mains d'un gamin de onze ans me remplissent d'admiration. Il y manque seulement... (il frotta son pouce contre les quatre doigts)... il y manque seulement un peu de *laouf*.

Chœur des clients stupéfiés :

— Du... laouf ?

— Oui. Voilà ce qui lui manque. Rien qu'un peu de laouf[1].

Silence général. Au bout duquel Elise osa dire :

— Et où peut-on se procurer ce... laouf ?

— Ça ne s'achète pas aux Galeries de Jaude. Mais si vous voulez me faire confiance, je peux lui en fournir.

— Vraiment, monsieur Pérouse ? Vous feriez ça pour lui ?

— Qu'il vienne dans mon atelier jeudi prochain, au 4 de la rue de Serbie. Qu'il y revienne ensuite pendant quelques mois. Je ferai de mon mieux pour dégager sa personnalité. Son laouf.

— Je ne sais pas si je pourrai payer...

— Je ne demande rien. Que l'honneur de le former.

La rue de Serbie était bordée de maisons anciennes à trois étages, généralement pourvues de deux balcons superposés. Habitées par les petites gens qui grouillaient dans ce quartier d'entrepôts, de vignerons, de quincailliers, de tanneurs. Par des bergougnans qui, le dimanche, trempaient du fil dans la Tiretaine malgré ses immondices. Par les vénéricultrices qui exerçaient leurs talents rue des Minimes, rue du Bois-de-Cros, rue de l'Ange. Par les religieuses et les élèves de Saint-Alyre. Marcel la connaissait bien pour y avoir tiré plus d'une sonnette. Le jeudi suivant, il pressa donc en toute légalité le bouton marqué PÉROUSE, 2ᵉ ÉTAGE. La tête du peintre émergea d'une fenêtre :

---

1. Probablement d'après le terme germanique *Anlauf*, élan.

— Qui est-ce ?
— Marcel Chabanne.
— J'envoie quelqu'un.

L'instant d'après, le battant s'ouvrit devant une jolie fillette d'environ quatorze ans.

— Je suis Hélène, la fille de monsieur Pérouse.

Elle sourit, sous son nez en trompette. Des cheveux épais, mordorés, tombaient sur ses épaules, fleuris d'un nœud rouge. Il suivit les chaussettes et les sandales blanches qui montaient les marches devant lui. L'escalier sentait un peu le pipi de chat. Au second étage, il fut accueilli par le maître. Sans chapeau, cape ni veste, mais une ceinture de flanelle bleue autour du ventre, comme en portaient les ouvriers du bâtiment. Aux pieds, des babouches algériennes. Derrière lui, une dame en pantalons, comme Jeanne d'Arc et George Sand.

— Je vous présente, dit-il à sa femme et à sa fille, un futur génie de la peinture. Retenez bien son nom : Marcel Chabanne. Dans quelques années, ce nom sera sur toutes les lèvres. J'aurai la gloire de l'avoir découvert. Et de lui avoir donné un peu de laouf.

Madame Pérouse lui tendit une main chargée de bagues et de parfum, qu'il effleura à peine du bout de ses doigts.

Le maître l'introduisit dans son atelier et enfila une blouse maculée. La pièce était dans un désordre indescriptible. Des toiles couvraient les murs, les portes, le plafond. D'autres étaient accumulées, faces contre piles. Sur un tréteau, des flacons, des palettes, des boîtes débordant de tubes, de pinceaux. Sur un rayon, des bouteilles emplies de mystérieux liquides. Dans les coins, des chiffons multicolores. A la porte, un clairon accroché à un clou :

— Je m'en sers pour appeler notre servante, Eugénie, quand j'ai besoin de ses services. Ou ma femme. Ou ma fille. En 14, j'étais dans les zouaves.

Cela expliquait bien des choses. Puis il présenta quelques-uns de ses tableaux, les commentant comme à un critique d'art adulte, non comme à un enfant de onze ans et demi. Et lui donnant du vous :

— Voyez ici le même sujet : une vue d'Auzelles, près de Cunlhat. Son église, quelques maisons, beaucoup d'arbres. A gauche, traité à l'aquarelle, tons bleuâtres. A droite, une huile sur toile, où le vert Véronèse domine. Autre jour, autre éclairage, autre humeur. Les impressionnistes nous ont donné l'exemple de ces variations musicales sur un même thème. Rappelez-vous les diverses cathédrales de Rouen exécutées par Claude Monet. Vous connaissez les impressionnistes, n'est-ce pas ?

— Heu…

— Suis-je bête, comment les connaîtriez-vous ? Je vous les présenterai. Je me suis beaucoup inspiré d'eux. La preuve : cette cathédrale de Clermont sous la neige. Mais je veux la repeindre : sous le soleil, sous la pluie, dans la brume.

Suivit une véritable conférence sur la couleur, la lumière, le flou artistique, l'étroite relation nécessaire entre le sentiment du peintre et l'objet représenté.

— Et la ressemblance, me direz-vous ?… Mais, cher ami, je me fous de la ressemblance ! La peinture digne de ce nom ne saurait être une reproduction servile de l'objet. Copier, c'est singer. Pour qu'une œuvre atteigne vraiment à la beauté artistique, il faut qu'elle soit le reflet d'un état d'âme. Non une maladroite photographie.

Il saisit Marcel par les épaules, le regarda droit dans les yeux, lui posa cette question, à laquelle il répondit lui-même tout de suite :

— Qu'est-ce donc que l'Art, mon cher, sinon un moyen de rendre sensible ce qui ne l'est pas ? D'aller à la raison des choses ? De faire transparaître leur âme ? C'est pourquoi, dans mes paysages, plutôt que l'été, je préfère l'hiver et ses nuances délicates. Plutôt que le jour, le contre-jour. Des critiques aveugles me disent : « Vous vous complaisez dans les villages sous la neige ; mais tout cela n'est que du blanc ; blanc bonnet et bonnet blanc ! » Quelle sottise, cher ami ! Quelle ineptie ! Il y a d'exquises variétés de blanc. J'ai représenté de la neige grise, marron, bleutée, jaunâtre. Comprenez-vous ? Ces nuances étaient dans mon œil, plus que dans la chose représentée...

Etourdi par tant de mots, tant d'enthousiasme, tant de poésie, Marcel se sentait la tête remplie de carillons. Mais, ce jour-là, il n'eut rien d'autre à faire qu'à entendre, qu'à regarder. Comme le jour commençait à faiblir, Mario Pérouse empoigna son clairon, ouvrit la porte et sonna le rassemblement : « *La pipe à papa que l'on croyait perdue...* » Aussitôt parut une vieille servante en coiffe tuyautée :

— Eugénie, apportez-nous un peu de goudron.

De goudron Pérouse, naturellement. Dans des verres à liqueur. Marcel, qui pour la première fois de sa vie y trempait les lèvres, le trouva véritablement tonique et digestif. Un peu fort, cependant.

Lorsqu'il reparut ce soir-là au restaurant-comptoir, sa mère l'embrassa et le considéra longuement, comme si quelque chose avait dû changer dans son visage.

— Eh bien ! demanda-t-elle. Ce laouf ?

— Ça vient. Je sens que ça vient.

Les rencontres suivantes qu'il eut avec le maître furent remplies par l'examen et la discussion pointilleuse des essais qu'il avait apportés. Chaque ligne, chaque nuance était passée à l'étamine. Monsieur Pérouse lui démontra l'avantage qu'il aurait eu à remplacer tel vert par du brun feuille-morte ; ou au contraire tel gris par du bleu. C'était bouleverser, comme on bat un jeu de cartes, les notions de couleurs qui encombraient sa cervelle. Marcel la Peinture n'avait jamais employé que l'aquarelle et la gouache. Son maître lui apprit l'usage de l'huile ; la préparation de la toile ; les mélanges sur la palette ; la superposition des touches. Il y eut encore, pour finir, une sonnerie de clairon. Cette fois, la dame au pantalon le prit en charge et lui offrit des boissons plus douces, chocolat, lait au café, orangeade, accompagnées de biscuits. Hélène participait à ce goûter, écoutant plus qu'elle ne parlait, comme il convenait à ses quatorze avrils.

Ainsi s'établirent entre le restaurant-comptoir et le numéro 4 de la rue de Serbie des relations presque quotidiennes. Mario Pérouse se montrait au bistrot plusieurs fois par semaine. Il aimait la compagnie des petites gens, ouvriers Bergougnan, maçons, plâtriers, jardiniers. Avec leur permission, il les croquait au fusain sur ses grandes feuilles blanches. C'étaient des occasions d'éclats de rire, de protestations :

— Est-ce que j'ai un pif aussi gros ? Une figure aussi large ?

— Je me fous de la ressemblance, répétait-il. J'aime les oranges bleues, la lune rose, le soleil noir.

Un jour, devant une assemblée de quinze buveurs, il souligna que le bistrot n'avait point de nom.

— Il lui en faut un absolument ! décida-t-il. Qui propose quelque chose ?

— A bon vin, point d'enseigne, répliqua le professeur Hébrard, que le hasard avait conduit en ces lieux.

— Au Vin sans eau, suggéra l'un.
— C'est cucul.
— La Bonne Hôtesse, proposa l'autre.
— C'est banal.
— Au Bon Coin.
— Voilà qui va bien attirer la clientèle !

Chacun y allait de sa suggestion, sans parvenir à convaincre la majorité de ce parlement.

— Il faut, insista le maître, quelque chose qui surprenne, qui accroche les yeux et l'esprit.

Puis, s'adressant à la patronne :

— Madame Elise, vous servez bien des grillades ?
— Naturellement.
— Alors, je propose que votre établissement s'appelle Le Grillon vert.

Stupeur générale. Quelqu'un osa dire qu'un grillon, c'est plutôt noir.

— Justement ! Un grillon vert doit étonner. Et intéresser. Je suis sûr qu'aucun autre restaurant français ne s'honore d'une telle enseigne.

— Mais pourquoi le vert, plutôt que le rouge ou le marron ?

— Parce qu'il est ma couleur préférée. Celle de la campagne. Donnez-moi du vert et du blanc, et je vous peins le monde.

On en discuta encore. Puis la proposition du maître fut mise aux voix. Elle obtint quinze votes pour et deux abstentions : celles de monsieur et madame Chabanne.

Dès le lendemain, Mario Pérouse apporta une échelle et peignit sur la façade l'étrange appellation. Il représenta aussi, en grandeur plus que naturelle, un grillon aux élytres d'émeraude, coiffé d'une toque blanche ; occupé à touiller une sauce avec une cuillère de bois.

9

Les jupes commencèrent à raccourcir. Les mollets des femmes, invisibles en public depuis les Grecs, firent une timide apparition. En même temps, les cheveux coupés à la garçonne se généralisaient. L'écrivain Victor Margueritte consacra le mot dans un roman scandaleux qui lui coûta sa Légion d'honneur. Amandine Rigaudière, cependant, ne changea point de perruque et conserva sa toison d'astrakan.

L'économie clermontoise florissait toujours grâce au caoutchouc avec un *c* final mais désespérément muet, comme si sa greffe refusait de prendre, alors qu'on disait naturellement un bouc et un plouc. Mais grâce aussi à la fonderie Ollier, aux vêtements Conchon-Quinette, aux chocolats Rouzaud, à la bière Fauvette, au goudron Pérouse, aux pâtes de fruits Humbert, aux macaronis l'Etincelle, aux vins d'Aubière, de Chanturgue, de Montjuzet, aux billets imprimés par la Banque de France. Celle-ci venait de bâtir aux confins de Clermont et de Chamalières une immense construction de brique rose. Là étaient fabriqués les billets neufs, brûlés les usagés qui sentaient le fromage. Puanteur, plus exactement, de l'avarice et de l'avidité. On n'était admis à travailler dans cette usine que si l'on était en mesure d'avancer les plus hautes protections : celles d'un député, d'un sénateur, de l'évêque. La France tout entière nageait d'ailleurs dans la prospérité, puisqu'elle ne comptait que 13 462 chômeurs, dont sans doute au moins dix mille irréductibles.

Le jeune Marcel supplia longtemps son père de lui faire visiter l'usine Ollier. Henri Chabanne obtint cette permission, et l'enfant put entrer dans cet enfer de flammes et de fumées où erraient des diables armés de fourches, de pelles, de riflards. L'atmosphère empestait le soufre et le coke ardent. On lui présenta les cubilots, énormes marmites dans lesquelles fondaient les métaux ; d'où, le moment venu, l'acier liquide s'écoulait, éblouissant, aussi fluide que l'eau d'une fontaine, jusqu'aux moules de sable qui lui donnaient la forme d'enclumes, de moyeux, d'hélices, de vis à pressoir.

— Nous produisons ici toutes sortes d'éléments qui tournent, qui frappent, qui tranchent. Même des couteaux de guillotine.

Les tribunaux français faisaient encore tomber, bon an mal an, une douzaine de têtes. Une vingtaine les bonnes années. Leurs couteaux ne s'usaient pas beaucoup ; mais l'entreprise Ollier exportait des guillotines, notamment vers les possessions françaises d'outre-mer.

Une guerre nouvelle venait justement d'y éclater. Dans une région du Maroc sous protectorat appelée le Rif, les populations berbères — Béni Zéroual, Béni Khaled, Béni Ouarghial, Béni Oui-Oui — s'étaient révoltées. Ce qui, aux yeux de la plupart des Français, était proprement incompréhensible : comment ces sauvages pouvaient-ils refuser les merveilles de notre civilisation, routes, hôpitaux, écoles, cinémas, casernes, tribunaux, perceptions, guillotines ? Après l'armée de métier, les soldats du contingent furent envoyés contre les rebelles pour les forcer à être heureux. Le nom de leur chef, Abd-el-Krim, attestait bien ses intentions criminelles. Les chanteurs des rues, accompagnés d'accordéons, vendaient la complainte du jour :

> *Sous le soleil marocain,*
> *Je pense à toi, à toi ô ma jolie !*
> *Dans les sables sans fin,*
> *Ton souvenir berce ma nostalgie.*
> *Au pays des Rifains,*
> *Ton amour seul me fait aimer la vie.*

En réalité, le Rif n'est pas un « sable sans fin », mais une région montagneuse, arrosée par plusieurs torrents ou rivières ; il produit des oliviers, des chênes-lièges, des chèvres, des moutons. Mais les auteurs de complaintes n'ont pas le scrupule du détail. Mourir au désert est plus tragique que mourir sous les oliviers.

Etait-il plus doux de mourir de tuberculose ? Cette abominable maladie emportait plus de jeunes garçons que les balles marocaines. Les filles n'étaient pas épargnées. Il existait contre le mal des cures rudimentaires : s'exposer au soleil tout le long du jour ; sucer des pastilles à la résine de pin ; gober des œufs frais pondus. Le Grillon vert avait une cliente, Joséphine, vénéricultrice de profession, qui, pour s'en protéger, venait siffler un verre de marc chaque matin, avec une grimace épouvantable :

— Je me demande comment les hommes peuvent aimer cette horreur !

Une de ses collègues avalait des limaces vivantes, enrobées de sucre en poudre. Mais les soins les plus sérieux se donnaient au sanatorium Clémentel et au sanatorium Sabourin. Cela coûtait très cher à la société. Aussi les écoliers étaient-ils appelés à l'aide : ils vendaient des timbres antituberculeux. Marcel et Judith en fourguaient maints carnets à la clientèle du

Grillon ; mais leur meilleur acheteur était monsieur Raymond Bergougnan. Ils venaient sonner à la porte de sa magnifique villa. L'industriel les recevait cordialement, les embrassait en leur caressant les joues de son immense barbe et leur prenait un entier carnet de timbres.

Le cinéma et le théâtre s'employaient au mieux pour faire oublier ces disgrâces. Par sa formule originale, le Novelty attirait de plus en plus de monde. De temps en temps, madame Elise donnait quarante sous à ses deux gosses, et ils se rendaient à ses matinées, fréquentées principalement par les enfants et les vieilles femmes. La plupart de ces dames étaient abonnées, leurs places marquées du R de RÉSERVÉE. Elles venaient à leur cinoche comme elles seraient allées à la messe de 11 heures à Saint-Eutrope, sans considération du programme. Chose d'ailleurs très recommandée pour voir les films à épisodes : *Barabbas*, qui n'en comptait pas moins de six ; *Les Mystères de Paris,* qui allaient jusqu'à douze. Judith et Marcel appréciaient surtout les sujets comiques, tels que *Double-Patte et Patachon.* Ou bien *Monte là-dessus,* avec Harold Lloyd, son canotier et ses lunettes. Mieux encore, les chaplinades : *Le Gosse, La Ruée vers l'or.* Dans *Charlot soldat*, on voyait le héros en uniforme kaki portant sur la tête une sorte de saladier et, accrochés à sa vareuse, les cent accessoires indispensables à la survie dans les tranchées : écumoire, cafetière, fouet à monter la crème, râpe à fromage, tire-bouchon. Ils aimèrent Gloria Swanson dans *Madame Sans-Gêne*, malgré son nez si retroussé qu'il pouvait pleuvoir dedans. Ils pleurèrent aux malheurs de *Jeanne d'Arc,* interprétée par Marie Falconetti, tout en espérant jusqu'à la dernière minute qu'elle échapperait aux Anglais. Les acteurs remuaient les lèvres pour parler ; mais on n'entendait pas leurs voix, couvertes par la musique. Les mots prononcés paraissaient sur l'écran en lettres majuscules :

— COMMENT POUVEZ-VOUS CROIRE UNE CHOSE PAREILLE ?
— JE NE LA CROIS PAS. J'EN SUIS SÛRE.

Ce qui engendrait une lecture à voix haute de tout le public, un bredouillement collectif, des exclamations de dépit émises par ceux qui n'avaient pas eu le temps de lire jusqu'au bout les longs textes. En conséquence, le cinéma muet parlait bel et bien : dans la salle. Les fortes répliques, les prouesses des personnages étaient applaudies comme font les enfants aux théâtres de marionnettes.

Avant l'entracte, le rideau rouge s'ouvrait sur l'« attraction ». Parmi les réciteurs de monologues, ils remarquèrent Fernandel, un débutant déguisé en tourlourou, appelé à une longue et brillante carrière. Il amusait le populo avec sa mâchoire et son sourire démesurés ; si bien que ce Marseillais semblait véritablement la plus noble conquête du cheval.

Au Théâtre municipal, place de Jaude, que les vieux Clermontois appelaient toujours la Halle aux toiles à cause de ses origines, la famille Chabanne assista, émerveillée, à la représentation de *Faust*, de *Carmen*, des *Cloches de Corneville*, de *Tutu-Panpan*. La bâtisse comportait sur ses arrières une école communale de garçons qui, jumelle de Fontgièvre, offrait un terrain d'application aux élèves-maîtres. On la sentait d'en bas, à son odeur d'urine, car les enfants ne disposaient pour s'ébattre que du palier de leur étage, de la cage d'escalier et des cabinets, sans aucune cour. Cette « école modèle » était sans doute la seule d'Auvergne à ne pouvoir offrir à ses élèves de véritables récréations. En revanche, pendant les leçons, il arrivait que le théâtre contigu leur offrît les flonflons de son orchestre ou les voix d'un chœur héroïque :

> *Gloire immortelle de nos aïeux,*
> *Vivons comme elle, mourons comme eux...*

En guise de terrain de gymnastique, l'école d'application s'emparait d'un morceau de la place, sous les regards ébahis des passants. A 11 heures et à 4, régulièrement, chaque instituteur accompagnait un peloton d'enfants groupés suivant leurs domiciles : il y avait le rang Lamartine, le rang Saint-Pierre, le rang Blatin, le rang Saint-Eloy. Lorsqu'ils atteignaient la lisière de ces quartiers, les maîtres ordonnaient :
— Dispersez-vous !

Les élèves de cet établissement mi-école, mi-bastringue jouissaient le jeudi d'un autre champ de manœuvres : la place Sugny. A cause de sa forte déclivité, elle était le rendez-vous des caisses à savon. Quatre roulettes, dont deux orientables, le frein formé d'un levier de bois frottant sur le sol, ces bolides s'élançaient du haut de la place, arrivaient au fond à la vitesse grand V, en criant :
— Pouett ! Pouett !

Accrochages, culbutes, saignements de nez, genoux écorchés n'arrêtaient point les intrépides pilotes.

C'est que les Clermontois étaient de plus en plus fascinés par les automobiles. Comment ne pas l'être ? Michelin employait alors quinze mille ouvriers, Bergougnan quatre mille. De plus en plus, la bagnole devenait un sous-produit du pneumatique. Produit de rêve, cependant, au même titre que l'aéroplane, hors de portée du prolétaire. La « conduite intérieure tout acier » Citroën, avec freins sur les roues avant, coûtait 28 230 francs, ce qui représentait quatre ans du salaire d'un ouvrier. Les industriels, du moins, s'efforçaient de la populariser dans les esprits. C'est ainsi qu'avec l'aide de l'ACA (Automobile-Club d'Auvergne) ils avaient organisé la course de la Baraque. Le départ en était donné à l'extrémité ouest de la rue Fontgiève. On y vit s'affronter les marques les plus glorieuses du moment, Voisin, Talbot, Amilcar, Bugatti, Salmson. Mais aussi de petits véhicules à trois roues, dits cyclecars, rageurs comme des lévriers kurdes. Sur un parcours de dix kilomètres, les concurrents devaient atteindre le col des Goules après une montée abrupte et trois virages en épingle à cheveux qui ne permettaient pas les dépassements. L'épreuve se faisait donc au chronomètre. Les premières éditions furent des plus pittoresques. La chaussée était agrémentée de caillasses, de nids-de-poule, de saignées d'écoulement, bitumée seulement par des bouses de vache. Traversée quelquefois par des canards, des chiens ou des cochons. L'air sentait bon les gaz d'échappement à l'huile de ricin. Les spectateurs se bleuissaient les paumes à force d'applaudir, jetaient leurs chapeaux en l'air, hurlaient leur enthousiasme. Monsieur Jacques Hauvette, neveu des frères Michelin, ingénieur chimiste dans leur usine, fut le premier vainqueur sur Hispano-Suiza, à la vitesse moyenne de 69,7 km/h. En fin de journée, un grand banquet réunissait coureurs et organisateurs à l'hôtel Métropole de Royat. Nouvelle épreuve redoutable, celle-là tout en descentes.

Les années suivantes apportèrent des améliorations : les cochons furent consignés dans leurs soues, les canards dans leurs canardières, les chaussées aplanies.

Le samedi, jour de marché, amenait un afflux de paysans qui apportaient du bois, des veaux, des chevreaux, des cargaisons de pommes, de patates, de choux, de raves. Avant de repartir, affaires conclues, ils entraient dans les bistrots pour s'offrir un coup de remontant. Ce qu'ils aimaient, c'était le gros rouge qui leur trempait les moustaches. Réunis à quatre ou cinq autour d'une bouteille, ils parlaient peu, ne terminaient point leurs phrases, usant toujours du sous-entendu. Gênés en plus par le français, qu'ils croyaient devoir employer parce qu'ils se trouvaient à la ville, mais qui restait pour eux, habitués au patois, une langue étrangère :

— T'as vu le...? Nom de foutre !
— Est-ce que tu crois que...?
— J'en suis quasiment sûr et certain.
— Mais faudrait peut-être le...?
— Ça m'paraît ! Ça m'paraît !
— Oh ! c'est pas que je...
— J'm'en doute ben, mon gars ! J'm'en doute ben !
— Tout d'même, y a qu'ici...
— Et les autres : y doivent pas...
— T'as raison, mille fois raison.

Ajoutant à ce vocabulaire des clins d'œil, des ricanements, des signes de la main ou du nez, ils s'entendaient comme larrons en foire. Preuve que la vraie campagne avec ses péquenots et son parler était devenue un monde à part pour les habitants du Petit Cayenne. Avec le Grillon en guise de poste-frontière.

Pas pour Judith et Marcel, qui allaient souvent rendre visite à leurs grands-parents d'Espirat, près de Billom. Au Moyen Age, Billom fut une ville universitaire, honorée par Charlemagne. Les jésuites y installèrent au XVIe siècle leur premier collège, dont une école d'enfants de troupe était une lointaine héritière. Ces jeunes gens, en uniformes bleus et bérets noirs, animaient les vieilles rues. Alentour, la terre grasse et fertile produisait du blé, des betteraves, du tabac et surtout de l'ail. Un condiment fort apprécié dans la cuisine auvergnate aussi bien que dans la provençale. Il possède en outre des vertus thérapeutiques contre l'hypertension artérielle, la bronchite, les engelures, les vers intestinaux. Tous les enfants billomois portent sous la chemise des colliers de gousses. Les paysans en frottent leur pain sec. Les jours de foire, ils en mastiquent plusieurs de suite, ce qui leur confère une haleine à laquelle peu de maquignons résistent dans les négociations : ils capitulent tout de suite.

L'ail ne craint point le gel. Planté avant l'hiver, on le récolte au mois de juillet. Les Jean-sans-terre peuvent le cultiver à la bouche d'une carafe, telle une jacinthe ; il émet alors une pousse verte qu'on découpe en petits morceaux et mélange au fromage blanc. Il faut voir avec quelle délicatesse, quelles précautions l'amateur d'ail procède au déshabillage de chaque gousse ! Quelle exacte connaissance de ses contours ! Jusqu'à l'instant où elle se révèle enfin, dans sa blanche et lisse nudité.

Pour atteindre Espirat, le frère et la sœur empruntaient le train Clermont-Thiers-Saint-Etienne. Tout seuls, comme des grands. L'omnibus les déposait en gare de Vertaizon. Changement de réseau : ils quittaient le PLM pour la CCL, Compagnie des chemins de fer de la Limagne. Longue de 8,8 kilomètres, la ligne comportait deux gares intermédiaires, Vassel et Espirat. Empruntée par des enfants de troupe et leurs familles, des paysannes et leurs paniers, des betteraves, des céréales, des tuiles, des tonneaux. La locomotive-tender, surmontée d'une cheminée impressionnante, traînait poussivement cette charge ou cette surcharge à une vitesse de 30 ou 40 km/h, selon la force et la direction des vents. Elle émettait dans les côtes des halètements que tous les voyageurs comprenaient ainsi :

N'en pode pu!
Ha-ha!
N'en pode pu!
Bussa-me o tchu[1] *!*

En gare de Chignat-Vertaizon, les deux petits Chabanne la voyaient arriver au milieu de ses vapeurs charbonneuses.

— Chignat-Vertaizon ! criait le chef. Tout le monde descend !

La loco se détachait de ses wagons, s'avançait sur la plaque tournante afin de repartir en sens inverse. Le mécanicien, le chauffeur descendaient, poussaient à bras l'énorme machine, qui, sur des galets bien huilés, accomplissait son demi-tour. Or un jour, voyant sur le quai les deux enfants bayer aux corneilles, le mécano leur cria :

— Venez donc nous aider !

C'était une plaisanterie ; ils la prirent pour argent comptant. Enjambant les aiguillages, ils joignirent leurs forces à celles des hommes bleus.

— Ne poussez quand même pas trop, recommanda le chauffeur. Sinon, elle va faire la toupie.

Par la suite, chaque fois qu'ils se rendaient chez les grands-parents Chabanne, ils proposaient leur renfort, que la CCL acceptait volontiers. Pour les récompenser, elle les recevait ensuite sur la machine et leur permettait, à tour de rôle, de tirer le cordon du sifflet. *Tu-tuuutt !* Les paysans occupés dans leurs champs à nouer les ails levaient la tête, bien surpris de voir une gamine et un gamin mener la locomotive. Parfois, un vigneron brandissait son *bousset*, le barillet de deux litres qu'il emportait au travail pour

---

1. « Je n'en peux plus ! / Ha-ha ! / Je n'en peux plus ! / Poussez-moi au cul ! »

étancher sa soif et lui tenir compagnie. Les cheminots comprenaient cette invite : ils renversaient la vapeur. La loco freinait des quatre fers. Ils la confiaient aux deux petits, disant :

— Y a un ennui technique.

A la régalade, le vin violet descendait dans leur gosier. Puis ils revenaient en se pourléchant les badigoinces :

— C'est réparé.

Tu-tuuutt ! Le convoi repartait en couinant. A Vassel, arrêt de deux minutes. Ce qui prenait un bon quart d'heure. Les voyageurs dans le besoin en profitaient pour descendre se soulager, car le train ne comportait pas de commodités. Pas de chauffage non plus en hiver. Mais les employés des gares distribuaient des bouillottes et des couvertures. La CCL était aux petits soins pour ses clients.

A Espirat, le frère et la sœur se jetaient dans les bras de pépé Albert et mémé Lalie. Celle-ci d'emblée s'écriait :

— Vous êtes tout *mouraillés* !

Elle sortait son immense mouchoir à carreaux, crachait dedans et leur débarbouillait la face et les mains, souillées en effet d'huile et d'escarbilles. C'était une vieille femme au visage plus plissé qu'un porte-monnaie, sous sa coiffe blanche à double étage de tuyaux. Elle portait un châle de cachemire, un tablier de coutil rayé qui lui tombait jusqu'aux chevilles. Pépé Albert, vêtu d'une veste courte à trois boutons, du genre rase-pet, ne sortait jamais sans sa hotte, où il mettait ses outils, son casse-croûte, son bousset, ses fagotins de verges. Et tous deux marchaient dans des sabots énormes, ferrés, qui sonnaient sur les cailloux comme des xylophones.

Leur maison était construite de pierres blanches bien assemblées, sous une toiture de tuiles romaines. Une treille s'agrippait à la façade, bleuie par le sulfate. Elle sentait, suivant les endroits, la paille, le fromage, l'omelette, la confiture de prunes, la vinasse. Au rez-de-chaussée voisinaient l'étable avec deux vachettes et le *cuvage* où patientait la cuve onze mois de l'année dans l'attente du douzième, celui des vendanges et de leurs gloires. Dessous, c'était la cave, profonde, voûtée, où le froid ne pénétrait jamais. Les tonneaux de dix, vingt, trente *pots*, ancienne mesure de quinze litres. Albert y invitait ses amis. On s'asseyait sur une vieille poutre moisie qui collait aux fesses. Le maître des lieux servait à boire. Ses amis recevaient le *tassou*, tasse d'argent au fond de laquelle était soudé un écu de cinq francs au profil de Louis-Philippe, dernier roi des Français. Lui se contentait d'un entonnoir fiché dans une pomme de terre, culotté de violet comme un évêque. Mais le vin était le même pour tous les buveurs, épais de couleur et de saveur ; jus d'un raisin appelé en patois vulgaire *panotchou*[1] à cause de la largeur de ses feuilles. Il inspirait de graves réflexions :

— Bougre ! Qu'il descend bien !
— Tu dirais que la Sainte Vierge te fait pipi dans la gorge !

Le grand-père entraînait son petit-fils dans ces assemblées souterraines afin de lui apprendre les bonnes manières vigneronnes. Il l'encourageait à boire un peu, ce qui n'est point péché : Jésus-Christ lui-même le conseilla un soir à ses apôtres. Judith, elle, restait à l'étage, en compagnie de l'aïeule. Un escalier de pierre extérieur grimpait jusqu'à une sorte de balcon, l'*estre*, que protégeait une avancée du toit, le *courcour*. A ses chevrons séchaient, pendus après juillet, les chapelets d'aulx, mais aussi les oignons,

---

1. Torche-cul.

les herbes de médecine ou d'assaisonnement, mélisse, menthe, laurier, fleurs de sureau. Les loquets des portes avaient la forme de cœurs, de feuilles, de lances. La cuisine était bien meublée, avec sa longue table, ses bancs, son horloge. Des images en couleurs, découpées dans *Le Petit Journal*, illustraient les murs : *Nos soldats vainqueurs défilent sous l'Arc de Triomphe, Gaston Doumergue président de la République, La Grande Roue*. Un étrange monument avec de longues oreilles, pareil à un bonnet d'âne : le Trocadéro. Comme tout bon Auvergnat, Albert et sa femme rêvaient de visiter Paris et ses merveilles ; en fait, Lalie n'était jamais allée plus loin que Billom ; lui, grâce au service militaire, avait traversé plusieurs départements : le Puy-de-Dôme, la Loire, le Rhône. Mais, trop jeune en 1870, trop vieux en 1914, il n'avait participé à aucune guerre, si ce n'est contre le phylloxéra.

Au plafond, des fromages séchaient sur des claies d'osier ; le petit-lait en tombait goutte à goutte, léché par les chats sur le plancher. A moins que... Ainsi, le jour où l'épouse du maire, madame Cohalion, honora les Chabanne de sa visite : son chapeau de feutre noir en ressortit tout constellé.

Mémé Lalie était toujours en train de faire deux ou trois choses à la fois : elle épluchait l'ail tout en surveillant la soupe en train de mitonner ; elle ravaudait les chaussettes en racontant ses souvenirs et en caressant le chat sur ses genoux ; elle courait de sa lessiveuse à sa marmite, se plaignant toujours de n'avoir que deux mains pour tant de besognes. Elle enseignait à Judith la cuisine billomoise, qui consistait, notamment, à mettre de l'ail partout, excepté dans la pâtisserie.

La chambre contenait deux lits. Dans l'un, Judith dormait avec la *grande* ; dans l'autre, Marcel avec le *grand*. On éteignait toute lumière avant de se déshabiller. Alors, la *grande* récitait un *Je vous salue* et un *Notre Père* qui se diluaient dans les ténèbres, vaguement soutenus par le marmottement des autres. Mais avant que ne fût prononcé l'*Au nom du Père* final, le ronflement d'Albert couvrait le trio. C'est que le *grand* ne consommait pas beaucoup de religion, étant originaire de Thiers, où il avait été papetier jusqu'à la fermeture des papeteries vers 1910. Chacun sait que la plupart des Thiernois hommes se régalent d'une bonne tripe le matin du vendredi saint pour faire bisquer la sainte Eglise catholique. Après ces orémus dans la chambre noire, les deux enfants dormaient comme des pierres. Marcel rêvait souvent qu'il conduisait une locomotive.

Les journées étaient occupées à d'agréables travaux, auxquels les deux jeunes citadins participaient de grand cœur : binage et nouaison de l'ail, vendanges, cueillette des prunes, ramassage des noix. Leur cassage réunissait en hiver autour de la longue table les quatre Chabanne et plusieurs de leurs voisins-voisines. C'étaient des veillées patoises où chaque adulte narrait sa vie, ses actions, ses malheurs, ses bonheurs, vrais ou arrangés. Occasion pour Albert d'en raconter toujours de belles :

— Nous étions, mon frère Jacot et moi, des apprentis tout jeunets dans la papeterie. Dix ou douze ans. Le maître avait la charge de notre éducation. Nourris et logés. Dans la même chambre, il y avait deux lits-placards : un pour nous, l'autre pour le maître et sa femme. Un homme tranquille. Il avait un bon commandement. Jamais un mot plus haut que l'autre. Une année, pour le 14 septembre, qui est la fête des papetiers, la patronne avait fait une *pompe* à la bouillie, grande comme une roue de brouette. Chacun avait eu sa bonne part. Moi, j'avais remarqué qu'il restait un bol de bouillie dans le buffet, pour une autre pompe. Et cette bouillie m'empêchait de dormir. Faut dire qu'en ce temps-là je valais peu. Pas comme à présent, où je vaux rien du tout. A côté de moi, Jacot ronflait telle une locomotive. Même chose pour le maître et la maîtresse. Moi, la gourmandise me tenait éveillé. Tout par un coup, je m'arrache du lit, je chuchote à mon frère : « C'est plus fort que moi : faut que j'aille manger de cette bouillie. — Arrête ! qu'il me répond. Tu vas nous faire mettre dehors ! » Je l'écoute pas, je marche sur mes pieds nus jusqu'à la salle, j'ouvre le battant du buffet, je trouve le bol, une cuillère dedans. Je m'en mets jusqu'aux oreilles. Ensuite, je reviens dans la chambre avec l'intention d'en faire profiter mon Jacot. La pièce était sombre, mais je distinguais la figure blanche du frère. « Tiens ! que je lui dis doucement, avale cette cuillerée de bouillie. » Il ne bouge pas, il fait le sourd. Et moi, un peu plus fort : « Je t'apporte de la bouillie, mon Jacot. Ouvre la bouche. » Toujours pas de réponse. Alors la colère me prend, je lui lance la cuillerée en pleine figure...

A ce point du récit, tous les casseurs de noix éclataient de rire. Car ils connaissaient l'histoire par cœur, Albert la leur avait servie cinquante fois. Mais ils ne se lassaient pas de l'entendre :

— Je la lui lance comme ça, en plein museau. Vlan ! « Bouffe-la donc, charogne, cette bouillie ! » Seulement voilà : je m'étais un peu trompé. Au lieu d'être devant notre lit-placard, je me trouvais devant celui des maîtres. Cette nuit-là, comme il arrive souvent à la mi-septembre, il faisait chaud. La patronne avait retroussé sa chemise pour se donner de l'air ; et ce que j'avais pris pour la figure de mon frère, c'était ni plus ni moins, chez ma patronne, que la face cachée de sa lune. J'entends un soupir, je me rends compte de mon erreur...

A ce détail, pourtant connu, les casseurs de noix,

à force de rire, en pleuraient par les yeux et par les oreilles.

— Bien vite, je regagne notre lit-placard un peu plus loin. Le frère et moi, nous avons entendu la maîtresse qui gémissait, appelant son homme : « *Ho Touène ! Divelho-te !* Ho Toine ! Réveille-toi !... Réveille-toi, nom de foutre ! — Quoi ! quoi ! quoi qui n'y a ? — Oh ! pauvre Toine ! Si tu savais ce qui m'arrive ! — Et quoi donc qu'il t'arrive ? — Je viens de me toucher par-derrière... — Et alors ? — Et alors, j'ose à peine le dire... Je me suis chié sur le potiron ! — Tu t'es chié sur le potiron, ma pauvre femme ? — J'en ai partout ! — Eh bien ! ma pauvre femme, si tu t'es chié sur le potiron, essuie-toi. Et laisse-moi dormir. » Comme j'ai dit, notre maître, c'était quelqu'un qui s'énervait pas.

Même ceux qui entendaient l'histoire pour la vingtième fois se pliaient en deux et se mordaient les sabots dans l'excès de leur hilarité.

On ne s'ennuyait pas chez les Chabanne d'Espirat. Même si la *grande* Lalie prenait à ces récits des airs offusqués. Mais elle était obligée de rire derrière sa main.

Judith et Marcel se gavaient de nourritures qui n'avaient pas cours rue Fontgiève : de pêches d'automne, de soupes à l'ail, de pompes aux poires, de tourteaux de noix, de salades de mâche. Par une étrange sublimation, le pain, le lard, le saucisson, le fromage étaient plus succulents chez la grand-mère qu'au restaurant-comptoir. Elle avait aussi une amusante spécialité : la « confiture de vieux garçon ». En fait, une sorte de sangria tutti frutti carabinée d'eau-de-vie. Elle y laissait tomber au long de trois saisons tous ses fruits disponibles : fraises, cerises, framboises, groseilles, cassis, mûres, grains de raisin. Marcel se découvrit un goût prononcé pour ce mélange. Sinon pour la liqueur, du moins pour les fruits gorgés d'icelle. Digne descendant du maraudeur de bouillie, chaque fois qu'il passait à proximité du bocal et sans témoin, il plongeait une cuillère dedans, y pêchait au hasard une cerise ou un abricot. Lorsque ce fruit, entre langue et palais, explosait sa charge d'eau-de-vie, Marcel sentait sa bouche, puis sa tête s'emplir d'une illumination. Comme s'il avait mangé un morceau de soleil. Ainsi, au fil des semaines, la sangria se trouva réduite à son seul liquide.

Un dimanche que le curé d'Espirat était venu rendre visite à la famille, le *grand* dit à la *grande* :

— Offre-nous donc un peu de ta confiture de vieux garçon.

Elle sortit des verres, s'en fut quérir le bocal, le disposa sur la table, y plongea la cuillère à pot.

— Mais, mais, mais ! s'écria-t-elle. Y a plus rien que l'eau ! Qui donc a mangé les fruits ?

En quête d'un coupable, ses yeux s'arrêtèrent sur le visage de Marcel, plus rouge que cerise. Sa honte le dénonçait.

— Laissez donc, laissez donc, chère Eulalie, fit le prêtre. Vous cherchiez à m'induire en péché de gourmandise. Je me contenterai d'une goutte de jus.

Entre le grand-père Albert et son petit-fils Marcel devait passer une hérédité de gourmandise. Le vieux était d'ailleurs toujours en train de mâchouiller quelque chose, un croûton de pain, une tranchette de fromage, une couenne de lard, une gousse d'ail. Marcel le surprit un jour dans le jardin occupé lui aussi à faire deux choses en même temps : il pissait contre un cerisier en mangeant des noix.

10

Il s'aperçut qu'il avait un pouvoir magique : lorsqu'il regardait bien dans les yeux Hélène Pérouse, elle changeait de couleur ; de rose qu'était son visage, il devenait pivoine. En deux secondes, la rougeur partait du nez, embrasait les joues, atteignait les oreilles, se perdait dans les cheveux. Cherchant sans le trouver le motif de cet empivoinement, il consulta sa sœur.

— Petit imbécile ! Tu ne comprends donc pas ?
— Je ne comprends rien.
— Cela signifie qu'Hélène Pérouse est amoureuse de toi.
— Ah bon ?

Il avait déjà, cependant, éprouvé de l'amour, d'abord pour mademoiselle Sivet, plus tard pour deux ou trois filles de son âge, et n'ignorait donc pas tout de ce sentiment dont on parle tant dans les chansons et au cinéma. Des élèves de Fontgièvre rencontrées sur la place lorsqu'elles entraient ou sortaient. Un jour, il avait ramassé un foulard que l'une d'elles avait perdu : Gisèle Robin, une brunette aux yeux vifs avec des boucles de gitane. Il avait couru derrière elle et son groupe, présenté l'objet.

— Pour te remercier, je t'embrasse.

Trois fois ! Rires de ses compagnes, applaudissements, confusion du petit mec. Il avait emporté ce triple baiser, cette exquise brûlure, comme un cadeau très précieux. Il examinait dans les glaces des vitrines si ses joues n'en étaient point marquées. Dès lors, tous les matins, il lorgna les allées et venues de ces demoiselles ; Gisèle lui faisait de la main un signe de connivence.

Un autre jour, elle reperdit son foulard, sans doute par esqueprès, mais c'est Raymond Londiche qui le ramassa. Au lieu de le rendre, il s'enfuit avec pour obliger sa propriétaire à le poursuivre. Ce qu'elle fit de très mauvais gré. Une fois rejoint, il l'asticota un long moment, pratiquant ce jeu idiot qui consiste à tendre un objet, à l'éloigner, à le retendre, à l'éloigner encore. Si bien qu'elle cria :

— Rends-moi mon foulard, andouille !

Il le lui jeta à la figure en crachant par terre.

Le coup du foulard ne marchant plus, Gisèle et Marcel se contentèrent d'échanger des regards. Mais ensuite, elle quitta Fontgiève et il ne la revit plus. Il suffit d'un déménagement pour mettre fin à une amour commencée qui aurait pu être éternelle.

Il fut amoureux quelques semaines d'Yvonne Lavédrine, la fille du marchand de couleurs chez qui il allait acheter ses tubes. Dans ce magasin où ne fréquentaient que des artistes, elle se tenait comme un ornement gratuit, juste pour faire beau, devant la cage d'un canari à qui elle présentait sa bouche. L'oiseau passait la tête entre les barreaux et venait picorer des grains de chènevis entre ses lèvres. Elle l'avait dressé à ce manège qui amusait beaucoup la clientèle.

— J'aimerais bien, avouaient certains hommes, être ce canari.

Sitôt qu'elle voyait entrer Marcel la Peinture, elle criait vers l'arrière-boutique :

— Papa ! C'est le jeune homme de l'aquarelle.

C'est qu'il avait fait chez lui, de mémoire, une

représentation aquarellée de la fille au serin. Lorsqu'il lui montra son œuvre, elle prit un air dédaigneux et haussa les épaules, pour dire :

— Peuh ! Ça ne me ressemble pas !

Il fut tenté de répondre comme Mario Pérouse : « Je me fous de la ressemblance. Je ne suis pas un Kodak. » Visiblement, cette fille n'éprouvait aucun sentiment à son égard.

Il s'éprit ensuite d'un portrait de femme exposé dans la vitrine du photographe Breuly. Habillée en princesse orientale. Un voile transparent faisait semblant de dissimuler ses cheveux et la moitié inférieure de son visage. Un diamant brillait sur son front. Un ruban révélait qu'il s'agissait de Mademoiselle Salmon, venue chanter *Aïda* au Théâtre municipal. Chaque fois que Marcel s'arrêtait devant la boutique, elle le suivait des yeux, même s'il se déplaçait, avec une insistance troublante. Ce regard le poursuivait jusque dans ses rêves. Puis monsieur Breuly enleva la photo, la remplaça par un soldat fumeur de pipe.

Enfin, il fit la connaissance d'Hélène Pérouse, qu'il avait le pouvoir de faire rougir. Lorsque le peintre était occupé avec un autre élève, c'est elle qui le recevait.

— Asseyez-vous un moment. Nous converserons.

Ils conversaient sur des chaises voisines, elle plutôt parlant, lui plutôt écoutant. Les murs du salon étaient tapissés de tableaux, dont elle nommait les auteurs : Albert Lebourg, Victor Charreton, Paul Cézanne, Claude Monet. Il osa dire :

— Ce sont des impressionnistes, n'est-ce pas ?

— Je vois que vous vous y connaissez. Mais celui-ci — un bouquet de marguerites qui s'effeuillent de tous les côtés — appartient au fauvisme. Il est signé Vlaminck. Mon père l'a connu à Paris et beaucoup fréquenté. Mais il ne l'apprécie pas trop à cause de cette masse de peinture qu'il colle sur ses toiles. Vous savez, n'est-ce pas, pourquoi on qualifia de « fauves » ce groupe de peintres ?

— Heu...

— Parce qu'ils exposaient leurs œuvres dans un salon assez petit appelé « la cage », que leurs adversaires baptisèrent bientôt « la cage aux fauves ». Ils trouvaient que leurs toiles rugissaient.

Hélène Pérouse s'exprimait non comme une fillette, mais comme une personne adulte. Sans doute répétait-elle des propos tombés de la bouche de son père. Au fil de son discours, sa rougeur ne s'effaçait point, mais au contraire s'accentuait. Soudain, l'enfance reprenait le dessus :

— Aimez-vous les pastilles de Vichy ?

Elle lui tendait une boîte remplie de ces petits octogones blancs. Pour lui faire prendre patience. Il en acceptait un, dont il sentait la fadeur peser sur sa langue. Puis le maître paraissait. Marcel le suivait dans son atelier ; sa demi-pastille encore dans la bouche le faisait bléser. Comme monsieur Maxime.

Quand il regagnait le Grillon vert, sa sœur Judith se jetait sur lui telle la guêpe sur une prune. Elle le perçait de toutes parts :

— As-tu vu Hélène ? Comment étiez-vous placés ? Est-ce qu'elle a encore rougi ? Que vous êtes-vous raconté ? Qu'avez-vous fait ? Quand la revois-tu ?

Le plus troublant était que lui ne se sentait guère amoureux de cette fille, trop vieille, trop grande, trop distinguée, trop instruite, trop riche pour lui. Il ne pouvait cependant rester indifférent à cette rougeur qu'il provoquait, à cette émotion qu'Hélène dissimulait sous un flot de paroles.

Un jour, en l'absence du maître, il fut reçu par madame Pérouse. Elle l'introduisit dans le salon, où il eut la surprise de trouver Hélène en compagnie d'Arsène Liénard, le frère aîné de Jacques, un autre passionné de peinture. Or il s'aperçut du premier coup d'œil qu'avant même son entrée dans la pièce Hélène était déjà rouge ; que le jeune Arsène, âgé de seize ans, était la cause indubitable de cette émotion. La demoiselle rougissait donc en présence de n'importe quel garçon, comparable à ces chiens qui remuent la queue à tout venant ? Elle le salua à peine d'un clignement des paupières. Devant cette sorte de trahison, il éprouva un dépit si vif qu'il sentit ses yeux se remplir de larmes. Il s'essuya furtivement pour les empêcher de couler. En même temps, alors que les autres poursuivaient leur bavardage, il s'aperçut de deux choses. Primo, que cette fille lui importait beaucoup plus qu'il n'avait cru. Secundo, que, confronté à un rival, il se sentait incapable de défendre sa cause ; il voulait être préféré sans combat, sinon il abandonnait la partie. Mauvais joueur.

Madame Pérouse devina sa détresse. Elle s'approcha, lui parla comme à un enfant, l'interrogea sur ses études, ses goûts, ses ambitions. Elle offrit à tous de la grenadine. Lorsqu'il repartit, Hélène l'avait à peine regardé.

Puis il y eut le soir du 15 mai 1925.

La journée avait été chaude, tout le monde affirmait que l'été commençait avec un mois d'avance. Pendant que ses parents achevaient de dîner, Hélène Pérouse s'était mise sur le balcon pour prendre l'air et guetter la naissance de la première étoile. De ce second étage, on apercevait en ombre chinoise le profil du puy de Dôme et le lumignon rouge qui chaque soir marquait sa cime, celui de l'auberge du Temple de Mercure. De tous les balcons arrivaient des voix humaines, des rires, des exclamations. Dessous, en revanche, la rue de Serbie était déserte. Un chien aboya. Une chatte appela au secours. Un phonographe chanta *Les Roses blanches*. Une paix merveilleuse régnait sur le Petit Cayenne.

Et, tout à coup, ce fut la fin du monde. *Le Moniteur* la décrivit le lendemain dans ses colonnes :

> *Un terrible accident s'est produit hier soir au numéro 4 de la rue de Serbie, causant la mort de deux enfants et semant une profonde émotion dans le quartier. A 20 heures 10, alors que sa famille était encore réunie dans la salle à manger, la jeune Hélène Pérouse, âgée de quatorze ans, fille de monsieur Mario Pérouse, distillateur et artiste peintre, prenait le frais sur le balcon du deuxième étage. Au même moment, au premier étage, le jeune Henri Aubert, douze ans, alors que les siens étaient encore réunis autour de la table familiale, se trouvait aussi sur le balcon de l'appartement. Soudain, un large pan du balcon en pierre du second étage s'effondra sous les pieds de la jeune Hélène Pérouse, qui, précipitée dans le vide par l'ouverture béante, tomba lourdement sur la barre d'appui du balcon inférieur et, de là, s'écrasa sur le trottoir. La pauvre fillette fut tuée sur le coup. Et, comble de malheur, le morceau de balcon détaché de l'étage supérieur tomba sur le jeune Henri Aubert, qui, le crâne défoncé par la lourde pierre, fut lui aussi tué sur le coup. Cette scène terrible se déroula en quelques secondes à peine et les malheureux parents, lorsqu'ils accoururent, ne purent relever que des corps inanimés. On devine sans peine leur douleur devant ce spectacle atroce.*

Tout le quartier de Fontgièvre fut plongé dans le deuil. Oubliant ses dépits, Marcel Chabanne se sentit frappé en plein cœur par l'horrible disparition de la fillette aux rougeurs, à l'esprit adulte, qui lui expliquait l'impressionnisme et le fauvisme en lui offrant des pastilles de Vichy. Il connaissait bien également Henri Aubert, en compagnie de qui, quoiqu'il fût un fils de militaire, il avait pressé maints boutons de sonnettes. Jusqu'au jour de ce double drame, il avait cru que la mort ne frappait que les vieilles personnes, comme ses grands-parents Clémence et Adrien. Il découvrit qu'elle ne dédaignait pas la chair fraîche.

Pendant des semaines, il alla rue de Serbie en pèlerinage. Se plaçant face au numéro 4, il considérait le trottoir, lavé à grande eau par les éboueurs pour effacer toutes traces. Le sang des deux jeunes victimes était allé finir dans la Tiretaine avec les gadoues. Il levait les yeux vers le premier balcon, vers le deuxième, que des maçons réparaient. Ses lèvres formaient des mots qu'il n'entendait pas.

Puis il faillit mourir aussi, accidentellement. Peut-être même rechercha-t-il un peu ce voyage qui lui aurait fait retrouver l'âme rougissante d'Hélène Pérouse.

Chaque jour, des camions transportaient les produits de la fonderie Ollier. Un matin qu'il voyait son fils plongé dans la mélancolie, Chabanne lui fit cette proposition :

— Demain, nous allons livrer à Thiers le bâti d'une machine à découper. Veux-tu venir avec nous ?

— Qui, nous ?

— Moi et Pouett-Pouett.

Celui-ci était le chauffeur italien formé chez Fiat. Son vrai nom : Vincenzo Veneziani. Peu de Français possédaient alors le permis de conduire les poids lourds, si bien que les patrons faisaient appel à des étrangers. La première fois que ce macaroni parut au Grillon vert en compagnie de Chabanne, il suscita quelque grabuge. Car il subit les sarcasmes de tonton

131

Thévenet, un ouvrier charbonnier, qui tout de suite l'appela Caporetto.

— Perqué tou m'appelles Caporetto ?

— Parce que je suis allé dans ton pays, chasseur alpin, en 17, sous le commandement du général Fayolle, quand les Autrichiens vous ont enfoncés à Caporetto. Si les Français ils étaient pas venus à votre secours, les Tchéquinis[1] seraient descendus jusqu'à Rome.

— Ze souis content que tou sois venou et ze te remercie au nom de l'Italie. Tou as été oun allié fidèle et courazeux. Mille mercis. Dans toutes les guerres, il y a des victoires et des défaites. Pour soûr. On aurait dou te donner oune médaille. Mais ze m'appelle pas Caporetto. Ze m'appelle Vincenzo Veneziani. Et z'ai servi dans la marine. Z'étais pas à Caporetto.

Tous les buveurs écoutaient passionnément cette leçon d'histoire. Mais tonton Thévenet n'en démordait pas.

— Veneziani ! Parlons-en, de Venezia !
— Ze souis de Zénova.

— Nous avons pris une montagne appelée monte Tomba et perdu beaucoup d'hommes. Quand on nous a retirés, nous sommes rentrés en France en passant par Venise. Avec un camarade, j'ai voulu visiter cette putain de ville. Qu'est-ce qu'on a fait ? On est montés dans une gondole parce que les gondoliers nous faisaient de la propagande. Prix convenu : cinq lires. Nous l'avons payé sitôt dans la barque. Ils étaient deux à nous promener. On arrive au milieu d'un grand canal. Alors, un des gondoliers nous dit en français : « Maintenant, chacun de vous nous donne encore dix lires. Sinon, on vous fout à la flotte. — *In*

---

1. *Cecchino* : nom vulgairement donné en Italie aux sujets de Cecco Beppe, l'empereur François-Joseph.

acqua! » dit le second, en montrant le canal. Le copain et moi, nous nous sommes consultés. Il ne savait pas nager, et moi non plus. Nous avons pensé à nous bagarrer avec les deux macaronis. Mais nous n'avions que nos poings, eux avaient leurs perches, ils auraient pu facilement nous pousser par-dessus bord. On a payé le supplément. Voilà comment tes compatriotes nous ont traités, nous qui venions de verser notre sang sur le monte Tomba. De belles charognes, les Veneziani !

— Tou as raison, dit Pouett-Pouett. Mais ze souis pas responsable. Ze paye çopine.

Cette dernière proposition apaisa la rancune de tonton Thévenet. Par la suite, l'ancien chasseur alpin et l'ancien marin génois devinrent les meilleurs amis du monde. Lorsque Vincenzo était un peu dans les brindezingues, il chantait monte Tomba comme s'il y avait été. Les larmes ruisselaient sur sa figure et pleuvaient dans son verre :

> *Monte Tomba e monte Nero,*
> *Traditor della mia vita,*
> *Ho lasciato la casa mia*
> *Per poterti conquistà*[1]...

Tonton Thévenet associait les Français tombés sur ces montagnes maudites aux jeunes Italiens. Et ils versaient ensemble des larmes de douleur et de pinard.

La grande affaire pour le camion Fiat que conduisait Pouett-Pouett était de mettre le moteur en marche. Il lui faisait d'abord subir un certain nombre de tours de passe-passe au moyen de robinets et de curseurs. Venait ensuite l'intervention de la mani-

---

[1]. « Monte Tomba et monte Nero, / Voleurs de ma vie par traîtrise, / J'ai abandonné ma maison / Pour pouvoir vous conquérir. »

velle, qui exigeait force et maîtrise. Premier temps : aspiration. Deuxième : compression. N'importe qui pouvait assurer ces deux-là. Le troisième — explosion — demandait un mouvement brusque et puissant, suivi d'un recul instantané. Sinon, c'était le « retour de manivelle », qui pouvait te briser l'avant-bras. Quand la température était basse ou l'atmosphère humide, il y fallait six ou dix tentatives sans résultat. Enfin, le moteur avait une quinte.

— Il a causé !

Encore deux ou trois manœuvres et le moteur se mettait enfin à ronfler.

Marcel prit place sur le siège de moleskine, entre son père et le chauffeur. Il interrogea Pouett-Pouett sur le sens du mot FIAT.

— Cé nous, on dit pas Fiat, mais Fi-at. *Fabbrica italiana di automobili di Torino.* Tou comprends ?

— Fabrique italienne d'automobiles de Turin.

— La Fi-at fabrique aussi des aéroplanes, des locomotives, des bateaux, des bicyclettes, des casseroles. Et des plateaux en couivre qui servent aux courés, le dimance, pendant la messe, à faire la quête des sous. L'ousine de Torino les donne gratis aux courés pour remercier le pape de lui faire de la poublicité.

— Quelle publicité ?

— Tou as dou t'apercevoir que le pape il a mis Fi-at dans une prière : *Fiat voluntas tua*... Ce qui veut dire : mon Dieu, protézez l'usine Fi-at.

Le camion, du moins, roulait sur des bandages Bergougnan. Les roues postérieures étaient entraînées par des chaînes fort bruyantes. Le levier des vitesses, enrichi d'une poignée à ressort, zigzaguait dans une chicane compliquée et peu accommodante, ce qui, à chaque changement de position, amenait le conducteur à proférer des malédictions italiennes :

— *O Dio manigoldo !... O porca Madonna !...*

Vincenzo parlait bien le français, mais c'est toujours dans son idiome natal qu'il exprimait ses colères.

Son Fiat trouva la sortie de Clermont sous le pont des Trois-Coquins, prit la nationale 89. Les trois passagers saluèrent le cimetière américain, où dormaient une quinzaine de soldats étoilés morts dans les hôpitaux de la ville. Très tôt, ils furent au milieu des champs de blé et de betteraves. Henri présentait le paysage à son fils. Le puy de la Poix, d'où s'écoulait une source de bitume, un bon emplâtre pour les arbres blessés. Le puy de Crouel en forme de bicorne de gendarme. La tour de Courcourt sur sa colline, où habitait un astrologue. Beauregard, où l'évêque de Clermont possédait un château avant la Révolution. Lezoux, capitale des potiers d'Auvergne. La Malegoutte, où les brigands arrêtaient et dévalisaient les diligences.

Ils virent enfin Thiers, capitale de la coutellerie, étagée sur le flanc d'une montagne, dans le grand désordre de ses toits, de ses rues, de ses escaliers. Mais de cet amas venait une rumeur, un concert de percussions sourdes ou claires, régulièrement répétées :

— Zig ! Match ! Tchouf ! Pif ! Pan ! Cling ! Sbouing ! Zig ! Match ! Tchouf ! Pif ! Pan ! Cling ! Sbouing ! Zig ! Match ! Tchouf ! Pif ! Pan ! Cling ! Sbouing !...

— Les marteaux-pilons, expliqua le père.

Ils gravirent la route de la Vallée, se dirigèrent vers un quartier dit « le Bout du monde », chez monsieur Issart. La vaste cour de l'usine était encombrée par des tas de ferraille, résidus de découpages dans lesquels on distinguait en vide la forme des lames, des platines, des ressorts. Pendant que les hommes déchargeaient le bâti de la machine, Marcel se divertit à accrocher ensemble ces chutes de fer, d'acier, de cuivre, à en produire des trains, des couronnes, des chapelets. Au terme de la dépose, monsieur Issart offrit à boire aux deux camionneurs dans son usine fracassante.

Il fallut revenir. Sortir en marche arrière de la cour exiguë. Debout dans la benne, Henri dirigeait en criant les mouvements du camion :

— Recule !... Encore !... Braque à droite !... Débraque !...

L'enfant se tenait sur le marchepied comme l'arbitre de touche en bordure du terrain. Tout à coup, estimant la manœuvre terminée, Pouett-Pouett donne un brusque coup d'accélérateur. Marcel lâche prise et roule sous le camion. Hurlement du père :

— Arrête !

Vincenzo ne l'entend point, couvert par le rugissement du moteur, et poursuit son avance. En un centième de seconde, Henri vit son garçon réduit à l'état de crêpe bretonne et eut le temps de se poser dix questions : « Comment vais-je faire pour le présenter à sa mère ? Comment pourrai-je supporter le restant de mes jours, responsable de la mort de mon fils ? Pourquoi ai-je accepté de le voir debout sur ce putain de marchepied ? Pourquoi ai-je fait confiance à ce putain de Caporetto ? Quelles seront les dimensions du putain de cercueil ? En quel bois ? Je prendrai ce qu'il y aura de plus cher... »

Etendu sur le dos, au milieu de la chaussée, le jeune Marcel vit venir sur lui l'énorme bandage Bergougnan. Comme les gamins lèvent le bras pour se protéger d'une gifle, il leva d'instinct ses jambes repliées. La roue du Fiat le prit par les fesses, le jeta de côté, hors de son trajet. Sitôt relevé, il vit son père toujours hurlant qui sautait de la benne. Vincenzo s'arrêta enfin, passa la tête par la portière :

— Quoi qu'y a ?

— Fils de pute ! Tu as failli écraser mon petit ! Il

est tombé sous ton camion. C'est un miracle qu'il soit vivant !

— Un miracle ? *O santa Madonna ! O Madonna bellissima ! O Madonna benedetta !* Tou vois comme Dieu protèze les camions Fi-at !

Le retour à Fontgiève se fit dans l'émotion. Les mains de Pouett-Pouett tremblaient sur le volant. Une question se posa : fallait-il informer la mère de l'accident, au risque de lui infliger un choc rétrospectif ? Tous trois se mirent d'accord pour n'en souffler mot.

Ce même soir, Marcel s'examina tout nu devant l'armoire à glace, constata qu'il avait le flanc et la cuisse bleu ardoise. Un moment, il regretta de n'être point monté au paradis pour avoir des nouvelles d'Hélène Pérouse. Il aurait aimé retrouver aussi sa grand-mère Clémence, dont il avait adoré le giron, les bras enveloppants quand elle lui racontait des histoires auvergnates ; il finissait par s'endormir, l'oreille contre son cœur.

Les jours qui suivirent, il goûta de façon extrême le plaisir étonné d'être vivant. Il regardait de tous ses yeux le ciel, les nuages, les montagnes lointaines. Il écoutait le moindre bruit, jusqu'au frémissement d'ailes des mouches engluées dans le papier collant. Il humait les odeurs de cuisine, de cheval, de boulange. Dire qu'il avait failli perdre en un instant tout cela !

Une perplexité lui vint sur le Paradis des âmes. Un séjour sans odeurs ni saveurs, dont les habitants portaient tous la longue chemise de nuit des bienheureux. Quel plaisir aurait-il à retrouver grand-mère Clémence si elle ne sentait pas un peu le café et le tabac à priser ? Comment la reconnaîtrait-il si elle ne portait point sa coiffe blanche tuyautée et son long tablier bleu ?

Il se promit d'interroger là-dessus l'abbé Fourvel, vicaire de Saint-Eutrope.

11

— Il est fou !
— Il se prend pour une araignée !
— C'est un salopard ! Il a l'intention de voler le platine du paratonnerre !
— Mais non ! C'est un sportif. Il veut prouver seulement ses dons d'alpiniste.

Sur la place de la Victoire, la foule se faisait de plus en plus dense. Mille badauds, le nez en l'air, regardaient les flèches de la cathédrale et cet acrobate minuscule qui, là-haut, grimpait en s'accrochant aux fleurons de pierre sombre. Pour mieux voir, quelques audacieux, montés sur la fontaine d'Urbain II, s'agrippaient aux vêtements du pape, acrobates eux-mêmes. A croire que l'acrobatie est contagieuse, comme l'hilarité, comme la haine, comme l'enthousiasme. D'autres, munis de jumelles, fournissaient des détails sur l'homme-araignée :

— Il est tête nue... Il porte cravate et veston... Sous son aisselle, je distingue quelque chose de rouge... Son costume est bleu, marqué de traces blanches.

Le photographe Breuly prenait des photos à tour de bras, juché sur un escabeau avec son appareil d'où émergeait une sorte de canon, le téléobjectif. C'est que le grimpeur de la cathédrale l'avait informé par écrit la semaine précédente de son ascension renouvelée :

Le mois dernier, j'ai gravi la flèche de droite, sans corde, sans crochets. Je n'ai pas obtenu l'attention que méritait mon exploit. Peu de public. A présent, je veux m'attaquer à la flèche de gauche. Prenez des clichés. Invitez des journalistes, vos amis et connaissances. Je veux que la France entière apprenne mon nom : Joseph Modange.

Monsieur Breuly avait suivi ces instructions. Mais, pour être le premier à photographier, il avait triché sur l'heure de l'entreprise. La police, avertie par ses soins, était arrivée avec beaucoup de retard, alors que le grimpeur se trouvait déjà en l'air. La foule, plutôt favorable, l'aiguillonnait de ses bravos. Le ciel aussi l'encourageait, magnifiquement bleu comme il convenait à l'été de la Saint-Martin. Marcel et Judith se trouvèrent à passer dans le voisinage. Ils venaient de rendre visite à leur grand-tante Thévaud, née Chabanne, sœur de leur grand-père d'Espirat, à qui ils avaient apporté, comme le Petit Chaperon rouge, au nom de leur mère, un morceau de *pompe* aux pommes et un litre de lait. Car elle vivait chichement de son métier de corsetière à son domicile, 1 *bis*, rue d'Enfer. Veuve depuis douze ans. Quand on lui demandait si elle n'avait pas peur, ainsi toujours seule, elle répondait qu'elle n'avait peur que des Maigrebins.

— Pourquoi des Maigrebins ?
— Parce qu'ils sont maigres, pardi !
Et elle éclatait de rire.
Ce jour-là, le frère et la sœur regagnaient Fontgièvre par la rue Saint-Genès et la place de la Victoire. Mêlés à la foule badaude, ils suivirent aussi des yeux le grimpeur de la cathédrale.

Sorti par un des deux œils-de-bœuf, il se hissait parmi les pinacles qui entouraient la flèche d'une forêt de stalagmites. Les enfants Chabanne ne savaient où donner du regard dans cette merveille de pierre, errant parmi les ogives, les rosaces, les cadrans solaires, les faces diaboliques des gargouilles. A l'opposé des flèches, dans sa robe de bronze verdâtre, son Enfant sur le bras, Notre-Dame de l'Assomption tournait le dos à cette entreprise bizarroïde.

Les sergents de ville posèrent une question :

— Et le sacristain ? Comment a-t-il laissé passer cet individu ?

On le chercha dans l'église. Point de suisse. Quelqu'un, bien informé sur ses mœurs, fit la tournée des bistrots environnants où il avait sa résidence principale. On le trouva rue du Port. C'était un homme bedonnant, pourvu de moustaches impressionnantes. Tous les dévots du Plateau central connaissaient son air majestueux lorsque, le dimanche, il martelait le pavement de l'église avec sa hallebarde. En ce qui concernait le grimpeur, il n'était au courant de rien :

— Il ne m'a pas demandé la permission d'emprunter l'escalier de la tour. Je ne peux avoir l'œil à tout.

Il y eut un énorme « ha ! ». L'homme-araignée avait atteint le sommet et, loin de chercher à dévisser le platine, il travaillait à y attacher un drapeau tricolore. Tout le monde alors comprit le sens de cette ascension à la veille du 11 novembre :

— C'est un patriote !

Les journalistes en prirent bonne note sur leurs calepins. Monsieur Breuly fixa la situation sur ses plaques. Là-haut, le bleu, blanc, rouge entourait l'acrobate d'une apothéose.

Il dut bien redescendre. La police et la presse se le disputèrent. Il tapota ses vêtements, d'où s'envola un nuage de poussière blanche. Résultat des contacts qu'il avait eus avec la fiente des pigeons.

— Comment vous appelez-vous ?
— Joseph Modange.
— Votre âge ?
— Je suis dans ma vingtième année.
— Votre profession ?
— Facteur aux écritures à la gare de marchandises.
— Pourquoi cette ascension ?
— Pour prouver que je suis bon à autre chose qu'à noircir du papier.
— Quel profit en espérez-vous ?
— De la gloire.
— Rien que de la gloire ?
— Peut-être un emploi au cinéma. Ou dans un cirque.

Marcel et Judith coururent raconter rue Fontgiève ce qu'ils avaient vu et entendu.

La clientèle du Grillon se renouvelait comme les vagues de la mer. Certes, Paulo, le « primeur », l'abbé Fourvel, monsieur Hippolyte Conchon-Quinette restaient fidèles parmi les fidèles. Mais, monsieur Maxime disparu, ses filles cessèrent de se montrer. Elise n'en eut point de regret, car plusieurs avaient ce vice honteux de vouloir fumer en public. Madame Rigaudière, née Pichon, l'institutrice chauve, ne paraissait que rarement depuis son troisième mariage. Tonton Thévenet prit sa retraite et s'en alla planter ses choux à Courpière. Vincenzo Veneziani, dit Pouett-Pouett, fut rappelé par la maison Fiat. Monsieur Hébrard mangeait du haggis à domicile. Il y avait les clients du lundi : maraîchers ; du mardi : bouchers ; du mercredi : balayeurs des rues ; du jeudi : brocanteurs. Et ainsi de suite. Les mensuels : livreurs de bois et charbon, chevaliers de la pompe à parfum. Les annuels : émondeurs de platanes, ramoneurs, vendeurs de marrons chauds ou de muguet. Et les oiseaux de passage : commis voyageurs, inspecteurs de travaux finis, contrôleurs de pissotières, montreurs d'ours, défenseurs des droits de l'homme à battre sa femme, ramasseurs de mégots. Faut de tout monde pour faire un monde.

Il vint une jeune fille, Lucienne Dajoux, présentée par ses parents, monteurs de couteaux à Bellevue, dans la montagne thiernoise. Lors d'une heureuse occasion, ils avaient fait la connaissance d'un commerçant de Clermont, monsieur Coudérian, dont la voiture avait crevé devant leur domicile. Le père Dajoux avait prêté la main, la mère Dajoux apporté une cuvette et du savon, la demoiselle une serviette. Monsieur Coudérian avait bien considéré la troisième :

— Quel âge a cette enfant ?
— Oh ! ce n'est plus une enfant, monsieur. Elle vient d'accomplir sa vingt et unième année aux dernières violettes.
— Sapristi ! Elle ne les paraît pas. Déjà fiancée ?
— Pas encore.
— A-t-elle une profession ?
— Elle sait coudre. Elle fait elle-même tous ses vêtements.

Le Clermontois l'examina de la tête aux pieds, la trouva bien prise dans sa robe de simple cotonnade. Il finit par déclarer :

— Je suis marchand de confections pour dames à Clermont. J'aurais besoin d'une bonne retoucheuse. Est-ce que cela vous intéresserait ?

La mère, le père, la fille confabulèrent en patois de Bellevue. Leur discussion fut longue. Pendant ce temps, l'automobiliste époussetait sa voiture au plumeau.

— Décidez-vous, insista-t-il. A tant par mois.

La somme les fit sourciller. L'accord fut conclu. Lucienne vint se domicilier à Clermont dans une chambrette qu'elle trouva rue Sainte-Claire. Elle pouvait y manger des sandwiches, de la salade, des viandes froides, mais n'avait ni les moyens ni le droit d'y préparer des plats chauds. Madame Elise accepta de la prendre comme demi-pensionnaire.

Le magasin de monsieur Coudérian s'ouvrait sur l'avenue des Etats-Unis, à dix minutes de marche du Grillon vert. La jeune Thiernoise donnait pleine satisfaction à la clientèle, au patron, à ses parents couteliers, à madame Elise, qui la traitait comme sa fille, attendrie par sa solitude et son innocence. Les bergougnans la regardaient, la saluaient, lui souriaient, elle passait parmi eux tel un blanc fantôme, personne n'osait y toucher. En sa présence, ils surveillaient leur langage. Ils disaient « flûte » au lieu de « merde », « tu m'ennuies » au lieu de « tu me les casses », « pousse ton potiron » au lieu de « pousse ton cul », « mes olives » au lieu de « mes couilles ». Le Grillon vert menaçait de virer à l'Académie française.

Et puis, voici qu'un jour Lucienne parut les paupières gonflées, les yeux rougis.

— Qu'est-ce qui se passe, ma fille ? Vous avez un chagrin ?

— Oh ! Madame Elise ! Si vous saviez ce qui m'arrive ! Si vous saviez !...

Déluge de larmes. Sanglots. Consolations. Elle put enfin s'exprimer :

— C'est mon patron, monsieur Coudérian...

— Eh bien ?

— Il veut que je... il cherche à me... il m'a embauchée uniquement pour que je devienne sa maîtresse.

— Oh ! le dégoûtant ! Est-ce possible ?

— Un homme marié ! Avec trois enfants presque de mon âge !

— Le vieux cochon ! Est-ce qu'il vous menace, si vous ne lui cédez pas, de vous mettre à la porte ?

— Non, non... Pas encore... Il est plus malin que ça. Il tourne vers moi des yeux de merlan frit. Il soupire. Il me débite des déclarations. Une fois, il s'est même jeté à mes genoux.

— Quel cinéma ! A-t-il parlé de divorce, de mariage ?

— Pas question. Sa femme est la véritable propriétaire du magasin. Séparé d'elle, il serait à la rue.

— Dans ce cas, ma chérie, laissez-le se morfondre. Il finira bien par renoncer.

— Et s'il ne renonce pas ?

— C'est vous qui le menacerez : de partir, de retourner chez vos parents.

Madame Elise ne put se retenir de rapporter à son mari cette conversation. Une oreille de Marcel traînait par là. Il posa des questions :

— Qu'est-ce qu'il veut, au juste, ce Coudérian ?

— Il voudrait dormir avec Lucienne.

— Quelle drôle d'idée !

Trois ans plus tôt, il lui était arrivé de dormir avec sa cousine Julie, fille d'un oncle en résidence à Vollore-Ville. A l'occasion de la fête patronale, l'usage était d'inviter tous les parents possibles. On multipliait les lits, on étendait des matelas par terre, on y couchait jusqu'à quatre, tête-bêche, selon les dimensions des dormeurs. Personne n'avait pensé à mal en mettant ensemble Marcel et Julie, tous deux âgés de neuf ans. Il avait à peine dormi parce que la cousine remuait tel un ver coupé. Aussi comprenait-il mal, à présent, le désir qu'avait ce commerçant de dormir avec sa retoucheuse.

Sa sœur lui rit au nez, mais n'ajouta aucune explication.

Il y eut une trêve de quelques jours. Coudérian semblait redevenu raisonnable. Lucienne pratiquait ses retouches sans empêchement. Mais un soir elle reparut tout affolée :

— Savez-vous ce qu'il m'a mis sous le nez ? Un sachet plein d'une poudre blanche : de la mort-aux-rats. Un poison affreux. Il m'a dit que, si je ne lui cédais pas, il l'avalerait devant moi. Ce poison le rendrait tout bleu, horrible à voir, et vomissant par tous les orifices. Dites-moi ce que je dois faire, madame Elise, je vous en supplie.

Et madame Chabanne, après mûre réflexion :

— Vous ne pouvez plus rester dans cette maison, chère Lucienne. Vous devez partir.

— Il m'a dit que si je partais, il s'empoisonnerait quand même !

— Eh bien ! Laissez-le s'empoisonner. Comme ça, il ne vous empoisonnera plus !

La jeune Thiernoise secouait la tête, mal convaincue. Prise entre son honnêteté et sa crainte de provoquer un suicide d'amour, comme celui de Frédéri, qu'elle avait lu dans les *Lettres de mon moulin*. Flattée d'avoir inspiré une telle passion, mais redoutant ses conséquences.

Quelques jours plus tard, elle revint toute secouée de colère. Lorsqu'elles se furent enfermées seules dans l'arrière-cuisine, la retoucheuse usa aussi d'un langage inhabituel :

— Oh ! le salaud ! le monstre ! l'ordure !

— Que vous a-t-il fait, ma pauvre enfant ?

— Demandez-moi d'abord ce que j'ai fait.

Elle se couvrit le visage de ses deux mains, des larmes amères coulaient entre ses doigts. Elise la prit dans ses bras. Elles restèrent longtemps ainsi, joue contre joue.

— Ce que j'ai fait ?... Je lui ai cédé... A la sauvette, sur un divan... Pour ne pas avoir sa mort sur la conscience. Par pitié.

— Oh ! chère petite ! chère petite !

— Par innocence... J'ai sacrifié ma pudeur à ce démon. La... la chose n'a duré que quelques minutes. Il s'est mis tout de suite à me tutoyer, comme si nous étions de vieux complices. Oh! le dégueulasse!... Savez-vous ensuite ce qu'il m'a révélé? Que la fameuse poudre blanche n'était pas de la mort-aux-rats, mais des lithinés du docteur Gustin!

— Des lithinés du docteur Gustin!

— Il a versé le sachet dans un verre d'eau, cela a produit un pétillement, il a bu de ce liquide inoffensif, en me disant : « Ça ramone les artères. Veux-tu y goûter? » Il me tendait le verre. Je l'ai pris, je le lui ai jeté à la figure. Il riait, disant : « Tu as tort, ça purifie les humeurs. »

— Est-ce possible?

La publicité du docteur Gustin — UN SACHET DANS UN PEU D'EAU CHAMPAGNISE VOS VAISSEAUX! — remplissait les journaux de Clermont. Illustrée par un grand-père qui, grâce à leur effet mirifique, dévalait un escalier les jambes en l'air en glissant sur la rampe.

Cette triste histoire eut cependant une fin heureuse. Madame Chabanne persuada monsieur Hippolyte Conchon-Quinette d'engager Lucienne Dajoux dans son usine. Elle y devint une spécialiste des poches de gousset. Et monsieur Coudérian se chercha une autre retoucheuse.

Après la disparition tragique de sa fille Hélène, Mario Pérouse abandonna son appartement de la rue de Serbie qu'il ne pouvait plus souffrir. Il s'installa rue du Séminaire, à Montferrand. Ses relations avec ses anciens élèves se trouvèrent sinon rompues, du moins relâchées. Marcel Chabanne allait de loin en loin lui rendre visite. Sa peinture avait changé de caractère, devenue plus sombre, plus évasive. Souvent inachevée. Il jetait de larges touches sur ses toiles ; le lendemain, il ne se rappelait plus ce qu'il avait voulu peindre.

— Vous prendrez ma suite, disait-il à Marcel. Moi, je suis un homme fini.

Pour barbouiller ses cartons, il employait des couleurs inédites : brou de noix, vernis à chapeau, bouse de vache.

C'était l'époque où émergeait du cubisme, du surréalisme la révolution de Pablo Picasso. Dès avant la guerre, après avoir dans sa «période bleue» représenté avec une délicate exactitude des enfants, des femmes, des saltimbanques, il avait donné un *Pigeon aux petits pois* où l'on distinguait bien cinq petits pois, mais aucun pigeon, ni cuit ni cru. Seul le mot CAFÉ, bien lisible, indiquait qu'on se trouvait dans une brasserie-restaurant pareille au Grillon vert. C'était aussi génial que la chanson de Dranem :

Ah ! les p'tits pois ! les p'tits pois ! les p'tits pois !...

Vint ensuite une série de créatures disloquées, pas vraiment humaines, plutôt géométriques, incompréhensibles. Ainsi, *Sur la plage*, on reconnaissait une cabine et trois personnages ; mais en quel état ! Les bras à hauteur des genoux, la tête minuscule au bout d'un long cou de tortue, les pieds absents, les mains pourvues de trois doigts. Beaucoup de critiques d'art hurlaient au génie : «Cette œuvre désordonnée trahit une telle hardiesse, une telle puissance de densité, une telle soif de gigantesque qu'elle est la seule, de nos jours, à donner la mesure d'un art collectif. Picasso est l'affirmation de notre anarchie[1].»

D'autres, au contraire, crachaient sur ces œuvres : «L'action de Picasso fut féconde jusqu'en 1914...

---

1. Pierre Courthion, in *Panorama*.

Tout chez lui est étudié en fonction de l'élévation ; et sous cet angle, il faut hélas le reconnaître, si la plupart de ses œuvres depuis 1914 sont singulières, elles sont peu de chose. Certes, elles ne prétendent pas au grand art dont plaisantaient certains cubistes. Mais nous avons le droit de ne pas partager leur désinvolture et de ne pas réduire la peinture aux gueules de travers et aux tissus pour cravates et pull-overs [1]. »

Même à Clermont-Ferrand, ville retirée du monde, Picasso intriguait, exaspérait, enthousiasmait. L'Académie des sciences, belles-lettres et arts faisait de lui des gorges chaudes. Mario Pérouse contemplait avec tristesse ses propres toiles, ses arbres dorés d'automne, ses paysans transis, ses montagnes neigeuses, et se disait qu'il appartenait à un siècle révolu, que la peinture à venir serait toute faite d'humains monstrueux, d'animaux algébriques.

Un critique le mit au défi : « Il est facile de se moquer de Picasso. Que monsieur Mario Pérouse essaye donc d'en faire autant ! »

En deux heures de travail, il produisit *Le Poète abstrait*. Celui-ci ne possédait qu'un œil, qu'une ombre de nez dans un visage hexagonal, sous une chevelure filandreuse. Près de lui, une guitare à trois cordes. Sa main gauche, qui, par inadvertance, était fournie de cinq doigts, tenait une sorte de blaireau savonneux comme s'il allait se faire la barbe. Derrière lui, le tronc d'une femme à son huitième mois de grossesse. Au Salon des peintres d'Auvergne, la toile fit ricaner. Tout le monde jugea que c'était trop picassien ou pas assez.

Bien plus tard, sur son lit de mort, Pablo devait faire cette confidence, qui n'était peut-être aussi qu'une blague : « Pendant quarante ans, j'ai peint

---

[1]. Ozenfant, in *Art*.

pour des cons. Ils aimaient ça. Pourquoi me serais-je gêné ? »

En fait, Pablo Picasso fut un très grand peintre, mais qui de temps en temps aimait à se foutre du monde.

12

Et cet autre farceur : Jean Desvignes. Indiscutablement, il était fou comme une chèvre. Cela ne l'empêchait pas de bien toucher de l'accordéon diatonique. Il gagnait son peu de croûte en mendiant sur les places et les marchés, jouant *La Yoyette* en alternance avec *Didzo Dzaneto*, dont il chantait les paroles limagnaises :

> — *Didzo, Dzaneto,*
> *Vole te ludzà, larirèto...*
> — *Nenni, mo mouére,*
> *Me vole maridà, larirèto...*
>
> *Ièou vole in ome*
> *Ke satse trobolhà, larirèto...*
> *Foueyrà lo vinho*
> *E dolhà lou pra, larirèto*[1]*...*

Son répertoire se limitait presque à ces deux airs. Mais, plus habile que les grands-parents d'Espirat, il trouvait le moyen de faire trois choses en même

---

[1]. « Dis-moi, Jeannette, / Je veux te louer. — Mais non, ma mère, / Je veux me marier. / Je veux un homme / Qui sache travailler, / Biner la vigne / Et faucher les prés... »

temps : il les jouait, les chantait et les dansait. A la grande joie du public. Tout le monde disait : « Il est fou comme une chèvre. » Mais quand il tendait sa casquette, une pluie de menues pièces tombait dedans. Toute la semaine, il se nourrissait de quignons, de bananes gâtées ramassés dans les poubelles. Le dimanche matin, faisant le total de ses recettes, qui pouvaient s'élever à des cinq, des dix francs nets d'impôt, il s'offrait un vrai repas au Grillon vert.

Il s'y goinfrait jusqu'aux oreilles. Ensuite, pour le seul plaisir de la clientèle, il jouait, chantait et dansait *La Yoyette,* qui est une sorte d'hymne national auvergnat et limousin :

> *De bon matin, le grand Pierrou se lève,*
> *Met son chapeau sur le côté,*
> *Chez la Yoyette, il est allé...*

Tous les buveurs la chantaient avec lui. Cela formait un chœur admirable autour de Jean Desvignes, qui, la casquette en arrière, secouait son instrument. Le concert terminé, il boutonnait les deux brides de l'accordéon, baisait le soufflet et s'en allait dormir à l'asile de nuit, en face du Grillon, sur l'autre rive de la rue Haute-Saint-André. Son lit y était réservé depuis un siècle.

Si on l'interrogeait sur sa parenté, il répondait :

— Je n'ai que mon accordéon. C'est ma seule famille.

— Tu n'as pas eu un père, une mère, des frères ou sœurs ?

— Je ne m'en souviens pas.

Il rapporta un jour une fourme cantalienne de soixante livres, disant qu'il l'avait gagnée au marché Saint-Pierre.

— Gagnée ? Comment, gagnée ?

— Devant la halle, y avait un marchand de fourmes. Je le regardais, il me regardait. Il me fait comme ça : « Qu'est-ce que t'as à tant me regarder ? — Je voudrais bien, que je réponds, vous voir partager une fourme cantalienne avec votre couteau. J'ai déjà vu partager des saint-nectaire, des murols, des chèvretons, mais jamais des fourmes du Cantal. — Tiens, qu'il me fait. Prends ce couteau. Ce grand couteau. Si tu arrives à trancher par le milieu une de mes pièces, bien proprement, je te la donne tout entière. » Sa femme, la Cantalienne, et tout le monde rigolaient d'avance de mon embarras. Je me suis dit : « Desvignes, qu'est-ce que tu risques à essayer ? » Je prends le coutelas, j'examine la fourme comme les clients m'examinaient moi-même. « Quand t'auras fini d'examiner, dit le marchand, tu t'y mettras. — J'ai fini. Je me demande seulement où je vais la fendre. — Où tu voudras. Je te laisse libre. — Vous me laissez libre de la fendre où je voudrai ? — A ton plaisir. » Moi, je dis aux personnes qui regardaient : « Vous êtes tous témoins ? — Oui, oui ! — Si c'est comme ça, je l'emporte et je la fendrai chez moi. » Et je suis parti avec la fourme dans les bras. Le Cantalou n'a pas pu me retenir puisqu'il avait promis devant témoins de me laisser libre. Voilà pourquoi je vous apporte cette pièce que nous mangerons ensemble.

Tout le Grillon vert se tordait de rire et d'appétit.

— Je vous jure que les choses se sont passées comme ça, insista Jean Desvignes. Je le jure sur mon accordéon !

Madame Elise s'en alla chercher un fil à couper le fromage. La pièce fut proprement mise en tranches et tous les pensionnaires en reçurent leur part. Ils remercièrent l'accordéoniste, à qui ils devaient cette belle curée. Il en emporta pour ses collègues de l'asile de nuit.

Un matin, le jeune Chabanne le rencontra au confluent de la rue des Gras et de la rue Neuve. Il jouait de son instrument, les passants jetaient des sous dans sa casquette. D'un peu loin, Marcel observa son manège. Lorsqu'il fut fatigué de *La Yoyette*, l'homme reboutonna son accordéon et partit en direction de la cathédrale. Or, à mi-chemin, il rencontra un confrère. Un mendiant, comme lui, mais qui ne jouait aucune musique. Loqueteux, barbu, triste à pleurer, il se contentait de grommeler en tendant son chapeau :

— La charité, m'sieurs-dames ! La charité, si vous plaît.

L'enfant vit alors de ses yeux une chose incroyable. L'accordéoniste s'arrêta, fouilla dans sa poche, y prit une pincée de monnaie, la laissa pleuvoir dans le galure de son confrère. Un mendiant qui faisait l'aumône à un autre mendiant ! Jean Desvignes était vraiment fou comme une chèvre !

Monsieur Carré ne l'était pas beaucoup moins. Il avait cependant le maintien d'un homme de raison avec son chapeau melon, sa canne, sa barbichette. Profession : retraité de l'état civil. Pendant quarante ans, il avait enregistré à l'hôtel de ville les naissances, mariages, divorces, décès. Quelque chose en lui tout de même inquiétait : une moustache pleurarde, un air de chien battu, une mollesse physique si navrante que, s'il vous tendait la main, vous aviez l'impression de serrer une serpillière. Chaque semaine, il annonçait qu'une maladie nouvelle venait de le frapper : décalcification des omoplates, engorgement du pancréas, zona des coudes, phlébite dans le mollet gauche.

Cela ne l'empêchait pas de flâner aux temps chauds sous les paulownias de la place de Jaude en regardant passer les trams ; de hanter les jours de froidure les étages des Galeries ; d'y essayer des gants, des foulards, des chaussures qu'il n'achetait jamais ; d'aller voir de loin en loin un film au Novelty, au Gergovia ou au Familia ; et de prendre au Grillon vert un repas épisodique. Il raconta que son fils, domicilié à Sacramento, en Californie, où il occupait une brillante situation, l'avait invité chez lui pour quelques semaines ou pour le restant de ses jours. Tous frais payés.

— Vous avez de la chance d'avoir un si bon fils ! dit madame Elise.

Monsieur Carré y réfléchit longtemps. Il annonça enfin sa décision :

— Je ne pars pas.

— Pour quel motif ?

— Savez-vous qu'entre Sacramento et New York il y a cinq mille kilomètres ? Ce qui représente cinq jours et cinq nuits en chemin de fer. Que d'accidents, que d'ennuis peuvent se produire pendant ce voyage et retarder l'arrivée de mon fils ! Imaginez donc que moi, Philippe Carré, qui ne connais pas un mot de langue américaine, je débarque à New York et que je ne trouve pas mon fils sur le quai. Qu'est-ce que je fais ? Dites-moi ce que je dois faire ! Je ne veux pas prendre ce risque. Je reste à Clermont.

— Personnellement, dit madame Elise, j'en suis ravie.

Deux passions occupaient les loisirs de monsieur Carré : les mots croisés et les statistiques. Il alimentait la première grâce à l'*Almanach Vermot* et au *Chasseur français*. Sa tête était emplie de termes rares qu'il glissait dans sa conversation pour surprendre l'interlocuteur : itératif, irroration, déshérence, néophobie. Quant à la seconde, il la manifestait en arrivant au restaurant-comptoir une heure avant le repas de midi, qu'on y appelait encore le « dîner », comme à la campagne. Il demandait *Le Moniteur* du jour et s'employait, sur un calepin spécial, à faire la statistique des décès. Il comptait les avis d'obsèques, les classait par catégories d'âge, de sexe, de profession ; établissait des moyennes ; en tirait des conclusions de cette espèce : que les femmes meurent autant que les hommes, mais plus tardivement ; que les religieuses, les curés, les instituteurs, les gardes-barrières sont les plus longèves ; que l'on casse plus volontiers sa pipe en décembre qu'en avril ; que les protestants vivent plus longtemps que les catholiques. Moralité : si vous voulez devenir centenaire, soyez plutôt femme, garde-barrière et protestante.

En fait, ces observations n'avaient aucun caractère scientifique, car la plupart des habitants du Puy-de-Dôme s'en allaient discrètement, sans publier d'annonce dans le journal. Cela s'apprenait par voisinage, de proche en proche, ou par la voix des cloches sonnant le glas.

— Qui c'est donc qui s'enterre ?

— C'est le fils au forgeron qu'est tombé d'un cerisier, bonnes gens.

Mourir à dix-huit ans à la saison des cerises aurait chambardé les statistiques. *Le Moniteur* n'en savait rien.

Monsieur Carré informait la clientèle du Grillon de ses résultats :

— Mauvaise semaine ! La moyenne des décès est de 47 ans, 3 mois et 18 jours. La semaine dernière, elle atteignait presque 60.

Ce retraité de l'état civil employait toujours les anciens noms des rues clermontoises. Il disait la rue Saint-Louis, la rue de l'Ecu, la rue du Bois-de-Cros, la place du Passeport, la rue des Aises, la rue de

155

l'Eclache, la place du Toureau. Avec lui, on se perdait dans un Clermont disparu. C'était un homme du passé. A qui voulait l'entendre, il racontait une ville d'avant le XXᵉ siècle, sans tramways, sans automobiles, sans bicyclettes. Monsieur Henri Bergson, alors professeur de philosophie au lycée Blaise-Pascal, habitait au n° 4 du boulevard du Séminaire. Trop absorbé pour prendre un vrai « déjeuner », il achetait chaque matin un petit pain aux raisins et le mastiquait en se rendant au lycée. Coiffé du chapeau gibus, suivant la mode de l'époque. Tous les profs promenaient de même leurs tuyaux de poêle, dans la cour à deux niveaux du vieux bahut. S'il leur arrivait, pour rafraîchir leurs pensées, d'enlever ces couvre-chefs, de les tenir à deux mains derrière leur dos avec un léger balancement, les élèves s'en servaient comme de passe-boules, jetaient dedans de petits morceaux de craie ou des chiques de papier. De sorte qu'en se recoiffant ces vénérables maîtres recevaient des surprises sur la figure.

Egalement chargé de cours à la faculté de lettres, monsieur Bergson y avait pour collègue monsieur Amédée Gasquet, professeur d'histoire. Le recteur de l'université était monsieur Justin Bourget, dont le fils Paul, plus tard célèbre pour ses romans, fréquentait ledit lycée. Le biochimiste Louis Pasteur résidait provisoirement chez son ami Emile Duclaux, au 21 de la rue Montlosier, cherchant dans les mansardes de l'immeuble le moyen de combattre la maladie du ver à soie. Pour s'en distraire, il étudiait un nouveau procédé de fabrication de la bière, susceptible de concurrencer les bières allemandes. La brasserie Kuhn, de Chamalières, avait royalement mis à sa disposition une chaise et une table de bois blanc.

— J'ai vu de mes yeux ce savant, affirmait monsieur Carré, dans les rues de Clermont. J'avais alors une quinzaine d'années. Les gens du quartier Montlosier connaissaient bien sa silhouette modeste, son habit et son chapeau noir, son pas traînant à cause d'un peu de paralysie qui avait frappé sa jambe gauche. La manière dont il serrait toujours contre lui quelque flacon. Son visage grave. Sa barbe poivre et sel.

A entendre monsieur Carré, Marcel Chabanne avait l'impression que le Clermont d'alors était un réservoir de grands hommes. Le XXe siècle, la guerre de 14-18 l'avaient asséché. En 1926, il ne restait guère que Mario Pérouse, né en 1880, et son école de Murols. « Un jour, se disait pourtant Marcel la Peinture, je serai peut-être aussi une célébrité. » En attendant de devenir un grand artiste, il faisait de bonnes études à l'école de Fontgiève, sous la férule de monsieur Depailler, directeur. Plus d'une fois, il approcha sans l'atteindre la place de premier, inexorablement occupée par Jacques Liénard. Quant à Raymond Londiche, il ne décollait pas du fond. Honorable en toutes les matières, le jeune Chabanne brillait de tous ses feux en dessin. Tandis que son maître, Mario Pérouse, s'enfouissait de plus en plus dans le sombre, ses pinceaux à lui étendaient les bleus tendres, les rouges cerise, les jaunes soleil, les verts océan. S'étant fait offrir un chevalet à l'occasion d'un anniversaire, il le dressa au bas de la place Delille, qu'il coucha tout entière sur son carton, avec ses fleuristes, ses arbres, sa fontaine, ses pigeons, son monument aux morts. Une foule de curieux se rassemblaient autour de lui, éberlués de tant de talent et de tant de jeunesse. Une fois achevée, l'œuvre fut encadrée et orna un mur du Grillon vert, celui qui bénéficiait du meilleur jour. Si belle à cet endroit que les buveurs n'en croyaient pas leurs yeux.

Karim était un autre genre d'artiste. Il arrivait couvert de descentes de lit, de ceintures, de bretelles, de blagues à tabac, de babouches, de portefeuilles. Il sentait le piment rouge, l'anis sauvage, le cuir de Constantine. Il commandait :

— Un caoua, la patronne !

Il s'installait sur plusieurs chaises au milieu de son bazar. Elise lui apportait sa tasse de café, dans laquelle il laissait glisser trois morceaux de sucre. Le dos de ses mains était marqué de tatouages bleus.

Les Algériens étaient familièrement appelés sidis, krouyas ou bicots. Des surnoms qui n'ont rien de désobligeant puisqu'ils signifient seigneurs, frères ou biquets. A condition de n'être pas précédés de l'épithète « sales ». Les bergougnans, qui supportaient assez mal leurs propres trois syllabes, les traitaient volontiers de Maigrebins. La communauté algérienne vivait dans les quartiers crasseux, les impasses, les rues sans nom qui entouraient les marchés. Composée uniquement d'hommes, les femmes et les enfants restés en Algérie. De loin en loin, ils traversaient la Méditerranée, engrossaient leurs fatmas, puis revenaient avec un chargement de dattes et d'oranges. Pour tromper leur impatience, ils fréquentaient les bordels de la rue des Trois-Raisins ou de la rue des Petits-Fauchers. Dans leurs cantines, ils jouaient aux dominos. En cas de conflit, ils s'égorgeaient entre cousins à la bonne franquette.

Ils acceptaient les travaux les plus durs, les plus rebutants, les moins payés. Lorsque, sur un chantier, se trouvaient ensemble un Algérien, un Français de souche et un piquet, c'est toujours le Français qui tenait le piquet et le krouya qui tapait dessus avec une masse.

Karim était spécial. Célibataire, il logeait ses os et son fourbi dans une chambrette, rue des Archers. Ensuite, il gagnait sa vie sans gros efforts, dans le commerce ; il s'habillait bien, se coiffait d'une chéchia, dans laquelle il plaçait ses billets de banque. Lorsqu'il se dépouillait de sa marchandise, on pouvait voir sa poitrine ornée d'une croix de guerre gagnée en 14-18. Bref, un bicot respectable. Quand il entrait au Grillon vert, c'était comme si l'Algérie rendait visite à l'Auvergne. L'Algérie, que tous les élèves de Fontgièvre connaissaient par l'intermédiaire de Tartarin. Une colonie follement dévouée à la France. Dont tous les hommes étaient prêts à se faire tuer pour elle. Où les enfants parlent l'arabe dès leur plus jeune âge, mais apprennent ensuite dans les écoles à dire « Nos ancêtres, les Gaulois ». Où les filles des Bédouins mangent des bananes dans un petit couffin.

Les buveurs du Grillon découvrirent chez Karim une autre singularité : il était excessivement chatouilleux. Tout le monde craint les chatouilles mal placées. Lui en avait la terreur. Paulo s'en aperçut le premier lorsque, par hasard, voulant tâter une paire de bretelles, il lui toucha l'aisselle gauche : le sidi fit un écart en arrière. Paulo y remit la main. Ce fut terrible. Des convulsions proches de l'épilepsie agitèrent le vendeur de carpettes.

— Arrêtez ! cria madame Elise. Laissez-le tranquille !

Trop tard ! Karim était déjà par terre, au milieu de sa marchandise éparpillée. Stupeur, hilarité de la clientèle, toute disposée à donner un coup de main à Paulo. Il n'était pas même nécessaire de toucher le torturé, un pétrissement virtuel, un geste simulé suffisaient à le mettre en transe. Madame Chabanne dut s'interposer, protéger de sa personne le malheureux krouya. Il se releva, ramassa ses cliques et ses claques, les billets tombés de sa chéchia. Il baisa la main d'Elise et s'enfuit sous ses tapis, ses bretelles, ses blagues à tabac.

Plus jamais il n'entra au Grillon vert. Mais il lui arrivait de traverser la place de la Liberté en diagonale. Le bruit de sa chatouillosité maladive s'était répandu parmi les mômes. Dès qu'ils le voyaient paraître, ils s'élançaient vers lui, les mains en avant, grisés de leur pouvoir maléfique. Il n'eut qu'une ressource : déserter pour toujours ce quartier de chatouilleurs professionnels.

13

En cette année 1926, les études de Marcel furent perturbées par l'abominable fin de la tante corsetière. Mais aussi, pourquoi avait-elle élu domicile rue d'Enfer, alors qu'à dix pas commençait la rue du Paradis ? Judith et Marcel aimaient à fréquenter son petit atelier orné de beautés anciennes strictement corsetées : Miss Parker, écuyère du cirque Barnum ; la Belle Otéro ; Casque d'Or, Cléo de Mérode. Un mannequin sans tête ni jambes prêtait ses formes aux essayages. Les corsets étaient armés de buscs en acier, il en traînait partout. Marcel s'amusait à les plier en deux, à les lâcher brusquement, ils giclaient au plafond en sifflant.

La tante les bourrait de pâtisseries thiernoises. De confitures qu'elle préparait elle-même en récupérant au marché Saint-Pierre les pommes et les bananes demi avariées. Elle économisait sur le sucre, sur les bougies, sur les allumettes, afin de se montrer ensuite généreuse.

Le 11 février au matin, l'épicière de la rue Ballainvilliers s'inquiéta de ne pas la voir venir avec sa casserole prendre le demi-litre de « lait froid » (c'est-à-dire écrémé) qu'elle achetait chaque jour pour son chat et pour elle-même. Le boulanger ne la vit pas non plus. On avertit le commissariat. Poussant la porte fermée au simple loquet, les policiers trouvèrent un grand désordre dans son appartement. Et la pauvre madame Thévaud, née Chabanne, âgée de soixante-douze ans, morte sur son canapé, les bras pendants, le visage violâtre. Tout dénonçait un crime crapuleux.

On questionna l'entourage, la famille. Deux nièces de la défunte témoignèrent qu'elles l'avaient vue la veille ; que pendant leur visite était entré un jeune homme, ami ou connaissance de la corsetière ; qu'il avait montré des photos de lui-même ; qu'ainsi elles avaient appris son identité. Et qui était cet assassin probable ? Ni plus ni moins que Joseph Modange, le grimpeur de la cathédrale.

Tout Clermont le connaissait. Il fut arrêté en ville alors qu'il consommait tranquillement un café crème au bar de la Lune. Il se laissa passer les menottes sans résistance. Au commissariat, il avoua tout de suite, avec un sourire satisfait :

— Oui, c'est bien moi qui ai zigouillé la vieille.

— Zigouillé ! le reprit le commissaire. Tu pourrais dire plus honnêtement « étranglé ».

— Pardon, monsieur ! Je ne l'ai pas étranglée. C'est trop vulgaire. Je l'ai étouffée, comme un pigeon, en lui fermant la bouche et le nez avec un foulard.

— Etouffée ! Ça a dû être bien long !

— 8 minutes et 45 secondes. Je l'ai contrôlé sur mon bracelet-montre. Il ne me quitte jamais dans mes entreprises sportives.

— Car tu considères cet assassinat comme un exploit sportif ?

— C'en est un. De même que grimper aux flèches de la cathédrale.

— Qu'as-tu fait après ton crime ?

— J'ai fouillé les meubles pour essayer de me payer de ma peine. J'ai ramassé 555 francs, tant en billets qu'en pièces d'or. Ce n'était pas énorme. Mais je ne fais pas cela seulement pour l'argent.

— Pour quoi d'autre ?

— Pour la gloire. J'espérais zigouiller encore une douzaine de personnes dans les jours suivants. Des policiers. Des collègues de travail. En m'arrêtant, vous ruinez mon avenir.

— J'espère bien.

— Si vous m'aviez laissé faire, un jour, on m'aurait peut-être dressé une statue. Comme à Urbain II.

— Quel Urbain II ?

— Le pape qui tend le bras vers l'Orient, place de la Victoire. C'est lui qui a lancé les croisades, où des milliers d'hommes se sont entre-tués. Puisqu'on a représenté dans le bronze cet assassin, pourquoi pas moi ?

Le commissaire comprit que Joseph Modange était fou de la tête : on ne statufie que les très grands assassins, papes, généraux, empereurs, dictateurs, conquérants. Pas les employés du PLM.

Les assassins modestes acquièrent du moins un peu de lustre par l'émotion populaire qu'ils suscitent. Par les complaintes qu'ils inspirent. Huit jours après son exploit, l'étouffeur de vieille dame fut chanté dans les rues de Clermont sur l'air de *La Paimpolaise* :

Un crime odieux et terrible
A Clermont vient d'être commis.
Une vieillarde, c'est horrible,
Fut la victime d'un bandit.
  La consternation
  Règne dans la région,

Refrain

Cette pauvre sexagénaire
Fut étranglée bien lâchement

> *Déplorons cette triste affaire,*
> *Le crime d'un jeune garnement.*

L'originalité de la complainte était que chaque refrain, au lieu de répéter les paroles du précédent, avait son indépendance ; ce qui ajoutait à la qualité du poème.

C'est un jeune homme de bonne famille ;
Il paraissait bon travailleur ;
A la mine éveillée, gentille ;
Mais il était sournois, trompeur.
> *Il lisait beaucoup,*
> *Passait pour un fou.*

Un goût prononcé pour la lecture est bien, en effet, signe de dérangement mental. Ainsi, le boulanger de la rue des Quatre-Passeports, au dire de son épouse, se plongeait dans *Le Comte de Monte-Cristo* pendant la cuisson de son pain. Six volumes sur papier bible dans la collection Nelson. Quand il était arrivé aux dernières lignes du sixième, il recommençait. Tout cela au grand dommage quelquefois de ses miches. Le boulanger et Joseph Modange avaient donc en commun cette folie de la lecture. Beaucoup de criminels d'ailleurs en sont atteints. Ainsi, l'illustre Landru s'abreuvait d'un recueil poétique traduit du russe et intitulé *Tout feu, tout flamme*.

Refrain

> *Sur les flèches de la cathédrale*
> *Il monta planter un drapeau,*
> *Racontant, la mine joviale,*
> *Ses exploits à tous les badauds.*

Joseph Modange souffrait d'une autre démence :
la prodigalité.

Ayant la folie de la dépense,
Il alla voir madame Thévaud ;
Car il voulait faire des bombances
Avec son modeste magot.
    Deux filles étaient là,
    Ce qui le gêna.

Refrain

A cette malheureuse dame
Il montra ses photographies,
En attendant que les deux femmes
Fussent loin et fussent parties.

D'ordinaire, on *part* avant d'être *loin* ; mais la rime autorise certaines incartades poétiques.

Enfin, elles partirent en ville,
C'est ce que le bandit attendait.
Il put alors être tranquille
Pour accomplir l'affreux forfait.
    Puis il étouffait
    Celle qu'il guettait.

Refrain

Les parentes de la victime
En arrivant à la maison,
Se rendirent compte du crime
Sans en connaître la raison.

Aussitôt, la police mobile
Se mit à chercher l'assassin.
Elle le rencontra en ville

En train de boire un Claquescin.
   Aux deux inspecteurs
   Il dit, l'air moqueur :

                              Refrain

   « *Je voudrais avoir une statue*
   Comme Urbain, ce pape carnassier.
   C'est pourquoi il faut que je tue
   Par dizaines et par milliers. »

En fait, au bar de la Lune, il consommait un café crème ; mais *crème* ne rime pas avec *assassin*.

Il voulait faire sauter la gare,
Massacrer beaucoup d'employés ;
Mais à présent ce serait rare :
Au Bois-de-Cros, bien enfermé,
   Il est empêché
   De recommencer.

Effectivement, Modange fut conduit à l'asile Sainte-Marie, auquel les Clermontois donnaient toujours son ancien nom de Bois-de-Cros.

                              Refrain

   Pour les parents, l'affreux supplice
   De voir mal tourner leur enfant.
   Après de nombreux sacrifices,
   Quelle peine, quels durs tourments !

Profitant de ces circonstances dramatiques, le cinéma Gergovia projeta le film *J'ai tué*, avec Huguette Duflos et Sessue Hayakawa.

L'émotion générale mit des semaines avant de retomber. La rue d'Enfer ne désemplissait pas : tout le monde voulait contempler les fenêtres du 1 *bis*. Marcel et Judith pleurèrent longtemps leur tante et ses confitures à la banane. Elle qui redoutait les Maigrebins avait été étouffée par un assassin de souche auvergnate. L'inauguration de la route du puy de Dôme vint à point pour effacer le déplaisir de cette horrible affaire.

Le 12 juillet, en effet, une route bitumée remplaça l'ancienne voie ferrée baptisée par Alexandre Millerand en 1923. Due à l'initiative de monsieur Jean Claret, directeur de la Compagnie des tramways clermontois. « Si un tel projet, écrivit un chroniqueur, était tombé entre les mains de l'Etat, cela nous aurait d'abord valu une montagne de paperasses, dont la hauteur aurait certainement dépassé celle du géant des Dômes. » En fait, une année de terrassements suffit à la transformation. Le premier autobus véhicula jusqu'à l'illustre cime son chargement de personnalités. Au cours des allocutions, on parla de « route automobile », car elle était interdite aux cyclistes et aux piétons. Il s'en fallut donc de quelques syllabes qu'on n'inventât le terme d'« autoroute » promis à un si brillant avenir. A défaut du vocable, la chose du moins y était. Et rien n'y manquait, pas même le péage.

Marcel Chabanne s'apercevait que la vie ressemble aux montagnes russes, composée d'ascensions et de précipices. Tant bien que mal, il acheva ses études à l'école de Fontgiève et subit les épreuves du certificat en même temps que vingt-neuf autres élèves de monsieur Depailler. En composition française, il raconta « une partie de pêche » dans l'Allier, purement imaginaire car il n'avait jamais pêché que de vieilles godasses dans la Tiretaine. Il s'embrouilla un peu dans la dictée, écrivit *apauvrir* avec un seul *p*, oublia trois accents aigus et un circonflexe. En revanche, il réussit bien ses deux problèmes, partageant sa copie en deux espaces, le plus large réservé aux solutions, le plus étroit aux opérations. En géographie, il sut dessiner la Garonne et ses affluents, même s'il déposa Auch sur la Baïse au lieu du Gers. En dessin, il représenta une cruche en terre posée sur une table, y ajoutant, comme il était requis, des ornements floraux. En récitation, il débita sans une faute *C'est le moment crépusculaire*. Il fut reçu avec la mention « bien », tandis que Jacques Liénard obtenait la meilleure moyenne du canton. Le diplôme fut accordé à l'indécrottable Raymond Londiche « avec l'indulgence du jury ». Chez les Chabanne-Esbelin, c'était de mémoire d'homme le second certif qui entrait dans la famille, après celui de Judith, deux ans plus tôt.

— Et maintenant ? demanda le père.
— Quoi, maintenant ?
— Qu'allons-nous faire de toi ?
— Je voudrais aller à l'école des beaux-arts. Devenir peintre professionnel.
— Ne crois-tu pas que le métier de peintre en bâtiment serait plus sûr ? J'ai un ami qui te prendrait en apprentissage.
— Je veux être artiste peintre, comme Mario Pérouse.

Il est vrai que sa *Place Delille* accrochée dans la salle du café attirait beaucoup de regards. Henri Chabanne consulta monsieur Depailler, madame Rigaudière, monsieur Hébrard, monsieur Carré, monsieur Jacomet. Tous lui conseillèrent de pousser son fils dans les études générales avant de l'envoyer aux beaux-arts.

— Ta sœur veut devenir institutrice. Crois-tu que

le certificat suffira à ta carrière ? C'est pas le tout de savoir manier un pinceau. Faut connaître aussi la Renaissance, l'Antiquité, la poésie et tout le tremblement.

Marcel finit par en convenir. On l'inscrivit au collège Amédée-Gasquet, le plus proche de Fontgiève. Il pourrait y préparer le brevet élémentaire et même le brevet supérieur.

14

C'était une vaste et moderne bâtisse ornée d'arcades rubicondes en anses de panier. Au-delà de la rue Jean-Baptiste-Torrilhon, Amédée-Gasquet regardait l'asile Sainte-Marie, ci-devant Bois-de-Cros. Un de ces refuges, comme dit Montesquieu, inventés par les Français afin d'y enfermer quelques fous pour persuader que ceux qui sont dehors ne le sont pas. A force d'entendre médire de sa tête, Jean Desvignes s'y était un jour présenté avec son accordéon.

— Vous désirez ? s'enquit le gardien.

— Je viens me faire enfermer. Tout le monde dit que je suis fou comme une chèvre. Alors enfermez-moi, pour que je vive tranquille.

— Attention ! Nous ne recevons pas n'importe qui. Il faut que quelqu'un le demande, votre famille, un médecin, le maire, la police…

— Je n'ai ni famille ni médecin. Quant au maire et à la police, ils ne s'intéressent pas à Jean Desvignes.

— Vous voyez bien qu'on ne peut vous admettre. Il vous faut du piston.

En même temps, le concierge faisait avec le bras le mouvement de la locomotive : tchouf-tchouf.

— Alors, c'est comme pour entrer à la Banque de France ?

— Exactement. Si vous connaissiez l'évêque…
— Je connais un peu le vicaire de Saint-Eutrope, l'abbé Fourvel.
— Il ne fait pas le poids.
— Et si je vous donnais la preuve que je suis complètement dingue ? Complètement siphonné ?
— Quelle preuve ?
— Si par exemple je me mettais tout nu devant vous ?
— Je tournerais la tête de l'autre côté. Ça ne prouverait rien.
— Si, étant tout nu, je plantais les équilibres, les pieds en l'air, la tête en bas, et que je me mette à pisser ?
— Vous vous pisseriez sur la gueule, voilà tout. Il y a tous les jours des gens qui se pissent sur la gueule, au propre ou au figuré. Même des présidents de la République.
— Vous êtes dur. Vraiment dur.
— Moi, dur ?
— Est-ce que vous ne seriez pas un peu dingue, vous aussi ?
— Qui ne l'est pas de quelque façon ? Relisez Montesquieu. Du piston, vous dis-je : tchouf-tchouf.

Jean Desvignes avait renoncé. Il continuait de vivre en liberté, même si elle ne nourrit pas son homme.

Quant aux fous de Sainte-Marie, ils poussaient à longueur de journée des abois, des mugissements, des barrissements, des croassements. Une construction métallique, semblable à une petite tour Eiffel, dominait l'asile, porteuse à son sommet d'une horloge. De loin en loin, un dingue grimpait jusqu'en haut et faisait virer les aiguilles en avant et en arrière. Les passants s'arrêtaient, levaient les yeux vers ces aiguilles, se demandant si le temps était aussi pris de folie.

Les élèves d'Amédée-Gasquet se plaisaient à

monter aux combles de leur établissement afin de voir leurs voisins d'en face faire cent sottises par jour. Ils riaient de leurs contorsions, de leurs exhibitions, de leurs acrobaties. Cela les consolait de la discipline sévère qui régnait dans le collège. Dès la première heure, le principal, monsieur Parmantier — avec un *a*! — réunissait tous les élèves dans le gymnase; il leur souhaitait la bienvenue, puis les avertissait :

— Sachez, jeunes gens, qu'à l'extérieur de ces murs fonctionne tant bien que mal la République. C'est-à-dire la démocratie. Mais, à l'intérieur, c'est la dictature. Et je suis le dictateur. Toutefois, je délègue une partie de mes pouvoirs aux professeurs et aux surveillants qui vous commanderont. A eux comme à moi, vous devez obéir *perinde ac cadaver*. Sans plus de résistance que des cadavres.

Le principal, comme la plupart de ses adjoints, avait fait cinquante-deux mois de guerre contre l'Allemagne. Tous en étaient revenus durs à cuire. Eux-mêmes avaient été d'ailleurs éduqués par les maîtres d'avant 14, qui se faisaient respecter et enseignaient le patriotisme à force de taloches et de coups de pied dans le potiron. Ainsi avaient-ils formé des générations prêtes à mourir pour l'Alsace-Lorraine, derrière leurs instituteurs sous-lieutenants. Les profs d'Amédée-Gasquet pratiquaient donc la même rigoureuse pédagogie. Monsieur Parmantier se vantait d'avoir, dans son bureau, à l'abri des regards indiscrets, couché par terre d'une seule gifle plus d'un élève récalcitrant. Lorsqu'un collégien se montrait désagréable, une menace suffisait à le contenir :

— Veux-tu que je t'envoie dans le bureau de monsieur Parmantier ?

Qui aime bien châtie bien. Les parents trouvaient bons ces procédés et en redemandaient :

— Corrigez-le. Tirez-lui les oreilles. Chassez-lui la malice du corps.

Cependant, avec le décours des années, l'Alsace-Lorraine n'étant plus à libérer, la dictature perdait un peu de son énergie. Les punitions corporelles cédaient la place aux spirituelles :

— Tu m'apprendras trente vers dans *L'Art poétique*, de Boileau... *Le Passeur d'eau*, de Verhaeren...

La poésie employée comme instrument de torture. Telles étaient spécialement les peines infligées par monsieur Rault, professeur de lettres, un Breton transplanté en Auvergne. Désirant appliquer cette méthode à l'ensemble de la société, il soutenait que les juges devraient remplacer les amendes, les contraventions, la prison légère par des punitions versifiées :

— Pas d'éclairage la nuit à votre bicyclette ? Vous apprendrez *O vous comme un qui boite au loin*, de Verlaine... Vous avez coutume de rentrer soûl chaque soir à la maison ? Je vous colle *L'Habitude*, de Sully Prudhomme. Tapage nocturne ? Vous apprendrez *Le Calme*, de Sainte-Beuve.

Monsieur Rault répandait dans ses classes un silence passionné chaque fois qu'il ouvrait un recueil poétique. Le livre dans la main gauche, il scandait les alexandrins, les décasyllabes, les hexamètres d'une droite tranchante, de même que le boucher découpe un pot-au-feu :

— Messieurs, annonçait-il, voici un poème écrit par un assassin nommé Lacenaire quelques instants avant de passer sous le couteau qui lui fit perdre la tête :

Salut à toi, ma belle fiancée,
Qui dans tes bras vas m'enlacer bientôt !
   A toi ma dernière pensée,
   Je fus à toi dès le berceau.

Salut ô guillotine ! Expiation sublime,
Dernier article de la loi,
Qui soustrais l'homme à l'homme et le rend
[pur de crime,
Dans le sein du néant, mon espoir et ma foi...

La bouche de monsieur Rault était une corne d'abondance d'où ruisselaient les rimes, les métaphores, les allitérations. Il savait faire aimer les auteurs les plus difficiles, les plus éloignés de ces jeunes Auvergnats, qui, entrés à Gasquet de gré ou de force, ne songeaient qu'à y préparer un gagne-pain dans l'enseignement, la menuiserie ou le commerce. Il fit consommer Blaise Pascal à de futurs épiciers ; Baudelaire à de futurs inspecteurs de police ; Jules Laforgue à de futurs agents d'assurances.

Au collège, Marcel Chabanne retrouva monsieur Hébrard, professeur d'anglais. Il pratiquait la méthode directe et imprégnative. Pas un seul mot de français ne devait être prononcé durant ses cours. Ceux-ci commençaient généralement par un récit autobiographique relatant des aventures réelles ou imaginaires :

— *Last night, I had a strange dream...* La nuit dernière, j'ai fait un rêve étrange. Je me voyais nageant dans une mare et transformé en grenouille. Non pas seul, mais au milieu d'une nombreuse famille de batraciens, en compagnie de mon père, Koax, de ma mère, Rakaka, de mes frères et sœurs, de mes oncles, cousins et cousines...

Les élèves étaient censés comprendre. S'ils ne comprenaient pas, du moins *s'imprégnaient*-ils des sonorités anglaises, de même qu'un buvard s'imprègne du liquide dans lequel on le trempe. Pour être plus intelligible, monsieur Hébrard dessinait au tableau noir les objets désignés par les termes nouveaux. Tant qu'il s'agissait de *flag*, drapeau, de *knife*, couteau, de *bottle*, bouteille, aucune confusion n'était possible. En revanche, certains dessins imprécis suscitaient des perplexités. Les élèves se demandaient s'ils devaient voir un chien ou un veau, une prune ou un ballon de rugby. Parfois, il recourait aux gestes, battait des ailes pour illustrer *to fly*, n'hésitait pas à ramper sur l'estrade pour bien rendre *to crawl*.

En vérité, monsieur Hébrard n'était pas très doué pour le dessin à la craie blanche. On le vit bien lorsqu'il voulut représenter l'homme, que les Anglais appellent *man*. Il le fit habillé, large d'épaules, moustachu, coiffé d'un chapeau de feutre à raie selon la mode venue de l'Amérique, muni d'une canne. Certains crurent y voir le portrait de monsieur Parmantier et traduisirent « principal ». D'autres comprirent « maire », à cause de quelque ressemblance avec monsieur Philippe Marcombes. D'autres encore comprirent « concierge ». Ils ne furent pas mieux éclairés lorsque monsieur Hébrard se frappa la poitrine en s'écriant :

— *I am a man!*

Ce qui pouvait signifier : « Je suis un prof... Je suis un costaud... Je suis un client de Conchon-Quinette... Je suis un Auvergnat... Je suis un plouc... » Et même : « Je suis un homme. » Telle est la faiblesse de la méthode directe et imprégnative.

Mademoiselle Dumoulin, professeur d'espagnol, se montrait moins intolérante à l'égard du français et obtenait de plus rapides résultats. Sa grâce et son sourire y contribuaient pour beaucoup. En fait, tous ses élèves étaient amoureux d'elle, même si aucun ne se déclarait. Marcel un peu moins que les autres, à cause du souvenir d'Hélène Pérouse. Cependant, il ne refusait pas de s'intéresser. Vint en effet le temps des jupes courtes qui atteignaient à peine le haut des mollets. Mademoiselle Dumoulin obéit à la mode. Une pratique se répandit alors parmi les garçons du premier rang. A tour de rôle, suivant une distribution préalable, l'un d'eux laissait tomber une gomme, une règle ou un porte-plume. Il sortait du pupitre, se baissait pour ramasser l'objet, levait les yeux avec délectation vers la moitié inférieure de mademoiselle Dumoulin. Le moment le plus favorable aux regards plongeants était celui où elle décroisait les genoux. Les places de devant étaient fort convoitées. Elles s'achetaient même contre espèces sonnantes.

Mademoiselle Zanelli, d'origine italienne, professeur de musique, se prénommait Ariane. Ce qui lui permettait d'affirmer :

— Je vous suis dévouée depuis A jusqu'à Z.

Elle forma une chorale, leur fit chanter *Le Chemin des bois*, paroles de monsieur Rault, musique d'un certain Bakoulé :

> *Le chemin des bois s'en va,*
> *Mystérieux et solitaire.*
> *Loin des lourds soucis de la terre,*
> *Il s'en va... là-bas, là-bas...*

Grâce au phonographe, elle leur fit entendre et savourer d'étonnantes œuvres : *Prélude à l'après-midi d'un faune*, *Dans les steppes de l'Asie centrale*, *Le Sacre du printemps*. Cette flûte aérienne, ce piétinement sourd des caravanes, ce ruissellement de notes conflictuelles les emmenaient fort loin de l'accordéon de Frédo Gardoni ou des chansons de Mistinguett, qui triomphaient sur les places de la ville.

Or mademoiselle Zanelli jouait aussi du violon dans le petit orchestre qui faisait gambiller les Clermontois au dancing des Tilleuls. Plusieurs grands élèves de Gasquet eurent la surprise d'exécuter à son rythme des danses venues aussi d'Amérique. Le foxtrot, qui prétend imiter le trot du renard ; le charleston, qui fait charlestonner ; le black-bottom, qui évoque les pauvres nègres s'arrachant à la boue ; mais la boue est tenace et leur noircit le derrière ; et ils chantent à leur manière le Psaume LXVIII : « Retirez-moi, Seigneur, du milieu de cette fange, afin que je n'y demeure point enfoncé ; délivrez-moi de ceux qui me haïssent… »

Marcel supplia ses parents de l'emmener au dancing des Tilleuls. Le frère et la sœur se bornèrent à observer ces trémoussements, pas encore prêts à y participer. Il découvrit une Ariane qu'il ne soupçonnait pas. Elle si grise en classe, si strictement boutonnée de corps et d'esprit, se montrait ici pavoisée de bleu, de rouge et d'or, comme le drapeau des USA, démenant les bras, les jambes, le bottom.

La rage du charleston gagna tout Clermont. Sans orchestre, mais chantant, frappant dans leurs mains, on vit des groupes de jeunes le danser en public, sous les regards offusqués de Vercingétorix, de Desaix, de Blaise Pascal, d'Urbain II.

Les autres profs de Gasquet étaient d'une insignifiance déplorable. Tous cependant licenciés, agrégés jusqu'aux oreilles. Incapables d'inspirer la moindre vocation. Marcel vécut trois années sous leur dictature sans trop en souffrir, car il était un élève sage et silencieux. Chaque matin, sa gibecière sur l'épaule, il saluait le Grillon vert, enfilait la rue Haute-Saint-André en compagnie de Raymond Londiche et de quelques autres jeunes mecs du Petit Cayenne. C'était l'heure aussi où les filles affluaient vers leur école primaire supérieure, dont les fenêtres donnaient sur la place de la Liberté. Les garçons d'Amédée-Gasquet se mêlaient à leur ressac. Certaines avaient encore des tresses qui leur tombaient dans le dos comme des queues de vache. D'autres portaient les cheveux courts imposés par le cinéma.

Marcel eut l'occasion d'en remarquer une, avec d'immenses yeux noirs qui lui mangeaient la figure.

Ils se croisaient, échangeaient des regards, ne se disaient rien. Chaque matin, c'était la même rencontre, le même troc silencieux. Pour qu'il durât plus longtemps, il marchait à tout petits pas, s'arrêtant presque. D'autres filles, d'autres garçons passaient, qu'ils ne voyaient point. Ils étaient deux naufragés sur une île déserte battue par les flots.

— Viens-tu, la Peinture ? criait de loin Londiche.

En entendant ce sobriquet, la fille aux yeux immenses sourit. Dès lors, en même temps que des regards, ils échangèrent des sourires. Toujours environnés par les salutations, les cris, les appels des autres qui passaient. C'est-à-dire au milieu du silence universel.

Un jour, il l'entendit appeler aussi par une compagne : Yvette. Ce prénom lui parut plein de charme. Il le répétait entre ses lèvres tout au long de la journée comme on mâche de la chouine. Il l'écrivit à la craie sur les portes noires. Il le grava au canif sur son pupitre. « Un jour, se disait-il, je lui parlerai. » Il ne lui parla jamais, parce que l'EPS de filles fut transportée en 1928 dans un autre bâtiment, au-delà de Saint-Eutrope, sous le parrainage de Sidoine Apollinaire, un ancien évêque de Clermont. Marcel la Peinture ne revit plus la fille aux yeux immenses.

Au collège Amédée-Gasquet, il apprit beaucoup de choses indispensables. Et beaucoup de choses inutiles, du moins à la carrière qu'il envisageait, celle d'artiste peintre. Exemple : comment extraire la racine carrée d'un nombre. Celle-ci provoqua même, un certain jour, un semblant d'émeute, à laquelle il dut malgré lui participer. Elle avait pour but, sinon de renverser monsieur Petit, surnommé le Melette, prof de maths, du moins de le réformer. Ce vénérable enseignant ressemblait à Poincaré par la barbiche et la calvitie. Il souffrait d'une manie : celle de l'interro. Tous les lundis matin, à l'heure où ses élèves se montraient le plus avachis, mal remis de leurs fatigues dominicales, le Melette se frottait les mains :

— Oui, oui, oui. (Il prononçait : Vi, vi, vi.) Jeunes gens, prenez une demi-feuille de papier pour une petite interrogation écrite. Vous allez me chercher la valeur de x et de y dans les équations suivantes...

Il les écrivait au tableau noir, avec une délectation flagrante. Se retournait. S'époussetait les mains, tandis que les potaches suaient déjà sur leur papier. Après dix minutes, il ramassait les feuilles et les emportait serrées contre son cœur.

— Vi, vi, vi... Passons maintenant à des vérités nouvelles.

Car, contrairement à ses collègues de lettres, d'histoire, de géo, de commerce, il ne dispensait que des vérités absolues. Deux et deux ne pouvaient jamais avec lui donner autre chose que quatre.

Les choses duraient ainsi depuis des mois quand certains élèves de la classe A1 persuadèrent les autres qu'il fallait mettre fin à ce rite hebdomadaire :

— A la prochaine interro du Melette, nous rendons tous feuille blanche.

L'idée de ce refus avait éclos dans la cervelle d'André Dubosc, un révolutionnaire-né qui ne jurait que par Karl Marx, Bakounine, Lénine, et ne pouvait ouvrir la bouche sans citer tel ou tel de ses inspirateurs. Aussi jouissait-il d'un grand prestige parmi ses condisciples peu politisés, mais d'âme moutonnière. Tous les grands chambardements sont menés par quelques bergers brandisseurs de slogans que suit un troupeau de moutons. Marcel se résigna comme les autres à participer à la grève.

Le lundi d'après, monsieur Petit retomba dans son habitude :

— Vi, vi, vi, mes garçons. Veuillez prendre une demi-feuille et m'extraire la racine carrée de ce nombre amusant : 1 234 567 890.

Quand il l'eut tracé blanc sur noir au tableau, se retournant, le Melette eut la surprise de constater qu'aucun de ses élèves n'écrivait. Que tous regardaient au plafond ou vers les fenêtres, d'un air absent.

— Avez-vous bien compris ? répéta-t-il doucement. Je vous demande, mes garçons, d'extraire la racine carrée de ce nombre amusant.

Peine perdue. Eux n'y voyaient aucun amusement et restaient les bras croisés. La surprise du Melette tourna en colère :

— Je vous ordonne d'extraire immédiatement cette racine carrée !

Au premier rang, marmoréen, André Dubosc servait d'exemple à ses troupes. Deux ou trois potaches, mal convaincus de la nécessité de cette rébellion, avancèrent la main vers leur porte-plume.

— Vi, vi, vi ! Je vois ce que c'est ! Vous vous croyez à Moscou ! Vous faites un soviet !

Marcel commit l'imprudence de lancer un regard tournant vers ses camarades. Pour s'informer. Le prof bondit, lui assena une gifle retentissante en vociférant :

— C'est donc vous le meneur ! Bolchevik ! Bolchevik !

— Me... meneur ?

— Ne niez pas ! J'ai compris votre coup d'œil !

— Je nini... je nono...

« Le prince, recommande Machiavel, doit éteindre dans l'œuf toute émotion (toute révolte) s'il ne veut la voir prendre de l'importance. » La baffe de monsieur Petit fut l'application de ce principe politique. L'un après l'autre — même si André Dubosc capitula le dernier —, les insoumis penchèrent le nez sur leurs feuilles et commencèrent l'extraction de cette putain de racine. Monsieur Petit continuait de vitupérer :

— Ah ! vous vouliez faire un soviet ! Pas avec

moi, mes jeunes amis ! Pas avec moi ! Ou alors, il faudra me fusiller ! Vi, vi, vi ! Me fusiller !

André Dubosc ne poussa pas sa mutinerie jusqu'au martyre : il rendit sa feuille comme les autres. Le Melette, satisfait, emporta un fagot de racines.

15

Un dimanche matin, Jean Desvignes parut au Grillon vert dans un piteux état : le nez de traviole, les yeux pochés, une lèvre fendue. Il expliqua qu'au sortir de son asile de nuit un client de passage l'avait boxé sous prétexte qu'il n'avait pu lui offrir une cigarette.

— Comment j'aurais pu ? Je fume pas. C'est la seule vertu qui me reste. Je suis ivrogne, goulu, menteur, voleur, baiseur, tricheur, fou comme une chèvre. Mais je fume pas.

— Tu te vantes, Jeannot, dit Henri Chabanne. Tu n'as pas toutes ces qualités.

— Possible que je me vante un peu. J'aimerais bien les avoir.

Son accordéon avait souffert aussi de la rencontre, le soufflet en était crevé.

— Qu'est-ce que je vais devenir, pleurnichait-il, sans mon instrument ? Sans mon gagne-pain ?

— Attends, fit le traceur de chez Ollier. Je vais voir ce que je peux faire pour lui.

Il y travailla toute la journée, armé de ciseaux, de colle et de morceaux de cuir. Et le soufflet retrouva son souffle, l'accordéon sa *Yoyette*.

— Tu me sauves la vie ! dit Jean Desvignes. Que

Dieu te le rende. Une main lave l'autre, et toutes deux lavent la figure.

— Est-ce que vous ne croyez pas, suggéra madame Elise, que vous devriez déposer une plainte contre ce brutal ? Sinon, il va recommencer.

— Non, non, faut savoir pardonner les offenses. S'il revient, c'est moi qui partirai. J'irai coucher ailleurs.

— Ailleurs ?

— A la gare. Dans les wagons de marchandises. J'y ai déjà dormi dans la paille, à l'occasion. Ce qui m'a fait le plus mal, venant de ce mec, c'est ses épitaphes.

— Quelles épitaphes ?

— Il m'a couvert d'épitaphes : cocu, pédé, salopard, mange-merde, lèche-cul, pisse-au-lit. A cause d'une cigarette que j'ai pas pu lui donner. Mais ses épitaphes aussi, je les lui pardonne.

Madame Elise regarda bien Jean Desvignes lorsqu'il sortit du Grillon. Il lui sembla discerner derrière sa casquette une lueur circulaire qui ressemblait à une auréole.

Madame Rigaudière, l'institutrice chauve, entra en coup de vent.

— Je suis veuve ! s'écria-t-elle, se laissant tomber sur une chaise.

— Comment ça, veuve ? s'étonna madame Elise.

— Le bossu a avalé sa langue. On l'enterre après-demain à Chamalières. Je vous invite à la fête.

— Le bossu ?

— Est-ce que vous ne comprenez rien ? Mon homme ! Mon troisième mari ! Servez-moi un remontant. Un cognac trois-étoiles.

— Ce pauvre monsieur Rigaudière ! Vous quitter si vite !... Dans la force de l'âge !

— Oh, la force de l'âge ! Il avait tout de même soixante-huit tonneaux. Il allait bientôt prendre sa retraite chez son notaire.

— Comment est-il parti ?

Amandine but une gorgée de son remontant avant de fournir des détails :

— Le plus gentiment du monde : en dormant. Il ne s'est aperçu de rien. Il est passé comme une lettre à la poste. C'est un homme qui a toujours eu de la chance. Sa bosse lui portait bonheur. Je lui apportais au lit son café comme les autres matins. J'ai crié : « Au jus, là-dedans ! » Il n'a pas bougé. Je l'ai secoué. Pas de réaction. Ça m'a foutu une espèce de choc. En plus, ça m'ennuyait qu'il refroidisse.

— Votre bonhomme ?

— Non, le café. C'est moi qui l'ai bu. Sacré Rigaudière ! Il a quand même battu le record : nous avons vécu ensemble quatre années.

— Quel record ?

— Je suis restée trois ans avec le commis voyageur. Deux et demi avec le vétérinaire, celui qui a voulu m'empoisonner.

Deuxième gorgée de trois-étoiles.

— Qu'est-ce que vous avez fait ?

— J'ai appelé un médecin. Mort naturelle. Ensuite, les pompes funèbres générales. J'aimerais avoir Auguste Jacomet. Il me soutiendrait le moral. C'est un rigolo.

— Le trouver comme ça tout raide, ça a dû être une rude surprise !

— Attendez : j'en ai reçu une meilleure. Hier après-midi, pendant que les pompes s'occupaient de lui, je suis montée chez son patron, maître Lecour. D'abord pour lui annoncer la nouvelle. Ensuite, pour l'héritage. Faut que je vous raconte la scène, ça vaut le jus.

Maître Lecour ressemblait au philosophe Nietzsche, avec ses énormes moustaches. Elles filtraient ses paroles. Un lorgnon au bout du nez filtrait ses regards. Il présenta les condoléances de rigueur, dit tout le bien qu'il pensait de son clerc. On en vint ensuite aux choses sérieuses.

— Est-ce que mon mari vous a laissé un testament ?

— Non, madame. D'aucune sorte. C'est qu'il connaissait parfaitement les dispositions successorales de la loi. Il a jugé inutile de les retoucher.

— Et que disent ces dispositions ? Nous sommes mariés depuis quatre ans et nous n'avons pas de descendance.

Le notaire prit la peine d'ouvrir un livre de jurisprudence afin de démontrer que lesdites dispositions étaient imprimées, qu'il n'avait aucune part à leur teneur. Il grommela d'abord un premier paragraphe :

— Lorsque le défunt ne laisse ni parents au degré successible, ni enfants, les biens de sa succession appartiennent en pleine propriété au conjoint non divorcé qui lui survit et contre lequel n'existe... etc., etc. Cela ne vous concerne point.

— Comment donc ? C'est exactement notre cas. Pas d'enfant, pas de divorce entre lui et moi.

— Attendez. Ecoutez la suite. Si le défunt *ab intestat* laisse un ou plusieurs enfants naturels et reconnus, le conjoint survivant a un droit d'usufruit sur la moitié de la masse successorale.

— Cela ne nous concerne pas non plus.

— Croyez-vous ?

Sous le nez du notaire, son énorme moustache eut, si je puis dire, un haussement d'épaules. La bouche ouverte, les yeux béants, Amandine restait muette.

— Il faut donc que je vous informe d'une chose. D'un secret que je puis à présent vous révéler. Votre mari, monsieur Rigaudière, avait un fils naturel et reconnu.

— Mon mari ? Un fils naturel et reconnu ? Jamais il ne m'en a parlé !

— A moi, il m'en a fait la confidence et m'a fourni des preuves.

— Oh ! le salaud !

Maître Lecour fit semblant de ne pas entendre l'épitaphe. Il fournit seulement quelques détails :

— Ce garçon occupe l'emploi de facteur des postes dans un département voisin. Il vit modestement. De temps en temps, votre mari lui adressait de petits mandats, que son fils ne refusait point, sachant de qui ils provenaient. Ils entretenaient une petite correspondance.

— Oh ! le dégueulasse ! Est-ce que ce bâtard est aussi bossu que son père ?

— Pas du tout. J'ai une photo de lui. Il se tient parfaitement droit dans son uniforme de facteur. Les enfants n'héritent pas toujours des défauts physiques des parents.

— Répétez-moi, je vous prie, les effets de cette bâtardise ?

— Vous aurez l'usufruit de la moitié de la masse successorale.

— Je pourrai donc jouir de notre maison de Chamalières ?

— De la moitié seulement. Monsieur Rigaudière fils sera le propriétaire de la moitié de l'ensemble et en droit d'exiger de votre part un demi-loyer.

— La vache !

— Mais sans doute ne le fera-t-il pas. C'est un problème d'entente entre lui et vous.

— Et l'argent ? La Caisse d'Epargne ? Le Crédit Lyonnais ?

— L'argent lui revient. Mais il devra là-dessus payer les droits de succession et vous verser la moitié des intérêts. Cela compensera sans doute le demi-loyer.

Amandine resta un moment très abattue dans son fauteuil. Elle redressa de la main la moumoute, qu'elle sentait lui glisser sur l'oreille. Bientôt, la curiosité la ranima :

— Et la mère ?
— Quelle mère ?
— Celle du facteur ?
— Monsieur Rigaudière m'a raconté ce qui fut, comme on dit, une erreur de jeunesse. Ses parents possédaient une petite propriété dans la Haute-Loire, en pays huguenot. Deux filles et un fils. Le fils était bossu. On le fit instruire, il devint clerc de notaire. Les filles épousèrent des agriculteurs qui travaillaient les terres du domaine. Au moment de la succession, elles se partagèrent les biens immobiliers. Le fils reçut un peu d'argent, pas grand-chose, parce qu'on lui avait payé des études de droit. Dans la ferme travaillait une jeune servante, pupille de l'Assistance. Elle aimait la compagnie du jeune bossu, qui la faisait rire en lui jouant des farces. Il lui en joua une d'une espèce particulière.

— Le salopard ! Vous croyez que c'est honnête, pour un protestant ?

— Elle se trouva donc enceinte. Pas question de mariage, cependant. Les maîtres auraient pu la chasser. Ils la gardèrent. Elle mourut en donnant le jour à un petit garçon qui, plus tard, devint facteur des postes. J'ai son adresse. Je vais lui envoyer un télégramme pour lui apprendre le décès de son père...

Madame Rigaudière acheva son récit par de nouvelles lamentations :

— Voilà où j'en suis, charmante Elise. Apportez-moi un autre cognac, je vous prie. Grâce à l'usufruit, j'aurai en jouissance la moitié de ma cuisine, la moitié de ma chambre, la moitié de mon salon, la moitié de mes cabinets... Et tout appartiendra au bâtard des PTT. Quand je casserai ma pipe à mon tour, je ne laisserai pas un centime à mes enfants. Il est vrai que je n'en ai pas. Mais me voilà condamnée à repousser très loin mon départ à la retraite. A cause de mes deux précédents mariages, je suis entrée tard dans l'enseignement. Pour obtenir une pension complète, je dois travailler trente-sept ans et demi. Ce qui me conduira presque à quatre-vingts ans. Je serai complètement gâteuse !

Elle entama son second trois-étoiles. Ce qui impressionnait le plus madame Chabanne, c'étaient les circonstances dans lesquelles le facteur avait été engendré.

— Tout de même, un handicapé comme lui ! Faire du tort à une jeune servante !

Amandine mit les choses au point :

— Mon homme, charmante Elise, n'était pas handicapé de partout. On peut même dire que, sur le matelas, il était des plus dégourdis. Sa bosse n'empêchait pas une grande virtuosité. Il était, en somme, comme celui de l'opérette.

Elle se mit à tortiller du derrière, à balancer les bras, en fredonnant :

> *Car jamais on n'avait vu*
> *Un petit bossu, un petit bossu,*
> *Car jamais on n'avait vu*
> *Un petit bossu aussi résolu.*

Elle termina en rappelant :
— Si vous voulez venir m'aider à l'enterrer, je vous donne rendez-vous après-demain en l'église de Chamalières. Ni fleurs, ni couronnes.

— Non, dit madame Chabanne. Ce n'est pas possible.

— Pourquoi donc ?

— Vous savez bien que votre mari était protestant. Vous ne pouvez lui faire des obsèques catholiques.

— Ecoutez, charmante Elise. De son vivant, j'ai toujours fait les quatre volontés de ce polisson. Dans la maison, c'est lui qui décidait de tout, qui composait les menus, qui m'obligeait à boire de l'eau minérale sous prétexte qu'elle était bonne pour ma santé, tandis qu'il s'envoyait les bouteilles de bordeaux. Si bien que je ne pouvais y goûter qu'en cachette. Alors, maintenant qu'il ne parle plus, qu'il ne boit plus, qu'il ne pète plus, je peux m'offrir une petite revanche. Il sera enterré suivant le rite de notre sainte Eglise catholique, apostolique et romaine. Et s'il n'est pas content, il n'aura qu'à taper du poing dans son plumier.

Quand l'institutrice fut partie, madame Elise resta longtemps éberluée. Il lui arriva même, en servant la clientèle, de confondre le vermouth avec l'Ambassadeur. Lorsque Henri revint le soir de son usine, elle lui raconta dans toutes ses circonstances le décès de monsieur Rigaudière. Pour arriver à cette conclusion :

— A cause de ce cachottier, sa femme n'hérite de rien. Heureusement, le bâtard des PTT ne pourra pas l'expulser de sa maison : elle est sauvée par le jus de fruits.

Vint ensuite le récit des dispositions funéraires.

— Tout de même, s'indigna-t-elle, obliger un protestant à recevoir des funérailles catholiques, ça ne me paraît guère chrétien.

— Laisse donc, ma bonne amie, la rassura son homme. Un peu d'eau bénite sur la tête d'un mort ne lui a jamais fait de mal.

On dit que la vengeance est un plat qui se mange froid. Y en eut-il jamais de plus froide que celle d'Amandine ? Mais quelques semaines plus tard, le Grillon vert fut impliqué dans une vengeance beaucoup plus chaude. Madame Elise avait engagé une femme de chambre-lingère, Lisette Montagné. Elle venait de Courpière, fraîche et rose comme une pêche pavie. Et vaillante. Chaque jour, elle secouait par les fenêtres les descentes de lit, dont la poussière s'épandait sur la rue Fontgiève. Elle lessivait des brassées de draps, les étendait dans l'arrière-cour. Le samedi, elle descendait coucher à Montferrand chez une vieille tante. Elle en revenait le dimanche soir.

Les choses durèrent ainsi trois mois. Lisette et sa patronne étaient satisfaites l'une de l'autre en tout point. La jeune lingère plaisait aussi aux clients de l'hôtel, même si elle fleurait un peu l'eau de Javel. Ils lui refilaient des pourboires et auraient bien aimé qu'elle les bordât dans leur lit. Mais elle savait se défendre, toujours armée de son balai et de son plumeau. Jean Desvignes chantait en son honneur :

> *Quand vous voyez la Lisette*
> *Vous en perdez la raison.*
> *Mais vous perdez aussi la tête*
> *Quand vous voyez la Lison...*

Pour lui la perte était accomplie depuis longtemps, ce qui ne l'empêchait pas de faire par-ci par-là des choses raisonnables.

> *Toutes les deux sont jolies.*
> *Quand revient la floraison,*
> *Les amoureux font des folies*
> *Pour Lisette, pour Lison.*

Ne connaissant point le sens du mot « floraison », il chantait : « Quand on vient à Vertaizon… » Ce qui revenait à peu près au même, car à Vertaizon, près d'Espirat, les fous sont aussi nombreux qu'ailleurs.

Bref, la lingère du Grillon séduisait tous ceux qui l'approchaient. Au même titre que la princesse Astrid, dont la presse et les actualités du cinéma montraient la grâce et qui venait d'épouser Léopold, duc de Brabant, futur roi des Belges.

Là-dessus, le 14 Juillet répandit ses flonflons, son allégresse, ses feux d'artifice, ses bals populaires. Fête nationale. Fête du bleu, du blanc, du rouge. Tout le jour, le Grillon fut rempli de républicains assoiffés. Serveurs et serveuses ne savaient plus où donner du goulot. Place de la Liberté, parmi les plus enragés gambilleurs, monsieur Fleurdépine se faisait remarquer par son entrain et sa jambe de bois. Il l'avait gagnée dans les Vosges en 1915. Chaque matin, comme on chausse une botte, il enfilait sa prothèse en forme de bouteille de champagne. Elle ne l'empêchait pas de danser. Au contraire. Il mettait même une certaine ostentation à lever bien haut, dans les bourrées, son pilon muni d'une rondelle en caoutchouc. Toutefois, dans les danses au corps à corps, javas, polkas, fox-trot, les filles prenaient bien garde de se tenir à distance par crainte de se faire écraser un pied. Car, sans l'avoir appris chez Amédée-Gasquet, elles savaient intuitivement que la pression P exercée par une masse M sur une surface S est d'autant plus forte au centimètre carré que celle-ci est plus réduite. Selon la formule : $P = M/S$.

Or ce soir-là se produisit un événement tout à fait indigne d'un 14 Juillet. Lisette Montagné servait au comptoir. Il régnait dans le bistrot un brouhaha parfumé au Pernod et au tabac caporal. Peu de buveurs avaient remarqué une jeune femme à l'extérieur, debout près de la porte ouverte. En robe légère, les cheveux noués sur la nuque, les bras gantés de noir jusqu'aux coudes malgré la chaleur, on l'eût prise pour Pola Negri dans *Princesse d'ébène*. Le plus étrange était ce panier à couvercle qu'elle tenait de près, pareil à celui des paysannes quand elles portaient un lapin au marché. Elle semblait hésiter à franchir le seuil et promenait autour d'elle des yeux farouches.

Allées et venues. On entre, on sort. On boit, on trinque.

— Pardon, madame... Pardon, madame...

Un 14 Juillet, tout est permis, même le silence, même l'immobilité.

Soudain, profitant d'une sortie de consommateurs, elle pénétra dans le café, se dirigea vers le comptoir, où officiaient Elise, Marinou, Henri, Lisette. Elle demanda :

— Vous êtes bien Lise Montagné ?

— Oui, madame. Vous désirez ?

— Je désire vous remercier de m'avoir pris mon amoureux, Armand Gonin.

Soulevant le couvercle de son panier, elle saisit de sa main gantée un flacon à large col qui contenait une liqueur fumante et la jeta au visage de Lisette, criant :

— Merci beaucoup !

La visiteuse aux gants noirs voulut s'enfuir ; mais quatre hommes la retinrent de force, malgré ses morsures et ses ruades. Lisette hurlait de douleur. La patronne saisit un siphon, lui arrosa la figure d'eau gazeuse. Vitriol ! L'arme des femmes trahies. Elle atteignait la cause première de la trahison : la beauté de sa rivale.

Lorsque Lisette put se regarder dans une glace, elle poussa un cri d'horreur. La griffe sulfurique avait labouré ses joues, rongé la paupière inférieure de l'œil gauche, de sorte que celui-ci, déchaussé, semblait vouloir à tout moment tomber de l'orbite.

Elle avait eu, en effet, une liaison secrète avec le dénommé Armand Gonin ; lequel, par ailleurs...
« Que le cœur de l'homme, dit Pascal, est creux et plein d'ordure. »

Le Grillon vert voulait la garder ; mais sa vue était devenue insupportable à la clientèle. Elle préféra rentrer dans sa famille. La vitrioleuse fut condamnée à six mois de prison avec sursis. Les juges des tribunaux correctionnels, qui menaient généralement une vie froide, dépourvue de la moindre passion, se montraient indulgents envers les crimes passionnels. Leurs rêves étaient emplis de stupre, de viols, de vengeances inassouvies.

Débarrassée de son bossu, madame veuve Rigaudière se remit à fréquenter le Grillon vert assidûment.

— Vous ne sauriez croire, confiait-elle, comme il est dur de vivre seule dans une grande maison. Surtout si vous n'en jouissez que d'une moitié. Dans chaque pièce, vous sentez une frontière invisible qui la coupe en deux. J'ai complètement droit au buffet, mais point à la desserte. Quand je me trouve près de celle-ci, j'ai une impression de clandestinité.

— Mais puisque le facteur vous tolère !

— On ne tolère, charmante Elise, que ce qu'on n'aime pas. Me voici donc dans une maison de tolérance, ni plus ni moins. Dans une sorte de bordel. Où je n'ai pas même le plaisir de recevoir des clients.

Madame Chabanne y réfléchit.

— Ce qu'il vous faudrait... suggéra-t-elle. Je n'ose trop le dire.

— Parlez sans crainte. Personne ne nous écoute.

— ... un autre mari.

Amandine éclata de rire.

— Un quatrième ! Pourquoi pas ? Je serais collectionneuse de maris comme il y a des collectionneurs de pipes. L'un après l'autre, cependant. Après tout, je n'ai que quarante-neuf ans. Non, quarante-sept. (Elle s'embrouillait un peu dans ses âges.) Quatre bonshommes, ça serait pas mal pour une particulière qui avait décidé de ne pas se marier.

— Vous vous étiez promis cela ?

— Quand j'avais douze ans. Voyant comme les choses allaient mal entre mon père et ma mère, je m'étais dit un jour : « Tu ne te marieras jamais. Tu élèveras des chats. » A la place des gosses, naturellement. Les chats offrent tous les avantages des enfants : ils sont petits, soyeux, caressants, affectueux ; et aucun de leurs inconvénients : ils ne vous abandonnent pas, ils n'attendent pas votre héritage. Mais ensuite, je n'ai pas tenu ma résolution, j'ai pris trois hommes. Si vous avez quelqu'un de bien à me présenter, j'envisagerai la chose. Ce qu'il me faudrait, c'est le propriétaire d'une maison où je perdrais ma clandestinité. Et, si possible, un peu plus jeune que moi, ce qui assurerait mon avenir.

16

Sous des rafales de neige arriva le « train sans rails ». Il venait d'Amérique, avait débarqué à Bordeaux, traversé le Périgord, le Limousin, les Combrailles, pour atteindre la capitale des Auvergnes le 7 janvier. Jusqu'alors, on avait connu des rails sans train, mais jamais de train sans rails. Celui-ci comprenait une locomotive Compound et seulement trois wagons. Au lieu de roues entièrement métalliques, il se déplaçait sur des roues à bandages de style Bergougnan. Il fit le tour de la ville à grands coups de sifflet, sous un panache de fumée fallacieuse, car il était mû par deux moteurs à pétrole dissimulés. Il s'arrêta place de Jaude, environné par des milliers de gobe-mouches. Puis il se dirigea vers la place Chapelle-de-Jaude et s'installa devant le Familia.

Il avait été construit par la société Gaumont Metro Goldwyn en vue de faire un tour du monde publicitaire pour le cinéma hollywoodien. Les trois wagons contenaient un salon, une cuisine, une salle à manger et deux salles de spectacle où étaient projetés les derniers films de la GMG. Les invités purent y admirer une superproduction, *L'Agonie de Jérusalem*, avec douze mille acteurs ou figurants, mille chevaux, trois cents chameaux ou dromadaires, qui avait coûté un million de dollars. Un drame d'amour colorisé avec

Mary Pickford et Douglas Fairbanks, *Les Amants de Grenade*. En un français compréhensible, un propagandiste expliqua que les drames en couleur sont les plus émouvants.

Ce festival dura trois jours. Au bout desquels le train sans rails reprit la route en direction de Moulins.

Les Chabanne-Esbelin ne furent pas invités aux projections de la GMG. Si eux-mêmes ne faisaient point partie du beau monde, ils recevaient du moins à leur table d'éminentes personnalités clermontoises : monsieur Hippolyte Conchon-Quinette, industriel en confection ; monsieur Carré, retraité de l'état civil ; l'abbé Fourvel, premier vicaire de Saint-Eutrope madame veuve Rigaudière, conseillère en divorce ; monsieur Jean Desvignes, célèbre accordéoniste diatonicien. Monsieur Mario Pérouse, aussi connu pour son goudron que pour ses tableaux, venait parfois de Montferrand rendre une visite d'amitié à son élève Marcel la Peinture.

Il considéra sa *Place Delille* :

— Quel laouf ! Mais quel laouf ! s'écria-t-il avec enthousiasme. Je vous conseille d'orner pareillement les autres murs du Grillon vert. Ici, je verrais bien une *Place d'Espagne*, avec ses marronniers, ses marrons épars sur le sol, luisants comme si on les avait huilés... Ici, une *Place de la Liberté*, avec son marché aux puces. Et là, carrément, une *Place de Jaude,* où les chevaux à crottin et les chevaux-vapeur s'entrecroisent.

Lui-même venait d'organiser salle Gaillard une exposition de ses toiles. *Le Vieux Pont de Coudes. Manglieu au printemps. Murols... Murols...* et encore *Murols*.

— Je vous y invite tous, lança-t-il à la clientèle du Grillon.

Puis il raconta un compliment reçu d'un admirateur :

— Un bon bougre. Un homme sans malice. Employé de commerce ou contrôleur du tram. Il s'était arrêté longtemps devant chacun de mes tableaux. Y avait bien remarqué le lieu, la saison, l'heure du jour. Avait fini par me servir ses félicitations : « C'est admirable. Vraiment admirable. Ah ! l'Auvergne n'est pas près d'oublier votre nom, monsieur Perlouse. »

Eclat de rire dans la salle. Et plusieurs suggestions :

— Ç'aurait pu être pire ! Par exemple, Ventouse.
— Ou Barbouze.
— Ou Partouse.

Mario Pérouse s'enveloppa dans sa grande cape et dans son nom inoubliable, et retourna salle Gaillard à la rencontre d'autres admirateurs.

Suivant les conseils du maître, Marcel Chabanne planta son chevalet place d'Espagne. Ainsi nommée parce qu'elle avait été construite par des prisonniers espagnols au temps du grand Turenne. Plus tard, la bête du Gévaudan y avait été exposée, abattue par Jean Chastel en 1767 au pied du mont Mouchet, avant d'être transportée à Versailles. Elle puait si fort que les chiens du quartier en perdaient la tête et hurlaient à la mort. En 1928, la place d'Espagne n'était plus qu'une bande étroite de terrain, une espèce de chemin de ronde sur l'emplacement d'un ancien glacis. Marcel y peignit un groupe de menettes qui allaient prier la Vierge à Notre-Dame-du-Port. Elles marchaient sans les voir parmi les marrons luisants.

Il s'installa ensuite un dimanche place de la Liberté, où échouaient les rebuts de maints galetas : portraits de famille, chaises d'époque, tables boiteuses, faïences ébréchées. Les antiquaires promenaient sur ces immondices des regards aigus, dans l'espoir d'y découvrir quelque trésor insoupçonné. Ce qui se produisait quelquefois.

Il osa enfin peindre la place de Jaude. Les étymologistes se perdent en conjectures sur l'origine de ce mot. Les uns y voient une référence à on ne sait quelle histoire de coq (du patois *jau*). D'autres, plus sérieux, remontent aux siècles où Clermont la Romaine s'appelait Augustonemetum, bâtie sur le Plateau central autour d'un bosquet consacré à Auguste; cependant que les Gaulois, descendus de leur Gergovia abandonnée, s'établissaient dans la plaine marécageuse. Les Romains de l'acropole désignèrent ces tard-venus par le terme méprisant de Galates, comme nous appelons bougnoules, macaronis ou espingouins d'autres immigrés mal acceptés. C'est à ces supposés Galates que la place pourrait devoir son nom, selon la chaîne phonétique Galate, Galde, Jalde, Jaude. Prononciation locale : Jode. Plus personne dans les années 20 ne se souvenait d'Augustonemetum ni des Galates. Excepté quelques membres de la docte Académie des sciences, belles-lettres et arts, qui proposaient de rebaptiser la capitale française du caoutchouc *Augustobibendum*.

Marcel Chabanne dressa son chevalet à l'extrémité sud de la place, tournant le dos à la rue Joli. Il voyait devant lui le général Desaix, l'index pointé vers le sol; Vercingétorix sur son coursier lancé au galop les quatre fers en l'air; le tramway de la ligne Royat-Montferrand affichant une publicité pour les biscuits Petit Lu. A ce paysage urbain, il ajouta des personnages : des joueurs de boules, un Espagnol vendeur d'oublies, un Italien vendeur de glaces. Et, à côté de ces anonymes, les quatre barbus caoutchoutiers se saluant de leurs quatre chapeaux melons. Le maire, monsieur Philippe Marcombes, avec ses jolies moustaches. Mario Pérouse, promenant sa cape bleue et sa cravate lavallière. Monsieur Hébrard, donnant le bras à son dictionnaire franco-anglais. Jean Desvignes, secouant son accordéon. Elise Chabanne, revenant du marché Saint-Pierre, un panier au coude. Son époux, Henri le traceur, les mains pleines d'équerres et de compas. Sur sa bécane, monsieur Conchon-Quinette, en veste de chasse étiquetée 322 francs. Marcel osa se représenter lui-même en compagnie de sa sœur Judith : ils poussaient une voiture à bras chargée de valises. Ainsi les grands peintres de la Renaissance italienne se peignaient-ils sur leurs toiles en compagnie de leurs amis et connaissances.

Quand les trois *Places* furent accrochées aux murs du Grillon vert, elles attirèrent des clients nouveaux. Chacun cherchait à identifier les promeneurs représentés, soulignant des ressemblances et des dissemblances. Naturellement, ils n'entraient point sans consommer. L'art pictural se mettait au service de la limonade.

Amédée-Gasquet s'enrichit d'un nouveau professeur de lettres. Malgré son origine annamite, son teint jaune, ses yeux bridés, sa voix de canard, monsieur Yan Pé était de nationalité française. Il avait étudié à Saigon et à Paris, possédait tous les diplômes indispensables à ses fonctions. Quelle étrange chose c'était que de l'entendre réciter avec ce timbre quasi enfantin le monologue de don Diègue : « O rage, ô désespoir, ô vieillesse ennemie !... » D'une élégance extrême, col glacé, nœud papillon, costume trois pièces, chaîne de montre, guêtres blanches, il paraissait sortir d'un catalogue de Conchon-Quinette. En outre pendait de son oreille gauche un bijou d'or finement ciselé qui reproduisait un chaton de bétel. Cette plante emblématique grimpe là-bas aux arbres comme notre vigne ; les femmes s'en rougissent les lèvres et s'en noircissent les dents. Il s'exprimait en modelant en l'air de ses longs doigts les mots qu'il prononçait, un peu comme font les sourds-muets. Succédant au débonnaire et rondouillard monsieur Rault, il était l'intrusion dans le bahut auvergnat de l'exotisme et du mystère extrême-orientaux.

Comme les autres élèves de l'A1, Marcel Chabanne semblait fasciné par ses gestes, par ses intonations. Dès son entrée dans la salle de classe, on se croyait transporté en Asie : il les saluait d'une courbette marquée, joignant les mains sur la poitrine, le tout accompagné d'un sourire bouche close. Il parlait enfin :

— Chers amis, nous allons continuer l'étude du *Cid*, de Corneille, puisque cette œuvre est inscrite au programme.

Imbattable sur les classiques, qu'il semblait connaître par cœur et auxquels il apportait les commentaires les plus subtils, il aimait aussi, de loin en loin, à titre de récréation, présenter à ses « amis » des poètes aux yeux bridés, dont les noms ne figuraient ni dans les programmes officiels, ni dans les anthologies scolaires. Ils souffraient de patronymes imprononçables à d'autres bouches qu'à la sienne. Et lorsque ses élèves essayaient de répéter ces syllabes, c'était si imparfait que monsieur Yan Pé éclatait de rire comme s'ils avaient émis une énormité. Car les langues orientales ont ceci de particulier que le sens des mots change complètement selon qu'on les articule avec le fond de la gorge ou avec le devant, en fermant l'œil gauche ou en fermant l'œil droit. Le professeur asiatique récitait des poèmes très courts appelés haïkaïs, ou hokoïs, ou haïkus ; à moins que ce ne fût hikis ou hékés, dont il donnait ensuite les traductions. Exemple :

> *O bruit léger de pas, ô main dans la nuit,*
> *Syllabe dans le vent, que tu tardes à venir !*

Ou encore :

> *Amis, parents, voisins, ne venez pas :*
> *Je veux pleurer seul sur la tombe d'un oiseau.*

Ou :

> *A la lune, si l'on appliquait un manche,*
> *Quel joli éventail !*

Ou enfin :

> *Une fleur tombée, à sa branche*
> *Je la vois revenir ; et c'est un papillon.*

A la différence des poètes classiques français, ces Orientaux n'avaient besoin d'aucune glose. Monsieur Yan Pé offrait les haïkaïs à ses élèves comme il leur aurait fait humer un flacon d'eau de rose, sans qu'il fût ensuite nécessaire de demander :

— Sentez-vous comme il fleure bon ? Vous êtes-vous aperçus qu'il contient le parfum de la rose ? Savez-vous que la rose... etc., etc. ?

Heureux pays d'Indochine, songeaient les élèves d'A1, où les populations se nourrissent de poésie sans avoir besoin d'aller à l'école, sans apprendre la différence entre les rimes masculines et les féminines !

Monsieur Yan Pé osa plus encore : il leur proposa d'écrire eux-mêmes des haïkaïs en français et d'en composer un recueil qu'il ferait publier à ses frais chez un imprimeur clermontois. Dans les jours qui suivirent, toute l'A1 se trouva embrasée d'une fièvre poétique. Les élèves ne parlaient plus cinéma pendant les récréations. Ni même sport, malgré le Clermontois Emile Pladner, qui venait de conquérir le titre de champion de France, catégorie poids mouche, en battant Morrachini. Ils vécurent plusieurs semaines les yeux dans les nuages, guettant les mésanges et les papillons. Marcel Chabanne, qui n'était pas vraiment un charmeur de mots, réussit à composer deux haïkaïs inspirés par des personnes chères et perdues :

Hélène, tu te prenais pour un oiseau,
Mais on avait oublié de te donner des ailes.

O chère tante aux confitures,
Tu savoures à présent les délices de la Vierge.

Monsieur Yan Pé accepta les productions de ses trente élèves. Aussi bien le plus sublime haïkaï de Simon Audollent :

Dieu est entré inaperçu,
Un doigt sur la bouche,
Et a rempli mon cœur.

que le plus nul, écrit par Londiche :

La semaine passée, je souffrais de la tête,
Et cette semaine, j'ai mal aux pieds.

— A présent, dit le professeur annamite, chacun de vous va illustrer non pas ses propres textes, mais ceux d'un camarade. Choisissez-vous les uns les autres.

Il s'ensuivit de longs conciliabules, des ententes, des discordes. On dut tirer à la courte paille certains textes dont personne ne voulait. A Chabanne échut celui de Londiche. Il dessina un soulier bâilleur d'où émergeait une tête grimaçante.

— Il est permis, affirma monsieur Yan Pé, à la poésie de faire sourire.

Il le prouva en citant Clément Marot, La Fontaine, Racine, Molière, Victor Hugo.

— Il faut à présent un titre général à notre recueil. Que proposez-vous ?

Plusieurs lancèrent des titres comme des balles de tennis. Il les attrapait au vol. On délibéra. On vota. *Bulles* fut choisi démocratiquement. C'était court, léger, aérien, comme les haïkaïs auvergnato-asiatiques. Ils couvraient soixante pages.

Comme promis, monsieur Yan Pé fit imprimer à ses frais deux centaines de ces *Bulles* par un Gutenberg de la rue Prévote. Il lui en coûta beaucoup d'argent. Il les distribua gratis à ses élèves. Il récupéra une faible partie de son débours en plaçant quelques exemplaires auprès de ses collègues de Gasquet.

— Je sais bien que Lamartine, Victor Hugo, Sully Prudhomme ont gagné des fortunes avec leurs écrits versifiés. Chez nous, en Asie, nous trouverions choquant de vendre de la poésie. Tout au plus vendons-nous l'encre et le papier. La poésie elle-même est une chose inappréciable.

Monsieur Parmantier convoqua dans son bureau le professeur à la voix de canard afin de lui faire certaines remontrances :

— J'ai entre les mains un recueil intitulé *Bulles,* que vous avez demandé à vos élèves de composer. Je l'ai lu, et je dois avouer que j'ai trouvé dedans certains petits trucs assez jolis… Bon. Admettons. Mais où cela conduira-t-il nos enfants ?

— Au goût de l'écriture et de la poésie, monsieur le principal.

— Au goût de la poésie ? Pour quoi faire ?

— Pour les rendre heureux.
— La poésie rend heureux ?
— C'est ce que je crois, en toute humilité, monsieur le principal. Mais je leur enseigne autre chose : les auteurs du programme afin de préparer, selon les classes, les examens auxquels ils se présenteront.
— Je m'en réjouis. Vous êtes payé pour ça. Cependant, une chose m'a choqué : j'ai trouvé dans les pages de ce recueil plusieurs fois mention de Dieu. Personnellement, je considère Dieu comme une hypothèse dont je me passe volontiers. Ou, si vous préférez, une légende, au même titre que le père Noël ou la mère Fouettard. Libre à vous de penser autrement. Mais notre collège est une école laïque. Cela signifie que Dieu n'a pas sa place dans notre enseignement. Je veux bien, à la rigueur, que vous fassiez pratiquer la poésie à vos élèves comme exercice de style ; en revanche, je n'admets pas que vous leur parliez de religion. Me fais-je bien comprendre ?
— Parfaitement, monsieur le principal. L'ennui est que Dieu est répandu partout dans la littérature française. Il n'est guère d'auteur qui ne prononce son nom, qui ne l'apostrophe, qui ne l'ait pour référence. Comment faire pour ne point parler de lui ?
— Je vous conseille de sauter les passages en question.

Dès lors, monsieur Yan Pé s'efforça de chasser Dieu de ses classes. S'il lui arrivait de le rencontrer sur son chemin — « Dieu dont l'arc est d'argent, Dieu de Claros, écoute !... J'ai aimé Dieu, mon père et la liberté... L'homme est un dieu tombé qui se souvient des cieux... » —, il butait comme fait le soulier sur une pierre et s'excusait :
— Chers amis, évitons ce mot qui n'a pas sa place dans une école laïque.

A cause de cette prohibition, Marcel Chabanne emprunta à la bibliothèque municipale un grand nombre d'ouvrages où il était longuement question de Dieu : *Polyeucte, Le Génie du christianisme, Josselin, Lourdes, La Faute de l'abbé Mouret*. Il en sortit éberlué, ne sachant que faire de Dieu et trouvant assez commode de le considérer comme une hypothèse.

Il était rarement question de lui au Grillon vert. L'arrière-grand-mère Chaput était si dévote qu'elle ne plaçait jamais un lapin mâle dans la cage d'une femelle sans procéder au préalable à une sorte de mariage entre les deux animaux. Signe de croix et formule grommelée :

— Je vous unis par les liens du mariage au nom du Père, du Fils et du Saint-Esprit.

Un de ses garçons était devenu curé de l'église Saint-Symphorien à Thiers ; l'autre, immensément barbu comme en témoignait une photo presque effacée, Père blanc en Afrique noire. Mais ensuite la religion s'était diluée parmi les membres de sa famille, de même qu'une sève ne parvient plus à nourrir les branches trop nombreuses d'un arbre. Il en restait des traces dans les veines d'Elise et de sa sœur Maria. Marcel n'en avait reçu que quelques gouttes. On allait à Saint-Eutrope les jours de fête carillonnée afin de chasser les mites des toilettes. Aux messes ordinaires, de loin en loin, par temps propice. On recevait les sacrements. Marcel suivit les cours de catéchisme et fit sa première communion sans aversion ni enthousiasme.

Judith fut reçue au concours d'entrée à l'école normale d'institutrices. Tout l'été qui suivit cette réussite, elle prépara son trousseau, marqua son linge à son chiffre, se pourvut des pièces qui manquaient : une robe de chambre, des couvertures, des draps, une jupe noire, un chapeau de feutre de la même couleur et un chapeau de paille. Puis elle dit adieu en pleurant au Grillon vert comme si elle partait pour les Amériques. En fait, l'école normale se trouvait à dix minutes de marche du restaurant-comptoir. Cependant, malgré cette courte distance, c'est de tout le quartier Fontgiève qu'elle prenait congé. De son passé de petite fille. De la clientèle modeste mais chaleureuse. Elle se préparait à devenir une dame assurée de son avenir, de son logement, de sa retraite. Un modèle à suivre en pensées, en paroles, en actions. Future épouse, probablement, d'un instituteur. Mère de professeurs, d'ingénieurs, d'hommes politiques.

Avenue du Puy-de-Dôme, l'école était une construction de très belle architecture, chapeautée d'ardoises, entourée d'un vaste jardin. Outre les cours de sciences, de lettres, de langues, de couture, de cuisine, de maintien, on y enseignait l'art d'enseigner. Chaque élève était aussi chargée d'un « service », d'une tâche ménagère. Judith fut nommée ange gardien des plantes intérieures. Elle devait arroser les géraniums, tutorer les clématites, épousseter les gloxinies, débarbouiller la langue chargée des aloès. Les parquets luisaient et sentaient la cire. Les vitres étaient si transparentes qu'elles semblaient ne pas exister. Pas une plume ne volait, pas un grain de poussière ne dansait dans les rayons de soleil. La morale était aussi nette : ces demoiselles ne sortaient qu'encadrées de leurs surveillantes.

Le dimanche matin, elles jouissaient toutefois d'une sortie libre, à la condition d'être reçues chez un correspondant officiel. Ou bien de s'être inscrites pour fréquenter la messe de Saint-Eutrope. Quitte à se faire traiter de « talas » par les profs anticléricaux. Sans accompagnement, mais groupées et alignées par habitude grégaire, elles remontaient la rue Fontgiève, riant et caquetant. A l'église, l'abbé Fourvel leur adressait dans son homélie une salutation particulière :

— Soyez les bienvenues en la maison de Dieu, mesdemoiselles les futures institutrices laïques. Contrairement à ce que pensent des esprits étroits, la laïcité n'est pas une ennemie de la religion, la religion n'est pas une ennemie de la laïcité, puisque celle-ci implique le respect de tous les croyants, aussi bien que celui des non-croyants. Votre morale d'ailleurs est à peu de chose près la même que la nôtre : tu ne tueras point, tu ne voleras point, tu ne mentiras point, tu seras fidèle à tes promesses, tu ne prononceras pas de grossièretés, tu ne convoiteras point la femme du voisin ni le mari de la voisine, tu tendras la main aux malheureux, tu ne seras ni avare, ni envieux, ni orgueilleux. Une seule chose nous sépare : la foi en Dieu et en son Fils. Peut-être cela vous empêchera-t-il d'être reçues tout de suite dans leur paradis. Mais si, sans vous référer aux Saintes Ecritures, vous appliquez bien nos principes communs, peut-être saint Pierre vous fera-t-il patienter dans l'antichambre ; après quoi je suis sûr qu'il vous ouvrira la porte étroite. Et si par hasard je me trouvais à passer par là, à fréquenter aussi ce vestibule, je vous promets de me joindre à vous pour que nous tapions ensemble quelques manilles coinchées…

Chaque élève-maîtresse était la « femme » virtuelle de l'élève-maître entré à l'école normale de garçons avec le même classement. Mais ils ne se rencontraient guère et ne pouvaient échanger que quelques billets galants ou insipides. A l'occasion d'un entracte au théâtre municipal, Judith vit se présenter devant elle un rouquin échevelé qui ressemblait au portrait d'Arthur Rimbaud.

— Je suis Charles Magne, dit-il, votre mari normalien.

— Charlemagne ? Vous plaisantez, je suppose ?

— Chaque fois que je prononce mon nom, les gens croient que je me moque. Mais je m'appelle vraiment Magne, prénommé Charles.

— Si nous étions réellement mari et femme, je ne me vois pas m'appeler madame Charles Magne. Vous devriez changer de prénom.

— Vous pourriez aussi changer le vôtre pour celui d'Hildegarde.

Ils sourirent. Puis ils se quittèrent et ne se revirent plus de six mois.

L'année 1928 fut frappée par un deuil national qui atteignit spécialement le quartier Fontgiève : celui d'Emile Fayolle, maréchal de France. Né en 1852 au Puy-en-Velay, polytechnicien, professeur d'artillerie à l'Ecole de guerre, retraité en 1914, il avait été rappelé pour prendre un commandement en Lorraine. Sa doctrine : éliminer les forces ennemies par le feu du canon plutôt que par la baïonnette du fantassin. Sa sûreté de jugement lui avait valu d'indéniables succès. En mai 1917, après le désastre de Caporetto, il avait été envoyé en Italie à la tête de six divisions françaises. Dont faisait partie tonton Thévenet, qui n'en finissait pas de raconter au Grillon vert ses boires et ses déboires. En mai 1918, alors que pour une dernière offensive les Allemands avançaient derrière leurs tanks en criant «*Nach Paris*», son artillerie les avait écrasés en quelques heures. Ainsi, Fayolle avait sauvé la capitale, de même que Gallieni en 1914. Avec la collaboration de quelques milliers de morts anonymes. S'intéressant à la vie quotidienne de ses hommes, s'efforçant de les arracher à la boue des tranchées, il avait reçu d'eux le glorieux surnom de «général Caillebotis». Une dernière qualité : il appartenait à la catégorie des officiers qui avaient la préférence de Napoléon, ceux que la chance accompagne.

Après 1919, rattrapé par la retraite, le maréchal Fayolle s'était installé à Clermont, 10, rue de l'Oratoire, dans une gentilhommière que flanquait un beau jardin. A l'ombre de la cathédrale, il passait ses jours à lire les auteurs anciens, à fumer la pipe et à tailler ses rosiers. Nul spectacle n'est plus édifiant que celui d'un guerrier chargé de victoires en train de cultiver les roses. Membre de l'Académie, il participait régulièrement à ses réunions savantes.

Il eut le tort de s'éloigner un moment et mourut à Paris, déraciné. Ses obsèques furent magnifiques. Enveloppé du drapeau tricolore, transporté sur un affût de 75 que tiraient six chevaux noirs, son cercueil défila dans la capitale et fut reçu dans la crypte des Invalides. Quatre maréchaux vivants l'encadraient : Foch, Pétain, Lyautey, Franchet d'Esperey. Joffre manquait pour raison de santé. A Clermont, rue de l'Oratoire, ses roses s'effeuillèrent de douleur.

Dès 1926, son nom avait été donné à la place Fontgièva. Mais les Clermontois, attachés à leur passé simple, s'en étaient à peine aperçus. Seuls les facteurs savaient qu'elle s'appelait depuis douze ans place du Maréchal-Fayolle.

17

Emile Pladner commença l'année 1929 en fanfare : il battit l'Anglais Johnny Hill par K-O au sixième round, décrochant ainsi le titre de champion d'Europe des poids mouche. La voie du titre mondial lui était ouverte. Tout Clermont eut pour Milou les yeux de Chimène. Il obsédait les conversations, les pensées, les rêves. Sa mère, parfumeuse rue Pierre-l'Hermite, faisait des affaires d'or. Un journaliste l'interrogea :

— Enfant, révéla-t-elle, mon Milou était chétif et timide. Ses copains se moquaient de ses jambes d'allumettes. Son frère aîné, Georges, engagé dans la marine, ayant été champion d'escadre des poids moyens, lui conseilla de pratiquer la boxe. Il s'inscrivit à l'ASM. Il fut champion d'Auvergne à dix-sept ans. Vous connaissez la suite.

Le dernier jour de février, Milou prit le train de Paris afin de rencontrer l'Italo-Américain Frankie Genaro. Le 2 mars, à 20 heures, ayant satisfait aux pesages et examens réglementaires, tous deux montèrent sur le ring du Vél' d'Hiv' plein à craquer. Milou portait une culotte blanche, Frankie une culotte étoilée. Pardessus la coquille qui leur protégeait les parties. Mais, tandis que le premier, très applaudi, saluait la foule d'un bras amical, le second leva en l'air le médius de sa main droite, l'agitant plusieurs fois de bas en haut.

Geste typiquement amerloque dont peu de Parisiens comprirent l'obscénité, mais dont ils devinèrent le sens provocateur. Ce fut aussitôt un concert de sifflets et d'imprécations. En quatre secondes, Frankie venait de gagner la haine de la foule.

— J'ai besoin, avait-il avoué aux journalistes dans son jargon du Bronx, j'ai besoin qu'on me déteste. Ça me donne du gaz.

Il n'était pas nécessaire, d'ailleurs, de pousser beaucoup le public français à l'exécration contre la boxe américaine. Il n'avait pas encore digéré la défaite infligée, quelques années plus tôt, à Georges Carpentier, champion du monde des poids mi-lourds, par une espèce d'éléphant yankee nommé Jack Dempsey, qui pesait cinquante kilos de plus que lui.

Emile Pladner, presque fluet, d'une élégance musclée, face à un adversaire d'une impressionnante carrure, était considéré par les spécialistes comme battu d'avance. On espérait du moins qu'il tiendrait jusqu'à la quinzième reprise.

Les deux hommes reçurent leurs gants. L'arbitre espagnol, monsieur Fuego, leur chuchota ses recommandations. Puis le gong retentit, il s'écarta, les laissant face à face. Tout de suite, Genaro se mit à taquiner du gauche l'Auvergnat, qui se couvrait bien, parait adroitement, mais ne passait point à l'offensive. Comprenant mal cette tactique probatoire, la masse l'excitait :

— Vas-y, Milou ! Sonne-le ! Qu'est-ce que t'attends, Milou ?

Les femmes se montraient les plus féroces :

— Tue-le ! N'aie pas peur ! Tue-le ! Fais-nous ce plaisir !

Deux minutes s'écoulèrent dans cette indécision. Les gants faisaient pif, paf. Avant les règlements du marquis de Queensbury, la boxe se pratiquait les poings nus, en plein air ou dans les granges. Les combattants se brisaient régulièrement les doigts et les côtes.

Soudain, le droit de Pladner jaillit comme la foudre, atteignit Frankie au menton. L'Amerloque battit l'air de ses bras, tomba à la renverse, tandis que l'arbitre comptait :

— *Uno ! Dos ! Tres ! Cuatro !...*

En français, la foule comptait avec lui :

— Huit ! Neuf ! Dix !... Out !

Une immense gueulée s'éleva, faite d'acclamations, d'applaudissements, de sifflets, de huées. Venus pour assister à un combat de trois quarts d'heure, les spectateurs n'en avaient pas eu pour leur argent : en deux minutes et demie, le Clermontois avait réglé son compte à l'Américain. Monsieur Fuego le proclama vainqueur en levant son bras droit, celui qui avait pulvérisé Genaro. On vit alors cette chose étonnante : Milou se dégager, se précipiter vers le vaincu, qu'emportaient les soigneurs, s'inquiéter de sa santé.

Trois jours plus tard, annoncé par les trompettes de la Renommée, le nouveau champion du monde arriva en gare de Clermont. La moitié de la population l'y attendait. Tous les hommes du Grillon vert étaient du nombre. Marcel ne manqua pas l'occasion de voir de près le plus glorieux citoyen que sa ville avait engendré depuis Blaise Pascal. Il admira la fraîcheur de son visage, son beau sourire auquel manquait une seule dent. Milou fut porté en triomphe jusqu'à l'hôtel de ville, où le maire le reçut au milieu de tout son conseil. On aurait dit Jésus-Christ entrant dans Jérusalem.

Sa gloire fut chantée dans les rues, ce qui ne s'était plus produit depuis celle de Joseph Modange, le grimpeur de la cathédrale. Sur l'air de *Auprès de ma blonde* :

Notre Pladner Emile
Est un charmant garçon. } bis
Il monte sur le ringue
Et devient un démon.

Refrain

    V'là qu'il se transforme,
    Le petit Milou, Milou.
    Il cogne, il assomme,
    Le gentil Milou.

Il est champion du monde,
Genaro le sait bien. } bis
Il l'envoya par terre
Avec un seul coup d'poing.

C'est un sacré poids mouche,
Le globe nous l'envie. } bis
Gare à celui qu'il touche,
Heureux s'il reste en vie...

On ne sait qui composait ces complaintes d'une haute tenue littéraire, répandues par des troubadours à la petite semaine. Peut-être se composaient-elles toutes seules, ainsi que les légendes, sans auteurs connus, purs produits de la verve populaire.

L'exploit de Pladner suscita maintes vocations pugilistiques. Le soir même de ce retour triomphal, Marcel Chabanne se mit en caleçon court devant l'armoire à glace de ses parents et, imitant la garde de Milou telle que la montraient les journaux, envoya dans le vide un certain nombre de marrons et de châtaignes contre un rival imaginaire. Dès le lendemain, il informa son père qu'il désirait s'inscrire à l'ASM pour apprendre ce que le marquis de Queensbury appelait « le noble art ». Henri, le traceur de chez Ollier, se gratta le cassis :

— Est-ce que tu ambitionnes de devenir champion du monde ?

— J'ai lu que dans son enfance Milou était chétif. Moi aussi, je suis chétif, et je pourrais me développer...

— Chétif, toi ? se récria la mère. Est-ce que je ne te nourris pas bien ?

— On n'est jamais trop costaud, admit le traceur. Tout bien pesé, un peu de boxe lui apprendra, en cas de besoin, à se défendre contre les voyous.

Marcel fut donc inscrit. Tous les samedis soir, il alla prendre les leçons du père Massoptier, qui avait formé Pladner. A soixante-dix ans, ce vieillard était, sinon de figure, du moins de corps, beau comme Auguste. Pas l'allumeur de réverbères, l'empereur romain.

— La boxe est un jeu tout simple, enseignait-il. Elle consiste à donner des gnons et à éviter d'en recevoir. Mais c'est un jeu. J'insiste : un simple jeu. Elle ne doit donc inspirer contre l'adversaire ni colère, ni haine. Pas plus que le jeu de dames. Certains boxeurs ne partagent pas mon point de vue. Ils mordent, ils insultent l'adversaire, ce sont des chiens enragés. J'ai connu Georges Carpentier, le plus grand champion que la France ait produit après Vercingétorix. C'était un garçon d'une amabilité, d'une courtoisie, d'une élégance extrêmes. Pratiquez, jeunes gens, une boxe qui vise à l'élégance.

Hélas ! Le titre mondial de Milou Pladner dura ce que durent les roses. Il en fut dépossédé dans des conditions exécrables. L'Italo-Américain ayant demandé sa revanche, les deux hommes se rencontrèrent au même Vél'd'Hiv', le 25 avril, arbitrés par un Anglais. Pendant trois reprises, ils s'envoyèrent des pains rapides et peu efficaces. A la quatrième, frappé au plexus, Frankie se plia en deux, se laissa choir sur le tapis, se tordit en se tenant le ventre, accusant ainsi son adversaire de coup bas. Aussitôt, inspiré par une évidente solidarité anglo-saxonne, l'arbitre disqualifia le Français et rendit à l'Américain, qui continuait par terre son cinéma, le titre de champion du monde. Indignation, clameurs du public. Genaro se releva enfin et disparut, soutenu par ses soigneurs, sous les huées.

Personne n'alla en gare de Clermont attendre Pladner à son retour. Quelques mois plus tard, il perdit son titre de champion d'Europe. A l'ASM, la fièvre pugilistique tomba lamentablement. Marcel Chabanne lui-même renonça au noble art, pour se consacrer exclusivement à la préparation du brevet élémentaire.

Après le certificat d'études primaires, ce brevet représentait le plus haut diplôme que pussent ambitionner raisonnablement les enfants du peuple. Les titres supérieurs, baccalauréat, licence, doctorat étaient les privilèges de la bourgeoisie.

Le 4 juillet, à 8 heures du matin, Marcel Chabanne prit place parmi ses camarades de Gasquet dans une salle du petit lycée Blaise-Pascal. Un homme grave portant lorgnon leur précisa qu'ils ne devaient posséder ni papier, ni encre, ni porte-plume, le nécessaire leur étant fourni par l'administration. Ils ne l'ignoraient point et s'étaient présentés les mains vides. L'homme, d'une voix sévère, lut ensuite cet article du règlement :

— Toute fraude commise dans les examens qui ont pour objet l'acquisition d'un diplôme délivré par l'Etat constitue un délit. Le coupable ainsi que ses complices seront condamnés à un emprisonnement d'un mois à trois ans et à une amende de cent à dix mille francs, ou à l'une de ces peines seulement.

De tradition, chez Amédée-Gasquet comme dans

les autres collèges de France, certains élèves pratiquaient le tuyautage. Au moyen de papillons nommés « antisèches », dissimulés dans les chaussettes, portant les dates d'histoire, les points culminants, les formules d'algèbre ou de chimie. On pouvait aussi écrire ces précieux renseignements dans le creux de sa main. Les profs fermaient les yeux ou souffraient de myopie. Les complicités extérieures étaient difficiles à pratiquer. Sauf en Corse, où un ami bien informé chantait sous les fenêtres ouvertes, en langue corse, la traduction de la version latine ou anglaise avec accompagnement de guitare. Cela tenait de la poésie plus que de la fraude. Tricher à l'examen du brevet n'était pas plus grave que tricher dans une compétition sportive (voir Frankie Genaro), commerciale ou politique. Les paysannes mouillaient leur lait. Les bouchers débitaient des viandes défraîchies. Les ministres et les conseillers se remplissaient démocratiquement les poches. Les braconniers braconnaient. La triche est le propre de l'homme aussi bien que le rire. Par un fonds de naïve honnêteté qu'il tenait de ses père et mère, Marcel Chabanne toutefois ne l'avait jamais pratiquée. Il se présenta les mains propres et les poches vides dans la salle du petit lycée Blaise-Pascal.

Pour mettre les candidats en appétit, l'homme au lorgnon leur dicta un texte de Jules Michelet comme épreuve d'orthographe : *Jeux de corbeau.* Il faisait de cet oiseau un portrait opposé à celui de La Fontaine.

Ce facétieux personnage a, dans la plaisanterie, l'avantage que donnent le sérieux, la gravité, la tristesse de l'habit. J'en voyais un tous les jours dans les rues de Nantes, sur la porte d'une allée, qui, en demi-captivité, ne se consolait de son aile rognée qu'en faisant des niches aux chiens. Il laissait passer les roquets ; mais quand son œil malicieux avisait un chien de belle taille, digne enfin de son courage, il sautillait par-derrière et, par une manœuvre habile, inaperçue, tombait sur lui, donnait sec et dru deux piqûres de son fort bec noir ; le chien fuyait en criant. Satisfait, paisible et grave, le corbeau se replaçait à son poste, et jamais on n'eût pensé que cette figure de croque-mort vînt de prendre un tel passe-temps…

Là-dessus, il devait répondre à des questions concernant le vocabulaire et la grammaire. Marcel resta un long moment la plume en suspens parce que ce farceur à bec lui rappelait exactement un ancien client du Grillon vert, monsieur Jacomet. L'authentique croque-mort qui se vengeait de sa sinistre profession en racontant des histoires à crever de rire. Il avait même joué au destin un tour pendable puisque, un jour, il était mort lui-même après avoir organisé par écrit et devant notaire tous les détails de son propre enterrement. « Premièrement, on me couchera dans mon cercueil sur le ventre et non pas sur le dos, à seule fin d'emmerder saint Pierre, qui, par ce moyen, verra mon cul avant de voir ma figure. Secondement, un groupe de trois ou quatre musiciens m'accompagnera de l'église au cimetière en jouant *En avant, Fanfan la Tulipe* ; ensuite, au bord du trou, ils joueront *Descendez, on vous demande*. Troisièmement, on gravera sur ma tombe cette épitaphe : *Ci-gît un brave croque-mort/ Qui croqua la vie tout son temps./ Que nul ne plaigne son sort/ Puisqu'il n'a plus mal aux dents*. Quatrièmement, je laisse cinquante francs aux patrons du Grillon vert pour qu'ils rincent bien la dalle à ceux qui m'auront accompagné. » Ainsi fut fait. Le corbeau de Nantes entraîna le jeune Marcel loin du petit lycée Blaise-Pascal.

— Vous n'écrivez plus ? demanda le surveillant. Vous avez un problème ?

Marcel secoua la tête et commença de répondre aux questions.

Après l'orthographe, épreuve de composition française : « Racontez votre plus long voyage, les incidents, vos émotions. » Les petites gens d'avant 1936 ne voyageaient pas beaucoup. Excepté les hommes à l'occasion du service militaire ou des guerres contre l'Allemagne ou contre le Rif. Sa mère Elise n'était jamais allée plus loin que Vichy, en voyage de noces. Grand-mère Clémence n'avait jamais dépassé Aubière, à pied et en sabots. Marcel hésita entre ses visites à Espirat en compagnie de Judith et le voyage à Thiers, où il avait failli se faire écrabouiller. Il choisit le second, qu'il termina ainsi :

Je déclare que j'ai eu une belle émotion lorsque j'ai vu le bandage de la roue s'avancer sur moi.

Point final.

Après les épreuves écrites, les orales. Il répondit honnêtement en histoire-géo. Il se troubla lorsque, en instruction civique, on le questionna sur la durée des mandats électoraux, confondant les uns avec les autres, répondant au hasard entre quatre et neuf ans, tombant juste une fois sur deux. De cette tombola, il ressortit avec un dix sur vingt. Au bout de la course, il décrocha son BE avec mention. Londiche fut recalé. Il avait depuis longtemps renoncé à la Polytechnique et déclara que cet échec lui importait comme une nèfle à trois noyaux.

— J'en sais suffisamment pour prendre la succession de mon père. Je ferai fortune dans le sucre et le chocolat en gros. Obligé.

— Et maintenant ? redemanda Henri le traceur.
— Maintenant quoi ?

— Te voilà breveté. Ta sœur a voulu devenir institutrice, c'était sa vocation. Quelle est la tienne ?

— Ma mère et toi, vous la savez depuis longtemps : faire de la peinture.

— C'est un métier de crève-la-faim. A moins que d'en avoir un second. Regarde monsieur Mario Pérouse : il distille le goudron. Tant que nous vivrons, Elise et moi, tu auras chez nous une table et un toit. Mais nous ne sommes pas éternels. As-tu pensé qu'un jour, toi aussi, tu fonderas une famille ? Comment nourriras-tu ta femme et tes enfants ?

— Il y a des peintres qui gagnent beaucoup d'argent avec leurs tableaux.

— Oui. De même qu'il y a des femmes à barbe. Ce n'est pas la règle générale. Pourquoi ne ferais-tu pas comme monsieur Pérouse ?

— Tu veux que je distille du goudron ?

— Regarde dans Clermont. Les entreprises les plus prospères sont les affaires familiales : les Michelin, les Bergougnan, les Claret, les Ollier, les Chartoire, les Furton, les Rouzaud, les Delaunay, les de Bussac, les Charvet, les Juillard. Je te propose de t'intéresser à la nôtre. De travailler avec nous. Ça ne t'empêchera pas de pratiquer la peinture le soir ou le dimanche. Moi-même, j'ai un pied à la fonderie, un pied au bistrot. Je suis la démonstration, avec Mario Pérouse, qu'on peut pratiquer deux métiers en même temps. Réfléchis à tout ça. Nous en reparlerons.

Les murs de sa chambre étaient tapissés d'aquarelles, de gouaches, de fusains, de « crayons de couleur ». Son placard-bibliothèque contenait plusieurs histoires de la peinture, qu'il avait lues dix fois. Il s'y plongea encore une partie de la nuit, cherchant si tel ou tel de ces illustres avait dans ses commencements exercé une profession gagne-pain. Presque tous s'étaient consacrés à leur art dès l'adolescence. Il dénicha cependant Jean-Baptiste Chardin, qui fabriqua des billards pour Louis XIV; Honoré Daumier, clerc d'huissier; André Bauchant, horticulteur; Van Gogh, d'abord employé de commerce; Paul Gauguin, commis dans une banque; le Douanier Rousseau, receveur de l'octroi. Il se dit qu'après de si grands exemples il pouvait bien, un jour, se voir décerner ce titre : le Cafetier Chabanne.

Son père et lui parvinrent à un accord : le lundi, le mardi et le mercredi, jours creux dans la limonade, il fréquenterait l'école des beaux-arts; les quatre autres jours de la semaine, il servirait au café et au restaurant.

Au plus haut de la rue Ballainvilliers, ladite école logeait dans un bâtiment, immense et sombre, construit au XVIIIe, restauré au début du XIXe pour être une halle au blé. Les céréaliers de la Limagne et des plateaux pouvaient y entreposer leurs grains moyennant une redevance de six centimes par hectolitre. Derrière l'édifice se donnait également rendez-vous tout le linge sale de Clermont, Chamalières, Royat, en ballots étiquetés. Les laveuses de Nohanent venaient l'y prendre dans des chars à vaches conduits par leurs hommes, en échange du linge propre qu'elles rapportaient. En 1883, la halle fut surélevée d'un étage et convertie en école de peinture, de dessin, d'architecture, de sculpture, de gravure.

On y entrait comme dans un moulin. Dès l'âge de treize ans, le premier chien venu pouvait s'y inscrire aux cours du jour, aux cours du soir. Les jeunes filles y apprenaient aussi la couture, la mode, la bijouterie. L'établissement décernait des diplômes, distribuait des prix, préparait aux concours d'entrée dans les grandes écoles parisiennes. Tout cela était réparti entre son immense rez-de-chaussée, où flottaient encore des odeurs fromentales, son étage et, tout au sommet, sa verrière, spécialement propice à l'étude du nu académique parce que les modèles y bénéficiaient d'un bel ensoleillement.

Marcel Chabanne fut inscrit aux cours de dessin, de peinture, de décoration, d'histoire de l'art.

Avant de quitter Amédée-Gasquet, il assista à une conférence que le professeur Yan Pé, sur la prière de monsieur Parmantier, offrit au personnel et aux élèves du collège. Sujet : « L'Indochine et la France. » Une lanterne magique projeta sur un écran des femmes cambodgiennes en train de repiquer le riz, de récolter la sève des hévéas, de tirer des pousse-pousse. Monsieur Yan Pé rappela les étapes du protectorat qui avait protégé, effectivement, l'Indochine d'un dépeçage, comme la Pologne, entre ses puissants voisins, la Chine et le Siam.

— O bienheureuse intervention ! s'écria-t-il, les mains jointes. Sans elle, nous n'existerions plus politiquement ; notre passé serait confisqué. Et je ne serais pas ici pour vous parler.

Il s'étendit longuement sur les bienfaits de la présence française :

— Avant votre venue, nous vivions dans une sorte de léthargie économique, produisant à peine de quoi nous alimenter. Nous ignorant les uns les autres. N'exportant qu'un peu d'opium. Accablés par toutes sortes de maladies, peste, choléra, malaria, tuberculose. Vous avez créé un réseau ferré et un réseau routier. Aménagé deux grands ports : Saigon et Haiphong. Renforcé les digues des fleuves. Organisé l'irrigation. Accru la superficie des terres cultivables. Implanté l'arbre à caoutchouc, qui a des effets si heureux à Clermont-Ferrand. Développé les cultures du café, du coton, du thé, du poivre. Vous avez mis en exploitation nos richesses minières, houille, zinc, étain. A présent, nous exportons du riz, du charbon, des minerais. Nous importons des tissus, des machines, du pétrole, du sucre. Sans la France, nous serions toujours en plein Moyen Age. Elle nous a enseigné les principes de liberté, d'égalité, de fraternité. Il se trouve que deux Auvergnats ont largement contribué à cette modernisation de notre pays : monsieur Paul Doumer et monsieur Alexandre Varenne, gouverneurs de l'Indochine.

Monsieur Yan Pé cita des paroles prononcées par ce dernier devant le conseil de gouvernement d'Hanoi lors de son installation. Il y prophétisait l'avènement d'une Indochine indépendante de tout protectorat : « Elle doit aspirer à une vie plus pleine, plus haute ; à devenir un jour une nation. La France peut l'y aider. Elle l'y aidera. Elle remplira jusqu'au bout le mandat qu'elle tient de sa seule tradition, qui est d'éclairer et de former autour d'elle les individus et les peuples. Sa mission achevée, on peut penser qu'elle ne laissera en Indochine que le souvenir de son œuvre ; qu'elle ne réclamera plus aucun rôle dans la vie de la péninsule, ni pour diriger, ni même pour conseiller ; et que les peuples qui auront profité de sa tutelle n'auront plus avec elle d'autres liens que de gratitude et d'affection. »

A ce point de sa conférence, monsieur Yan Pé resta muet quelques secondes afin de constater l'effet que produisaient ces paroles sur son auditoire. A vrai dire, celui-ci semblait plutôt confondu de stupeur et d'incrédulité à la perspective d'une Indochine libre, indépendante, reconnaissante, affectueuse. Les professeurs, les pions, les élèves, les cuisiniers, le concierge d'Amédée-Gasquet se demandaient si les écoles françaises avaient bien fait d'enseigner là-bas lesdits principes de liberté, d'égalité, de fraternité. Beaucoup se grattaient le cassis ou se pinçaient l'oreille pour s'assurer qu'ils ne rêvaient pas.

Monsieur Yan Pé sourit et ajouta :

— Ce divorce d'amour n'est pas pour demain.

L'entreprise Michelin pourra longtemps encore exploiter ses plantations annamites d'hévéas. La population française pourra longtemps encore consommer le produit de nos rizières. Monsieur Alexandre Varenne fut d'ailleurs rudement désapprouvé par les colons français et renvoyé en Auvergne après deux ans et demi de gouvernorat. L'union France-Indochine a encore de beaux jours à vivre.

L'auditoire poussa des soupirs de soulagement.

La seconde partie de la conférence rapporta la vie quotidienne dans la péninsule, toujours avec l'aide de la lanterne magique. Les spectateurs admirèrent le merveilleux parti que les populations savaient tirer du bambou, pour en faire des radeaux, des maisons, des mâts de jonques, des chapeaux, des seaux, des flûtes, des cordes, des fauteuils. Le conférencier exposa ensuite les diverses religions pratiquées en Indochine, multiples, variées, non pas opposées mais complémentaires. Le bouddhisme, venu de l'Inde, affirme l'éternité de la matière, qui, au fil des jours, combine et recombine ses éléments pour produire tout ce qui existe ; les mondes se forment, se développent, déclinent, périssent, se reconstituent ; l'âme des êtres vivants subit les mêmes cycles ; elle évolue de l'animal à l'homme, d'un homme à l'autre, avec des alternatives d'élévation et de chute résultant des vertus et des vices ; à moins qu'elle ne parvienne à étouffer en elle-même ces composantes, à atteindre l'état d'indifférence absolue appelé *nirvana*. Cette transmigration des âmes, ou métempsycose, rejoint la croyance des anciens Egyptiens et de certains philosophes grecs comme Pythagore et Platon. Celui-ci soutient, en s'appuyant sur la loi des contraires, que la vie vient de la mort, de même que la mort résulte de la vie ; de sorte qu'apprendre est seulement se rappeler ce qu'on a vécu dans une existence antérieure.

Le confucianisme, venu de Chine, préconise la

sagesse, le culte des ancêtres, le respect des traditions et du pouvoir établi. Le taoïsme s'appuie sur les principes de Lao-tseu, un ascète chauve et demi-nu qu'on représente communément à califourchon sur un buffle ; ils recommandent l'adoration des esprits de la nature et des morts, la crainte des démons, le culte d'une trinité nommée Sankou, qui dirige le ciel, l'eau et la terre. Le christianisme, apporté par les Français, ajoute son grain de sel à ces épices ; il a ouvert des séminaires, des couvents, des églises, des écoles. Il arrive d'ailleurs que l'Annamite ou le Cochinchinois, de nature profondément mystique, pratiquent deux ou trois de ces cultes en même temps. Disciples de Confucius dans la journée, de Lao-tseu le soir, de Jésus-Christ le dimanche.

Monsieur Yan Pé, fonctionnaire de la République française, acheva sa conférence par un véritable hymne d'amour adressé à la puissance protectrice. Il souleva l'enthousiasme du public. Chaque spectateur s'en alla persuadé que le colonialisme était une bonne approche du nirvana.

Dans les jours qui achevèrent l'année scolaire, ces propos furent longuement commentés par les élèves de Gasquet. Certains parurent gagnés par le principe de la transmigration des âmes, leur passage d'une créature à l'autre, d'un animal à un homme, d'un homme d'essence inférieure à un homme d'essence supérieure. Cette immortalité des âmes voyageuses enchanta spécialement ceux qu'avait mal convaincus l'enseignement du catéchisme catholique. Il s'ensuivit une kyrielle de plaisanteries et de jeux, chacun attribuant à son voisin pour ancêtre un singe, un cochon, un âne, un bouc, un écureuil.

18

— Je paye chopine ! cria Jean Desvignes. A tout le monde !

— Qu'est-ce qui t'attrape ? demanda le patron.

— Il m'attrape que j'ai des sous et que je vous offre à boire. Servez-nous, madame Elise.

Elle distribua les verres et les flacons. L'accordéoniste brandissait un billet bleu prouvant qu'il était solvable.

— Et c'est pas tout ! J'en ai d'autres en poche !

— T'as cambriolé la Banque de France ?

— Je travaille !

— Tu travailles, toi, Jean Desvignes ? C'est bien la première fois de ta vie !

— Vous êtes tous des langues de peille ! Des médisants ! Ça m'est déjà arrivé. Mais vous savez bien qu'y a deux sortes de monde : ceusses qui sont faits pour le travail ; et ceusses qui sont faits pour la musique. Moi, j'appartiens plutôt à la deuxième catégorie. Ce qui m'a pas empêché d'accepter ce boulot.

— Raconte ! Raconte !

Il posa son instrument sur une table, ses fesses sur une chaise et commença son récit.

— J'étais en train de jouer *La Yoyette* au fond de la rue des Gras. Quelqu'un me tape sur l'épaule. Un mec bien habillé. « Veux-tu gagner dix francs ? qu'il me demande. — Pourquoi pas, si je sais ? — C'est facile. Bientôt, va y avoir les élections municipales. L'ancien maire, Philippe Marcombes, aimerait bien être réélu. Mais c'est une nouille. Moi et quelques autres, on préférerait Jean-Marie Ladoucette. — Qui c'est, ce Jean-Marie ? — Un membre de l'Action nationale. Un vrai Français. Un chef. Alors on a monté une équipe pour le soutenir. Si tu acceptes de nous aider, tu auras dix balles chaque matin. Rendez-vous ici, demain et la suite, à 8 heures. — Qu'est-ce que je dois faire ? — La propagande pour Ladoucette. Chaque fois que tu vois une affiche pour Marcombes, pour Gondard ou les autres, tu craches dessus et tu la déchires. C'est simple comme bonjour. Dix francs chaque matin. — Et pourquoi que vous m'avez choisi pour ce boulot ? — Parce qu'à toi la police peut rien faire. Si elle t'arrête, elle te relâchera aussitôt avec des excuses, elle sait que t'es pas responsable. »

Voilà comment Jean Desvignes était devenu le propagandiste officiel de Jean-Marie Ladoucette, soutenu par *Le Soleil d'Auvergne*. Ce qui lui permettait d'offrir à boire à ses amis. Pendant une quinzaine de jours, il se promena de place en place, de carrefour en carrefour, crachant sur les affiches concurrentes, puis les déchirant. Proclamant :

— Votez pour Jean-Marie Ladoucette. Un vrai Français. Un chef. Vous trouverez son programme sur tous les murs, sur les monuments, sur les pissotières.

Personne ne le prenait à partie parce que, de notoriété publique, il était fou comme une chèvre. Chaque matin, il encaissait son salaire. Chaque soir, on faisait ribote au Grillon vert.

Les élections eurent lieu. Et, malgré sa propagande, la liste élue fut celle de Paul Gondard.

A l'ENF, la semaine s'achevait le samedi par une soirée libre. Dans la salle de jeu, ces demoiselles s'adonnaient aux danses en vogue, s'enseignaient l'une à l'autre la polka, le fox-trot, le boston, chantaient les chansons du moment, *Valentine*, *Les Ananas*, *Gosse de Paris*, *Adios muchachos*. Une élève musicienne, Germaine Copéré, accompagnait tant bien que mal, sur un piano qui n'avait plus reçu la visite de l'accordeur depuis sa première communion. La directrice, madame D..., tolérait ce tapage, ne s'offusquait point aux petits tétons de Valentine, au Con... de *Constantinople*; elle devait se mettre des bouchons d'ouate dans les oreilles.

Un soir, pour marquer la fin de la soirée dansante, Germaine annonça qu'elle allait exécuter deux jolies chansons, qu'elle demandait à ses compagnes de danser en paso doble. Pour mieux se faire comprendre, elle fit mine de jouer des castagnettes. Or, après ces claquements de doigts, toutes eurent la surprise de reconnaître *La Marseillaise*. A peine accélérée.

— Dansez ! Dansez ce paso doble ! cria Germaine Copéré.

Et les voilà parties, en avant, en arrière, par côté, hop là ! hop là ! sans penser à mal, sans se soucier des féroces soldats ni des sillons de nos campagnes. Découvrant que *La Marseillaise* est un merveilleux paso doble. Qu'elle n'a pas besoin de paroles, que la musique lui suffit. Il y eut plusieurs bis.

— Voici, annonça Germaine, le second paso doble.

Et ce fut, sur le même rythme sautillant, *L'Internationale,* sans plus de paroles. Hop là ! Hop là ! Hop là ! Eclats de rire. Applaudissements. Bonne nuit ! A samedi prochain !

Cela devint une habitude. Toutes les soirées libres se terminèrent désormais par ces deux hymnes. Quelle bonne chose, quelle extraordinaire révolution ce serait si les grands chambardements s'accomplissaient uniquement au son d'un paso doble, *allegro ma non troppo !*

En revanche, il y eut un jour un scandale épouvantable qui impliqua les deux écoles normales, l'ENF et l'ENG. On en connut au Grillon vert tous les détails par une Judith rougissante. A l'occasion du bref congé de Pentecôte — car les écoles laïques célébraient aussi les fêtes religieuses —, les élèves avaient le droit de rentrer dans leurs foyers. Or il se trouva deux filles de la promotion sortante et deux garçons de la même, leurs « maris » virtuels, qui, ayant échangé des bouts de lettres et des bouts de regards, décidèrent de faire plus ample connaissance. Simulant un retour dans leurs familles, tous quatre se donnèrent en réalité rendez-vous à Gannat. Pourquoi Gannat ? Parce que ce chef-lieu de canton appartient à l'Allier ; qu'en franchissant la ligne qui le sépare du Puy-de-Dôme les quatre polissons avaient le sentiment de se réfugier en territoire étranger, où ils n'auraient de comptes à rendre à personne. Ainsi faisait Voltaire entre Ferney et Genève. Et aussi parce qu'un amour est beaucoup plus beau quand on le fait voyager. Ils auraient voulu l'emmener à Venise ou à Sélinonte. Ils se contentèrent de Gannat. Pourquoi à quatre ? Pour se donner de l'audace les uns aux autres, car ils se sentaient encore empêtrés dans leur enfance.

Personne n'aurait rien su de cette aventure sentimentale s'ils n'avaient ensuite commis l'imprudence de s'écrire en clair. Au lieu d'employer un code ou le jus d'oignon comme encre sympathique. Une lettre tomba entre les mains de la directrice. La destinataire subit un interrogatoire serré. Elle avoua tout en versant un torrent de larmes et de cheveux. Même les noms de ses complices. Le quatuor passa en jugement devant un tribunal composé des deux chefs d'établissement et de l'inspecteur d'académie. Monsieur S..., le directeur, qui avait jadis été jeune, semblait enclin à une certaine indulgence. Mais sa collègue, madame D..., qui ne l'avait jamais été, se montra impitoyable :

— Et les conséquences éventuelles, y avez-vous songé, monsieur le directeur ?

— S'il y a des conséquences, je suis sûr que mes gars répareront.

— On ne répare pas le déshonneur ! Le dévergondage ! Surtout pratiqué dans ces circonstances. A quatre ! Cela s'appelle... cela s'appelle...

— Une partouse.

— Cela s'appelle une ignominie.

— Nous avions pris deux chambres, essaya d'expliquer un des coupables.

Madame D... se boucha les oreilles. L'inspecteur d'académie, monsieur P..., semblait fort embêté.

— Je réclame, proféra la directrice, l'exclusion définitive de ces quatre débauchés. Non seulement de nos écoles normales, mais de l'enseignement. Ils sont indignes d'approcher l'innocence des enfants. Ils la contamineraient. J'ajoute que, si ces exclusions n'étaient pas prononcées, je demanderais mon départ d'un département qui ferait preuve d'une moralité aussi complaisante.

Placé devant cet ultimatum, l'inspecteur capitula. A quelques semaines de leur entrée dans l'auguste fonction enseignante, les quatre malavisés, qui venaient de la campagne, s'en retournèrent planter des choux. Par la suite, les deux garçons restèrent cultivateurs ; les deux filles, qui étaient jolies, épousèrent l'une un médecin, l'autre un avocat.

Dans l'argot normalien, l'expression « partir pour Gannat » devint synonyme de s'embarquer pour Cythère.

Judith sortit virginale de l'ENF, munie de son brevet supérieur. Elle fut nommée adjointe à Saint-Pardoux, un hameau de six maisons au milieu des montagnes, près de Latour-d'Auvergne. Dans un camion prêté par son entreprise, le père y transporta son petit mobilier.

— Redescends à Clermont aussi souvent que tu pourras, recommanda-t-il.

Il s'éloigna le cœur serré, se retournant souvent pour la voir debout devant l'école, qui le saluait du bras.

Sans elle, le Grillon vert sombra dans la mélancolie.

A Saint-Pardoux, les nuits étaient froides dès octobre. Au premier feu qu'elle alluma dans la cheminée de sa chambre, la pièce fut envahie par un millier d'abeilles bourdonnantes, à demi asphyxiées. Elle ouvrit la fenêtre toute grande, se protégeant la figure et les mains avec des serviettes. Un essaim avait profité des mois chauds pour squatter le conduit. Le mari de sa directrice, monsieur Rudel, accourut les chasser.

— J'étais à Verdun, expliqua-t-il avec un frémissement dans les moustaches. Ce ne sont pas des abeilles qui me feront peur.

Leur nid fut détruit et brûlé. Le miel coula dans les cendres. En fait, comprenant leur erreur, les avettes ne piquèrent personne et allèrent s'établir plus loin. Judith vit d'ailleurs dans ce squat un augure de prospérité. Pareil à celui que voulut voir Robert de Turlande lorsque, creusant près de Latour les fondations de ce qui devait devenir son abbaye de La Chaise-Dieu, il délogea un nid d'abeilles enterré.

Entre Saint-Pardoux et Clermont, le transport était assuré par les autobus départementaux. Le chauffeur connaissait tous ses clients. Le covoiturage imposait des rencontres et des conversations. Celles de plusieurs jeunes instits, qui l'auraient volontiers emmenée à Gannat. Celle de monsieur Chardin, agent voyer et pédé jusqu'aux oreilles, qui lui parlait uniquement des routes et chemins. Celle d'un vétérinaire, qui l'entretenait de chats et d'oiseaux. Celles de paysannes, qui racontaient leurs maladies. Lorsqu'elle remontait, le dimanche soir, madame Rudel lui offrait une soupe au fromage accompagnée de châtaignes rôties.

Seule dans un appartement trop grand, elle se sentait un peu orpheline. Heureusement, elle jouissait de la compagnie des livres, grâce à la bibliothèque circulante. Celle-ci avait son épicentre à Clermont. Chaque école recevait un catalogue. Il suffisait aux maîtres intéressés d'envoyer un bulletin d'emprunt. La semaine d'après, ils recevaient par la poste, bien emballés dans une toile, les ouvrages désirés. A retourner dans les quinze jours. Judith pouvait ainsi se nourrir des dernières nouveautés romanesques : *L'Egarée sur la route*, de Gaston Chérau ; *La Belle Eugénie*, de Marc Elder ; *L'Ame de la brousse*, de Jean d'Esme ; *Pour Genièvre*, de José Germain. Tous illustres auteurs des années trente. Mais aux prosateurs elle préférait les poètes, connus ou inconnus. Elle s'enchanta pendant toute la saison froide de Renée Vivien, qui, née Anglaise, avait changé de nom et de langue et dont les vers avaient une odeur conturbante :

Nul n'a mêlé ses pleurs au souffle de ma bouche,
Nul sanglot n'a troublé l'ivresse de ma couche,
J'épargne à mes amants les rancœurs de l'amour.

J'écarte de leur front la brûlure du jour,
J'éloigne le matin de leurs paupières closes,
Ils ne contemplent pas l'accablement des roses...

Judith rêvait de passion.

Pendant ce temps, son frère entrait dans la carrière de garçon de café, tout en suivant, trois jours par semaine, les cours de l'ancienne halle au blé. Afin qu'il pût pratiquer dans les meilleures conditions le travail de ses pinceaux, Henri Chabanne lui permit de transformer en atelier le galetas de la maison. Des vasistas furent insérés dans la toiture. Un placard vitré reçut ses livres. Le bistrot avait besoin de ses services les quatre derniers jours et pendant les coups de feu de midi. Il prenait alors la cravate papillon, revêtait le tablier blanc et, une serviette sur le bras gauche, il s'empressait de la cuisine aux tables. Les habitués l'appelaient par son prénom, comme il est d'usage dans les bistrots-brasseries; ce qui l'amena à signer ses toiles seulement *Chabanne*. Il peignait des paysages, des enfants, des fleurs. Il les exposait chez des commerçants de bonne volonté. Elles se vendaient honnêtement. La presse locale parlait en termes élogieux de ce peintre de dix-sept ans, de ce «Rimbaud de la peinture».

Les professeurs des beaux-arts le traitaient cependant comme un nouveau-né, le faisaient repartir de zéro, lui enseignaient comment on taille un fusain, comment on absorbe les repentirs à la mie de pain, comment on estime les proportions du modèle avec une règle tenue à bout de bras, comment on sépare la lumière des ombres. Pendant trois ans, il dessina des bustes de plâtre, des lutteurs, des Gaulois blessés, des Laocoon. Le professeur Alfred Tavernier s'asseyait près de lui :

— Tu vois, là, ce vide entre les bras et la tête. Tu n'y es pas. Regarde les vides des lutteurs, compare-les avec les tiens. Sans cesse, quand tu dessines, tu dois faire le contrôle pleins-vides. Bâtir toujours en allers et retours. Pleins-vides, pleins-vides...

Les cours d'anatomie étaient assurés par le docteur Buy, chirurgien à l'Hôtel-Dieu. Se servant du célèbre dessin de Léonard de Vinci — un homme nu au beau visage farouche, les bras en croix, inscrit dans un carré et dans un cercle —, il en cherchait la combinaison comme des voleurs cherchent celle d'un coffre-fort :

— L'enfant a la largeur des épaules égale à la longueur du visage, à celle du bras supérieur, à celle de l'avant-bras jusqu'à la racine du pouce, à la longueur de la jambe du genou à la cheville. Mais, dans l'âge adulte, toutes ces mesures sont multipliées par deux, alors que la tête reçoit peu de changement. Si bien que l'homme justement proportionné possède une hauteur égale à six têtes, une largeur d'épaules égale à deux visages...

A quelqu'un qui se foutait de la ressemblance, ces notions géométriques auraient paru aussi oiseuses que la racine carrée si elles n'avaient reçu leur confirmation, sous la verrière, dans les exercices académiques d'après modèles vivants. Tandis que la jeune femme se déshabillait derrière un paravent, un grand silence se faisait chez les étudiants mâles. Ils attendaient, la bouche écarquillée, la gorge sèche, les mains un peu tremblantes, se demandant ce qu'ils allaient voir, l'âge, le poids, les formes, les couleurs, le maintien. C'était chaque fois une surprise, qui suscitait des murmures d'admiration ou de petits rires étouffés. Soudain, sans préliminaires, sans cette progression vicieuse qu'on appelle aujourd'hui striptease, elle paraissait, nue comme Eve avant le péché. Ne cherchant à dissimuler aucune partie de son corps, elle marchait avec autant de grâce et de balancement que les mannequins de couturiers qu'on voyait habillés au cinéma. A moins, s'il s'agissait de modèles débutants, que ce ne fût avec une lourdeur paysanne.

Aussitôt, Alfred s'emparait d'elle, disposait sa tête, ses bras, ses jambes, le renversement du buste, la pluie des cheveux. Devant ces jeunes gens rouges ou pâles d'émotion, elle se laissait pétrir comme une glaise. Les étudiantes prenaient des airs indifférents ou des mines pincées. Pendant des heures, ensuite, le modèle devait garder la pose, tandis que Fred recommandait de bien rendre les vides et les pleins, le contraste des parties éclairées et des parties ombreuses. De temps en temps, elle demandait grâce :

— Laissez-moi un moment de repos.

Elle s'affaissait dans un fauteuil, on lui apportait un verre de limonade ou une poignée de cerises. Elle crachait les noyaux en direction des dessinateurs. Puis elle s'essuyait la bouche et rentrait dans son immobilité.

Deux jeunes femmes venaient le plus souvent exercer cet emploi. L'une, Pauline, la fille de la secrétaire, une femme-enfant, exposait pour cent sous de l'heure ses volumes à peine ébauchés, ses formes fragiles qui auraient convenu à représenter une sainte déshabillée, vierge et martyre, sainte Blandine, sainte Agathe ou sainte Cécile. L'autre, la Colonelle, plantureuse, était la maîtresse d'un officier en retraite, son aîné d'au moins vingt-cinq ans. Selon les termes du Cantique des Cantiques, ses joues avaient la beauté des tourterelles ; ses cheveux étaient comme des troupeaux de chèvres montés sur la montagne de Galaad ; ses seins, pareils à deux faons — plutôt gros que petits — qui paissent parmi les lys. Le plus bizarre était que le colonel avait demandé et obtenu, en échange des prestations gratuites de sa bonne amie, la permission d'assister aux séances académiques. A l'écart des étudiants, au fond de la salle, il faisait semblant d'esquisser, goûtant un plaisir pervers à la voir dénudée en public, follement désirée par ces garçons qui n'avaient les moyens de la manger que des yeux.

Les meilleurs moments de l'année venaient juste après la Toussaint, lorsque la halle au blé, concurremment avec d'autres grandes écoles clermontoises, préparait la Saint-Nic. Chacune travaillait des semaines à construire son char sur un thème plus ou moins unitaire : la politique, le sport, l'histoire, la santé, la cuisine. Il fallait d'abord se procurer un camion automobile, édifier dessus des géants, créer des objets incongrus : un énorme clystère, une jambe de bois, une scie à amputer. Apprendre à jouer de l'ophicléide, de l'hélicon, du trombone à coulisse, de l'olifant diatonique, du mirliton à pédales. Arrivait enfin le 6 décembre. Coiffés de leurs faluches constellées de médailles, le visage peinturluré, les étudiants envahissaient la ville, défilaient à grand tintamarre dans les rues. Saint Nicolas en personne, armé d'un pot de chambre et d'une balayette, bénissait la foule. Toute sa vie, Marcel Chabanne se rappela le discours qu'au nom de son école il fut chargé de tenir au Vercingétorix de la place de Jaude :

— O grand général ! O grand Arverne ! O grand défenseur des libertés gauloises ! Depuis trente ans, tu es assis sur ton cheval, réglant la circulation de ton épée tendue. Et pas une seule fois les autorités de la ville ne t'ont laissé descendre pour pisser ! Honte au maire ! Honte aux conseillers !

Puis, s'adressant à ses condisciples :

— Chers camarades, pissons pour lui !

Et tous de former cercle autour du monument et d'arroser le pavé. Vercingétorix n'en croyait ni ses yeux ni ses oreilles.

Après trois années d'études un peu dispersées, Marcel sortit de l'école avec un diplôme, une médaille et un premier prix de cent francs accordé par l'Association des anciens élèves. Au cours de cette période, il avait vendu quelques aquarelles et quelques huiles exposées çà et là. Tout cela, selon le pacte conclu avec son père, ne l'avait pas retenu d'exercer son service dans la restauration et la limonade.

Le dimanche après-midi, il avait quartier libre. Il rencontrait des compagnons de Gasquet ou de la halle dans d'autres cafés que le Grillon vert. Ou bien au Novelty. Pendant l'entracte, ils commentaient au bar le cinéma nouveau, qui commençait à parler, à bruiter, à chanter. Peu de vedettes du muet résistaient à cette mutation. Marcel tomba tout de suite amoureux d'une étoile qui éclipsait tout le firmament cinématographique. Dans *L'Ange bleu*, elle jouait le rôle d'une petite putain qui a rendu fou un bourgeois très respectable, le professeur Unrath. Elle s'appelait Marlene Dietrich et chantait en allemand d'une voix rauque, bouleversante, inouïe :

> *Ich bin von Kopf bis Fuss*
> *Auf Liebe eingestellt.*
> *(De la tête jusqu'aux pieds*
> *Je suis faite pour l'amour.)*

Ses joues étaient un peu creuses, véritables nids à baisers. Son sourire divin. Marcel ne manqua pas un de ses films. Dans *Ce n'est que votre main, Madame*, il crut s'apercevoir, aux mouvements de ses lèvres, qu'elle parlait admirablement le français : il n'avait aucune idée du doublage.

En comparaison, le cinéma français n'offrait que des bluettes ou des inepties. D'autres chanteurs qu'Albert Préjean ou Henri Garat. *Sous les toits de Paris*, *Tous deux, ma p'tit' Nini*... A vomir. Et puis toujours Paris, leur putain de Paris. Pourquoi pas Clermont-Ferrand, histoire de changer de rimes ? Ferrand, parent, soupirant... Aucun parolier —

excepté Jean Maupoint dans sa *Tiretaine* — n'avait chanté Clermont, ses façades timides, son gothique modeste, les cygnes et les paons du jardin Lecoq, ses avrils *odorants*, ses octobres *transparents*, ses novembres *délirants*, la quéquette du général Desaix vue de trois quarts arrière, les satyreaux de la fontaine d'Amboise.

L'Hôtel-Dieu, un peu las de ses corridors lugubres, décida de les égayer en s'ornant d'une fresque allégorique. Un avis de concours fut publié. Marcel Chabanne soumissionna, son projet fut retenu. Pendant des semaines, il vécut sur des échafaudages, comme Michel-Ange dans la chapelle Sixtine. Il représenta un invalide nu que soutenaient une religieuse en cornette papilionacée et un infirmier en blouse blanche. Ce n'était pas d'une alacrité folle, mais cela inspirait confiance aux malades et aux familles.

Ce premier ouvrage public lui valut d'autres commandes. Il orna de jambons et de saucissons la façade d'une charcuterie. Il fit les portraits en pied d'importantes personnalités clermontoises. Avec ressemblance. Des admirateurs venaient boire un coup au Grillon vert pour le plaisir de le voir de près, d'être servis par lui, d'échanger quelques propos avec le Cafetier Chabanne.

19

Un petit homme à chapeau mou poussa la porte à sonnette. Il étala tout de suite le contenu d'une grosse serviette sur une table pour affriander la clientèle : agendas, répertoires, cahiers, enveloppes, bristols, calepins, cartes postales, tout le bataclan qui sert à écrire.

— Je suis un Juif allemand, expliqua-t-il en un excellent français à peine teinté d'accent alsacien. Dans mon pays, Hitler et ses chemises brunes nous persécutent. Ils portent quelquefois le brassard de la police, forcent nos portes, jettent nos livres par les fenêtres. Nos boutiques sont pillées, les commerçants roués de coups. Avec ma famille, j'ai préféré partir. Nous avons choisi la France pour refuge. S'il vous plaît, aidez-nous un peu à vivre.

Plusieurs habitués du bistrot achetèrent de ses brimborions, dont ils ne savaient que faire. Y compris l'abbé Fourvel, qui, par hasard, se trouvait là, tapant une manille. Le petit Juif les remercia, disant :

— Vous êtes de vrais disciples de Jésus-Christ.

Ce qui fit bien rigoler ces chopineurs qui ne mettaient jamais le pied à l'église.

Le petit homme, se répandant en courbettes et actions de grâces, allait se retirer quand, derrière lui, le grelot de la porte sonna encore. C'était Henri Chabanne, qui revenait de sa fonderie. L'Allemand lâcha soudain sa valise, qui tomba par terre en faisant pouf !, tandis que lui restait pétrifié. Les bras en avant. Regardant le traceur avec des yeux exorbités et murmurant :

— Non ! Non ! Non !

Comme victime d'une hallucination. Puis il sembla l'essuyer en se passant une main sur la figure.

— Pardonnez-moi, dit-il, s'efforçant de rire. Je vous ai pris pour Adolf Hitler. A cause de cette petite moustache que vous avez sous le nez. La même que la sienne ! Vous devriez… vous devriez enlever ça.

— Comment ? Que voulez-vous dire ?

— Vous devriez raser cette crotte. Sinon, les gens croiront que vous cherchez à ressembler à ce gangster. Le plus grand bandit que la terre ait jamais engendré.

— Est-ce que vous n'exagérez pas un petit peu ?

— Vous verrez, vous verrez, quand vous saurez tout ! Ce monstre veut supprimer tous les Juifs. Mais aussi les Noirs, les gitans, les invalides, les communistes. Dominer l'Europe entière. Vous verrez, vous verrez !

Là-dessus, il ramassa la serviette, leva son chapeau et s'enfonça dans la rue Fontgièvre. Henri tâta sa crotte, expliqua qu'il la portait depuis des années, que plus personne ne le reconnaîtrait s'il venait à s'en priver.

— Pour l'instant, je la garde.

Suivit une longue discussion sur les Juifs et les chrétiens.

— Les Juifs, exposa l'abbé Fourvel, semblent avoir une vocation à être persécutés. Ils l'ont été successivement par les Egyptiens, les Assyriens, les Romains, les Wisigoths, les Portugais, les Espagnols, les Anglais, les Russes, les Allemands. Par les Français aussi : rappelez-vous l'affaire Dreyfus. Les chrétiens les accusaient de déicide. Mais l'antisémitisme existait avant la naissance du Christ.

— Les motifs de cette persécution ? demanda Henri.

— On ne sait pas bien. Ils attirent les coups de même que le paratonnerre attire la foudre. Ils se persécutent même entre eux. Voyez comment ils ont traité Jésus de Nazareth et ses disciples, qui eux aussi étaient de vrais Juifs.

— En somme, ils sont les premiers responsables de leurs malheurs ?

— Je le crois. Ils ne savent pas se faire aimer.

Marcel Chabanne médita longtemps sur cette question : comment peut-on, quand on est juif, se faire aimer des Russes, des Allemands, des Arabes, des Polonais ? Le résultat de ses interrogations fut qu'il peignit un nouveau Christ crucifié. Chose banale, mille fois accomplie. Mais il affubla le sien d'un képi à trois galons, d'un lorgnon, d'une moustache. Pour peu qu'on fût informé, il était aisé de reconnaître le capitaine Dreyfus. A ses pieds, des militaires armés de cravaches, des ministres coiffés de chapeaux gibus, le président de la République reconnaissable aux initiales FF gravées sur sa serviette, le poète Paul Déroulède brandissant un drapeau tricolore. Marcel proposa sa toile à diverses églises clermontoises ; mais aucun curé, pas même l'abbé Fourvel, ne voulut de ce Juif mis en croix. Quelle idée biscornue ! Le peintre le garda pour lui seul.

Il accomplit dix-huit mois de service militaire à Rochonvillers, près d'Ottange (Moselle), dans un fort de la ligne Maginot. L'épaisseur du béton, les blindages, les rails antichars fichés dans le sol, la parfaite organisation du système défensif le persuadèrent que la France ne risquait plus aucune invasion des forces allemandes.

Il en revint juste pour assister aux grandes festivités du Front populaire. Afin de s'assurer le pain, la paix, la liberté, pour lesquels ils venaient de voter, tous les travailleurs étaient en grève. Y compris ceux des usines d'armement. Juin et juillet furent deux mois de merveilleuses réjouissances. Dans les ateliers, dans les magasins occupés, ouvriers et employés des deux sexes dansaient la java. Ravitaillés par leurs familles, ils saucissonnaient, camembertaient, gobelottaient. Mais les machines étaient soigneusement entretenues. Dans les galeries d'ameublement, les vendeuses couchaient par terre à côté de canapés neufs qu'il ne fallait pas défraîchir. La France entière vécut un immense 14 Juillet. Il aboutit aux accords de Matignon, qui instauraient la semaine de quarante heures, l'augmentation des salaires, les congés payés, les contrats collectifs. Ainsi les prolétaires eurent le droit, à bicyclette ou en tandem, d'aller voir la mer, qu'ils ne connaissaient qu'en cartes postales. Pendant quinze jours, ils purent goûter l'incroyable bonheur de Plampougnis : dormir la tête au soleil et le cul dans l'eau. Dans le même temps, des arrimeurs marseillais, des mineurs stéphanois ou lorrains débarquèrent en Auvergne avec leur accent, s'exclamèrent d'admiration devant ses volcans, ses lacs, ses églises. Les Auvergnats, qui jusque-là ne les avaient pas remarqués, s'y intéressèrent aussi.

Un air nouveau flottait sur Clermont, plus riche d'oxygène et d'allégresse. Rien ne changea pourtant au Grillon vert, car, pour faire face à un afflux de visiteurs, la maison avait besoin de tout son personnel. Henri Chabanne employa ses congés payés à repeindre les portes et les volets.

Tout ce bonheur était né des grèves de juin-juillet.

Alors les travailleurs y prirent goût. Il y eut des grèves en septembre, au retour des excursions. Ainsi celle qui éclata chez Bibendum parce qu'un ouvrier syndiqué avait pris la liberté d'injurier deux de ses chefs, récoltant huit jours de mise à pied. La CGT se mobilisa, publia un communiqué où elle exprimait ses craintes de voir la direction se livrer à une « Saint-Barthélemy des syndiqués ». Grève donc, occupation des usines, piquets interdisant les portes aux « jaunes », aux non-grévistes. Le jaune est la couleur de la trahison. Les cocus avérés s'habillaient de jaune autrefois. Quand le connétable de Bourbon abandonna François Ier pour se mettre au service de son ennemi Charles Quint, les portes et les fenêtres de son château de Moulins furent barbouillées de jaune par les bourreaux du roi.

Le 8 septembre, deux mille caoutchoutiers jaunes défilèrent dans Clermont, réclamant la liberté du travail, envahirent les jardins et les bâtiments de la préfecture. Ils n'eurent pas besoin de passer sur le corps du préfet Trouillat, celui-ci se trouvant à la chasse. De leur côté, les cégétistes occupèrent les rues avoisinantes. Chaque parti chantait son hymne préféré, *Marseillaise* ou *Internationale*. Mais personne ne les dansait en paso doble. Le secrétaire général, monsieur Vivaldi, appela les gardes mobiles. Il en vint trois pelotons, dont un à cheval. Les bâtiments préfectoraux furent évacués sans trop de dégâts. A 13 heures 16, monsieur Trouillat revint enfin de sa partie de campagne. Négociations. Michelin accepta de réduire à trois jours la mise à pied. Chacun rentra chez soi. Les usines reprirent leur fonctionnement normal. Seul monsieur Trouillat souffrit de cette affaire : il fut mis en disponibilité et remplacé par monsieur Seguin. Qui va à la chasse perd sa place.

Pendant ce temps, les ouvriers allemands, se privant de beurre, de repos, de congés, suant nuit et jour, fabriquaient les avions, les chars, les canons qui devaient causer des millions de morts et ruiner la plus grande partie de l'Europe, dont l'Allemagne elle-même. Les quarante heures, les congés payés arrivaient trop tôt. Le bonheur des peuples est dans la java, non dans les chars d'assaut. La guerre d'Espagne et la défaite du *Frente popular* auraient dû avertir le Front populaire. Son innocence l'aveuglait. Du moins favorisa-t-elle la limonade en inventant un nouvel apéritif, le *popu*, composé de vin rouge et de cassis. Après une longue éclipse, il devait plus tard ressusciter sous le nom de *communard*.

En 1937, héritier des goûts de grand-mère Clémence, le Cafetier Chabanne eut sa période florale. Elle se traduisit d'abord par une série de tableautins intitulés *Violettes, Soucis, Pensées*. Puis, en de plus grandes dimensions, prenant pour modèles les parterres du jardin Lecoq, il composa des bouquets de tulipes, de dahlias, de chrysanthèmes. Il ressentait profondément l'influence de Van Gogh, de Cézanne, de Pissarro.

Cette même année, son père, le traceur Henri Chabanne, voulut profiter de ses congés payés pour échapper à l'Auvergne. Il cloua sur la porte du Grillon une pancarte : *Fermé pour cause d'exposition*. Et toute la famille partit visiter l'Exposition internationale de Paris. Elle avait été décidée en 1936, devait commencer le 1er mai 1937. Afin de respecter cette date symbolique et de rattraper les pertes de temps provoquées par les joyeuses grèves d'avant Matignon, les cadres syndicaux décidèrent que leurs affiliés travailleraient sans interruption, dimanches compris. En fait, elle fut ouverte le 24 mai, avec plus de trois semaines de retard, les hommes du bâtiment ayant en définitive refusé d'obéir aux consignes syndicales : ils n'allaient pas trimer cinquante heures par semaine après avoir tant lutté pour l'obtention des quarante ! Le président de la République, monsieur Albert Lebrun, l'inaugura en foulant de ses grands pieds les plâtres et les gravats. Mais en juillet, lorsque, après six heures de train, les quatre Chabanne atteignirent les rives de la Seine, tout était à sa bonne place.

Chaque pays participant avait voulu montrer ses réalisations les plus spectaculaires. On pouvait en quelques heures passer de l'Allemagne hitlérienne à la Russie soviétique, de l'Angleterre à la Roumanie. A pied ou grâce à un petit train électrique. Le tout arrosé par les susurrantelles de Tino Rossi et de Lys Gauty : « Marinella... Ne pensons à rien... le courant... » Toutes choses plus admirables les unes que les autres. Et prometteuses de pain, de paix, de liberté. Ils flânèrent aussi dans Paris et purent traverser les rues, pourtant très encombrées, sans se faire écraser par les voitures, grâce à la protection de passages cloutés, encore inconnus en Auvergne. Près de la gare de Lyon, la circulation était réglée par un agent de police pourvu d'une barbe qui lui descendait jusqu'au ceinturon. Il était aussi souvent photographié par les touristes que la tour Eiffel. Après leur retour à Clermont, ils racontèrent ce voyage à leurs amis et connaissances pendant vingt ans.

Et Marcel se remit à peindre des violettes.

20

Le 4 octobre 1937, un jardinier champenois, creusant une fosse pour y planter des griffes d'asperges, tomba sur une paire de godillots, des lambeaux de capote, des ossements. Sur les restes d'un fantassin que, dans la précipitation des combats, on n'avait pas eu le temps de relever et d'ensevelir décemment. A l'os de son poignet, un bracelet d'identité : CAPORAL CHRISTIAN MESTRE 292ᵉ RI M 12462. Le jardinier informa de sa trouvaille la plus proche gendarmerie. Elle accourut avec un cercueil d'épicéa, ramassa ces débris, le planteur d'asperges put poursuivre sa besogne. Grâce au bracelet et aux archives militaires, on retrouva aisément la trace du caporal, originaire d'Orcet, près de Clermont-Ferrand (Puy-de-Dôme), où dans le civil il exerçait la profession de sculpteur. Incorporé au 292ᵉ régiment d'infanterie, il avait été porté disparu le soir du 10 septembre 1914, au plus fort de la bataille de la Marne.

Déterrer la dépouille d'un poilu tombé avec un million et demi d'autres n'eût pas été un événement de première grandeur sans les curieuses circonstances de cette découverte. D'abord, vingt-trois ans s'étaient écoulés entre sa fin et son exhumation. Ensuite, tous les mangeurs d'asperges d'Epernay eurent une pensée pour les molécules humaines qu'ils consommeraient tôt ou tard, et qui feraient d'eux des sortes d'anthropophages. Enfin, la municipalité d'Orcet voulut entourer de quelque faste le retour de ce glorieux combattant, dont le nom ne figurait pas même sur la liste du monument aux morts. Le présenter comme une espèce de «soldat inconnu» orcétois, un condensé de tous les pauvres bougres tombés pour la putain de Patrie et la putain de Civilisation. L'ennui était qu'il était parfaitement identifié. Détail de peu d'importance. Même si les journalistes retrouvèrent sans peine sa maison, encore habitée par sa mère, veuve d'un vigneron, âgée de soixante-quinze ans, qui vivait de souvenirs et de l'exploitation de ses ceps. Lorsque cette courageuse Auvergnate apprit que son fils avait été retrouvé dans la terre champenoise, qu'il allait être officiellement, aux frais de la commune, transféré dans le cimetière d'Orcet, elle eut un moment de faiblesse. Puis elle essuya ses larmes et dit, comme si elle lui parlait :

— Mon cher garçon, je savais bien que tu étais empêché de me donner de tes nouvelles. Et que tu me reviendrais un jour.

On interrogea les camarades survivants de Christian Mestre. Fils de vignerons et vigneron lui-même à ses moments perdus, il se voulait sculpteur à ses moments gagnés. Sa mère introduisit les journalistes dans la grange qui lui servait d'atelier, en sommeil depuis 1914. Des blocs d'andésite — ou «pierre de Volvic» —, de basalte, de granite, de marbre ; des troncs d'arbres, des souches, un palan accroché aux solives attestaient que l'artiste ne travaillait pas dans les miniatures. Jeanne Mestre présenta des œuvres achevées ou inachevées :

— Ça, c'est *La Paix et la Guerre*, vous voyez, une rose et une flamme, en bois de merisier. Mon fils sentait venir ce grand malheur, il en était très préoccupé. Après l'assassinat de monsieur Jean Jaurès, il m'a dit : « Tout est foutu. »... Ici, c'est *Le Pionnier du Far West*, il lisait des livres américains. Il disait que notre pierre de Volvic est le plus noble des matériaux pour un sculpteur... Ici, ce sont des formes, des lignes, je ne sais pas bien ce qu'elles représentent, sauf les plantes qui se reconnaissent ; mais il voulait l'appeler, je crois, *Lamento pour un prince défunt*. Ici encore, toutes ces roues emmanchées les unes dans les autres, en bois de châtaignier, devaient s'appeler *Symphonie végétale*.

Elle ne parlait pas de bustes ébauchés, de visages et de torses féminins, émergeant de la pierre comme d'une brume.

— Qu'est-ce que c'est ? demandèrent les journalistes.

La mère sourit et mit un doigt sur sa bouche. Elle refusa de s'expliquer autrement que par :

— Son secret. Mais je sais les noms qu'il voulait donner à ces figures : *Amour... Rêverie... Silence...*

— Et ça ?

Ils désignaient un tas d'éclats de pierre.

— Il balayait dans un coin chaque soir les débris de son travail de la journée. J'aurais pu jeter ça aux ordures. Je l'ai respecté comme tout le reste. Ça me donne l'impression qu'il est parti hier matin.

— Quelle école de sculpture votre fils a-t-il suivie ?

— Aucune école. Mais il fréquenta les tailleurs de pierre de Volvic.

Elle montra le râtelier de ses outils en ordre parfait, bouchardes, burins, mirettes, ognettes, poinçons.

— Est-ce qu'il dessinait l'objet avant de le sculpter ?

— En général, il attaquait la pierre directement. Mais il lui arrivait aussi, bien sûr, de dessiner, sans intention d'en tirer des sculptures.

Elle promena ensuite ses visiteurs dans la maison.

Leur montra une foule d'objets ménagers en bois, en terre cuite, en fer, en pierre, que son fils avait produits, bancs, louches, cuillères, mortier à sel, chaufferette, saladier, conférant à chacun des lignes originales. Même la rampe de l'escalier montant à la chambre était façonnée à la ressemblance d'un boa constrictor ; on éprouvait un frisson instinctif à poser la main dessus.

— Est-ce que Christian vendait ses sculptures ?

— Il en a vendu plusieurs à un marchand de Paris. Cet homme était par hasard venu à Orcet, il aimait l'Auvergne ; et il avait surpris mon fils au travail dans la cour. Il a emporté plusieurs de ses œuvres dans son automobile. Ensuite, il y a eu la guerre. Je ne l'ai plus vu.

— Aimeriez-vous vendre celles qui vous restent ?

— Non, je les garde. Après moi...

Elle eut dans le vide un geste vague de la main.

Orcet reçut donc son « soldat inconnu » et lui fit des obsèques grandioses. Déposé sur un char à bacholles — faute d'affût de 75 —, le cercueil, recouvert du drapeau tricolore, fut promené à travers le bourg. Au cimetière, le maire-conseiller général prononça un discours émouvant :

— Cher Christian Mestre, disparu pendant vingt-trois ans, tu nous reviens enveloppé d'une double gloire. Premièrement, celle qui honore tous les héros qui ont versé leur sang pour la France. Une seconde couronne le grand artiste que tu fus. Que tu es toujours. On t'avait un peu oublié, à cause de ta modestie, de la réserve des tiens, qui semblaient vouloir garder pour eux seuls le secret de ton talent de sculpteur. J'ai rendu visite à ta mère, qui conserve pieusement le moindre de tes travaux. Disparu trop tôt, tu serais certainement devenu un artiste reconnu de Paris et du monde entier. Je proposerai au conseil municipal que ta maison soit un jour transformée en musée, où seront rassemblées toutes les œuvres disponibles. Une rue de notre commune portera ton nom. Orcet croyait n'avoir donné le jour qu'à un seul grand homme, d'ailleurs discuté, Georges Couthon, compagnon indéfectible de Robespierre. Il pourra s'enorgueillir d'en avoir produit un second, admiré de tous. Que la terre natale soit légère à ton sommeil éternel.

Le clairon d'un pompier joua la sonnerie *Aux morts*. A ces notes déchirantes, tous les Orcétois versèrent une larme. Couthon, député à l'Assemblée législative et à la Convention, raccourcisseur de têtes et de clochers, adulé dans ses commencements par son pays d'origine, avait été en effet vomi après la chute de l'Incorruptible. La célébration de Christian Mestre ne risquait point de subir cet avatar. Quelques jours plus tard, l'ancienne rue de la Fontaine s'orna d'une plaque émaillée :

RUE CHRISTIAN MESTRE
SCULPTEUR
1884-1914

Tout cela fut largement publié dans la presse locale. Marcel Chabanne ne s'y intéressa d'abord que faiblement. Jusqu'à l'instant où il fut frappé par deux coïncidences extraordinaires : primo, Christian Mestre et lui-même s'honoraient des mêmes lettres initiales, CM ou MC ; secundo, le caporal orcétois était tombé en Champagne le 10 septembre 1914, le jour même où lui, le futur Marcel la Peinture, poussait rue Fontgiève son premier vagissement.

Au seuil de sa vingt-quatrième année, le Cafetier Chabanne, se rappelant les religions indochinoises, la transmigration des âmes, se persuada qu'il était la réincarnation de Christian Mestre.

249

La découverte était difficile à accepter. Elle s'était produite tout d'un coup comme la conversion de Paul sur le chemin de Damas. Il ne s'en ouvrit d'abord à personne. Mais il sentait se produire en lui-même un changement profond. Par exemple lui était venue une curiosité pour les formes, alors que jusque-là il s'était intéressé principalement aux couleurs. Il lui arrivait de caresser de la main le contour des objets, comme font les aveugles.

Il s'examina dans la glace. Il eut l'impression que derrière son propre visage il distinguait un filigrane. Toutefois, il ne pouvait refuser une chose : physiquement, d'après une photo publiée par *La Montagne*, les deux CM ne se ressemblaient guère. Avec sa petite moustache en accent circonflexe, ses cheveux que partageait une raie tracée au cordeau, ses pommettes hautes, ses yeux légèrement bridés, le sculpteur avait l'apparence d'un sous-préfet. On l'imaginait bien en guêtres blanches et canotier, arpentant les pavés d'Ambert, de Riom ou d'Issoire, salué par les sergents de ville, la boutonnière gauche toute prête à recevoir le ruban rouge. Comment une créature si fragile avait-elle pu manœuvrer la pesante boucharde, palanquer des troncs de châtaignier ou des blocs de granite ? Le peintre, au contraire, rouge de mine, large d'épaules, un peu courtaud, rappelait ses ancêtres bûcherons. Mais, se disait-il, de même qu'un locataire peut habiter l'un après l'autre plusieurs logis dissemblables, une âme transmigrante peut habiter des corps très différents. Y compris des corps animaux. Il considéra que, l'âme de Christian étant l'unique héritage reçu de lui, le contenu restait indépendant des contenants.

Problème : les relations entre l'âme et le corps sont si étroites, si permanentes qu'il y a risque de conflits. Durant le petit quart de siècle qu'il avait vécu jusque-là, rien de sérieux n'avait opposé les siens. Son âme se trouvait aussi bien dans son corps que l'escargot dans sa coquille. Or voici que cette âme changeait de pointure, de goûts, de tissu. Ou bien qu'une âme seconde se glissait dans la coquille ancienne. Comment allaient-elles cohabiter ?

Ces réflexions lui firent perdre le sommeil. Sa tête ne trouvait dans l'oreiller aucune niche à sa convenance. Il entendait le sang battre dans son oreille. Ou le sifflement de ses bronches. Deux âmes dans un seul corps étaient bien lourdes à porter. S'il parvenait à s'assoupir, il rêvait du caporal Mestre. Il voyait son visage décharné se pencher sur lui, sa bouche sans lèvres et toute en dents ricaner :

— Prends bien soin de mon âme. C'est un précieux dépôt. Fais-en un meilleur usage que moi. Elle a très peu servi.

Le jour, il poursuivait sa besogne au Grillon vert. Personne ne remarqua d'abord aucun changement dans son travail ni son aspect. Il continuait de prendre ses repas aux heures prévues : avant la clientèle. Un jour, cependant, que sa mère lui avait servi des choux de Bruxelles, il en mit un dans sa bouche, mais faillit le recracher, saisi par une amertume inattendue. Elle s'en étonna :

— C'est la première fois que tu...

— Ces choux sont immangeables. Affreusement amers.

Elle en prit un elle-même, le mâcha longuement, affirma qu'elle le trouvait parfaitement habituel. Les clients, d'ailleurs, ne s'en plaignirent point. Il en restait le soir, qu'il ne put avaler davantage, malgré ses efforts. Elle lui prépara des nouilles.

— Je me demande, dit-elle en l'observant, si tu n'as pas ce goût amer dans le corps. Il te faudra peut-être consulter un médecin.

Les repas suivants, sans choux de Bruxelles, ne lui inspirèrent pas de répugnance.

Ses parents commençaient cependant à s'inquiéter. Il sentait les yeux de sa mère suivre chacun de ses gestes.

— Tu vas bien ? demandait-elle souvent.
— Très bien.
— Est-ce qu'il te manque quelque chose ?
— Rien du tout.

Lorsque, aux heures creuses de la journée, il montait à son galetas, il examinait avec perplexité ses aquarelles, ses huiles, ses fusains. Ne s'était-il pas trompé de voie ? Il se mit à modeler de la terre glaise. Il représenta des organes humains en prenant pour modèles ses propres pieds, ses mains, son visage, sans parvenir jamais à ressentir l'enthousiasme que lui procuraient les pinceaux. Il avait été le Cafetier Chabanne. Sa double identité allait-elle se compliquer d'une troisième ?

Bouleversé par l'arrivée en lui de cette putain d'âme seconde, il décida d'entreprendre une enquête approfondie sur le testateur. Il se rendit à Orcet, à dix kilomètres au sud de Clermont. Village vigneron tout en cuvages légèrement enterrés, en odeurs vendémiaires, en bouses de vaches. A chaque façade grimpait une treille. Un ensemble compliqué de tourelles, d'arcades, de poternes, d'anciennes échoppes aveuglées, de ruelles si étroites qu'on en pouvait toucher les deux bords en étendant les bras. Là-dessus, une église à deux clochers, un blanc et un bicolore, un massif et un pointu. Il trouva la maison de madame veuve Mestre en bordure de la rue qui portait à présent le nom de son illustre fils. Il gravit neuf marches de pierre grise, atteignit un palier, fit cogner la griffe de lion en bronze. A l'étage au-dessus, une voix féminine demanda :

— Qu'est-ce que c'est ?

— Je voudrais vous parler de Christian Mestre, répondit-il humblement.

— Encore un journaliste ?

— Non, non. Plutôt… une sorte de parent.

La fenêtre se referma. Devant lui parut une septuagénaire au buste majestueux comme il se portait au commencement du siècle. Voir *L'Echo de la mode*, 1905. Surmonté d'un chignon gris. Le teint presque basané, par un effet des travaux agricoles. Les dents fortes et larges. Comment croire qu'une telle génitrice avait produit un fragile sous-préfet ? Avant de l'autoriser à entrer, elle voulut en savoir davantage.

— Je m'appelle Marcel Chabanne. Je suis peintre.

— En bâtiment ?

— Artiste peintre.

— Et alors ?

— J'ai lu dans les journaux tous les articles qui parlaient de votre fils. Je voudrais mieux le connaître.

Elle céda à cette référence.

Sur les quatre côtés de la grande table de chêne, gravée dans l'épaisseur du bois, courait une bande consacrée aux vendanges. De même, la tapisserie de la reine Mathilde raconte la conquête de l'Angleterre par Guillaume le Conquérant.

Premier tableau : les vignerons préparent la cuve, les tonneaux, les bacholles ; ils abreuvent celles-ci à la fontaine d'Orcet ; les douves s'imprègnent d'eau, les fissures se trouvent colmatées.

Deuxième tableau : convoi des chars tirés par les vaches ferrandaises, escorté d'hommes, de femmes, d'enfants. Un gamin tire la cadenette d'une fille. Un chien lève la patte. Aux fenêtres, les Orcétois saluent de la main ; les Orcétoises envoient des baisers. Le curé lance une bénédiction latine : «*Bonum vinum laetificat cor hominis*. N'oubliez pas mon vin de messe ! Dieu vous le rendra au centuple ! »

Troisième tableau : la récolte. Chacun remplit de raisin son panier, qu'il vide ensuite dans les *bertes*, les hottes des porteurs. Ceux-ci les basculent dans les bacholles. Le propriétaire apporte un bousset au bout de chaque bras. Les hommes boivent à la régalade. Les gars chatouillent les filles. Elles poussent des cris aigus comme l'a bien noté le poète Paul Valéry.

Quatrième tableau : des sans-culottes foulent le raisin dans la cuve. Leurs bustes seuls émergent du marc. Le propriétaire entrouvre une chantepleure, recueille un peu de jus dans un verre, l'examine par transparence, s'écrie en patois : « *Chiró pa laïde !* Il ne sera pas vilain ! »

Une femme applaudit. Deux demoiselles se bouchent les yeux de leurs doigts écartés pour ne pas voir les hommes nus. Une souris mord la queue d'un chat. Les frères barbus Edouard et André Michelin s'écrient en levant une coupe : « *Nunc est bibendum !* Maintenant, il est temps de boire ! »

Naturellement, ces tableaux n'étaient qu'une représentation très partielle des festivités pinardières, la table n'avait pas assez de côtés. Les bancs offraient aussi des formes contournées, creusés de golfes sur toute leur longueur afin de bien recevoir les jambes. Madame Mestre montra à son visiteur une lampe à pétrole de cuivre rouge imitant une flamme ; un saladier ovoïde ; une salière pyramidale ; des sabots pareils à des mâchoires bâillantes ; un soufflet qui éclatait de rire. Christian avait retouché cette maison vigneronne de fond en comble pour en faire une boîte à surprises.

— Ce n'est pas tout, avertit-elle. Il y a dans la cour des blocs de pierre travaillés. Il y a son atelier. Si vous voulez tout voir, il vous faudra une journée.

Mais pourquoi vous intéressez-vous spécialement à mon fils, puisque vous n'êtes pas journaliste ?

Là venait le hic. Allait-il lui dire : « Parce que, à l'instant où il tombait en Champagne, j'ai recueilli son âme ; parce que je vis avec une âme d'emprunt qu'un autre recueillera après moi ; à moins qu'elle mérite seulement le corps d'un animal » ? Elle aurait crié au fou, l'aurait chassé à coups de balai. Il s'en tint aux faits, sans commentaire :

— Nos initiales sont les mêmes, CM et MC ; je suis né le jour où il est mort, le 10 septembre 1914.

Elle resta un moment interdite, remâchant ces données. Elle conclut enfin :

— C'est rigolo.
— Vous trouvez ?

Elle confirma du chignon. Après y avoir réfléchi, elle dit encore :

— Ce jour-là, le 10 septembre 14, il a dû naître des dizaines d'autres CM, en France et ailleurs. Y a pas qu'un âne qui s'appelle Martin.

Manifestement, elle n'avait jamais entendu parler de la transmigration des âmes. Il fit remarquer qu'entre Christian et lui existait une parenté supplémentaire de goûts artistiques et d'obligations professionnelles, l'un peintre cafetier, l'autre sculpteur vigneron. Mais elle, toujours prosaïque :

— Faut bien vivre. Si on n'avait eu que ses pierres...

— Vous voilà donc seule pour travailler vos vignes ?

— Je n'ai pas les moyens de me payer de la main-d'œuvre. Mais j'en trouve au moment des vendanges : les parents, les voisins, les amis. Vous voulez voir ma cave ?

Ils descendirent quelques marches. Un peu de jour filtrait par un soupirail pour qu'on pût discerner l'alignement des tonneaux. Du poing, elle cogna contre les fonds pour lui faire reconnaître les pleins, les demi-pleins, les vides.

— Goûtez-moi celui-ci de ma dernière récolte. Douze degrés.

Elle prit un tassou d'argent, le remplit, le lui tendit sur la paume de sa main. En bon cafetier qu'il était, il le huma d'abord, puis le licha par petits coups, poussant des soupirs d'aise, comme il convenait, faisant enfin claquer sa langue.

— Encore une tassée?

— Non, merci. Faut savoir se mesurer les bonnes choses.

— Mon fils était un habile tailleur de pierre. Mais il nous aidait aussi dans le travail de la vigne, selon ses forces. Et très malin pour greffer sur les plants américains, à cause du phylloxéra.

Elle le conduisit dans l'atelier de son fils. Celui-ci, en effet, semblait en être sorti la veille même. Une blouse grise de travail et un bonnet de laine, pareil à ceux des meuniers, l'attendaient, suspendus à un clou. Une pipe refroidissait dans une soucoupe. Une orchidée rose, souvent arrosée, fleurissait sur une console en forme de trèfle. Une carafe d'eau et un verre, pour le cas où... Dans un coin, des sabots de noyer guillochés.

Et surtout, une multitude d'œuvres inachevées. Une symphonie végétale, un pionnier du Far West, un lamento pour un prince défunt...

— Mon fils avait la tête pleine de projets. Il a commencé beaucoup de choses sans avoir le temps de les finir. Il n'aimait pas les finir, d'ailleurs. Parce qu'alors elles risquaient d'intéresser un acheteur et de le quitter.

Marcel s'arrêta devant ces visages, ces torses esquissés qui semblaient sortir d'une brume de pierre et qui signifiaient amour, rêverie, silence.

— Ça, c'est sa transporteresse.

— Sa quoi ?
— Sur le modèle d'enchanteresse, de devineresse, il avait ce mot. A cause qu'un jour qu'il venait à pied de Clermont, elle l'avait ramassé et transporté dans sa voiture à cheval. En ce temps-là, y avait pas beaucoup de divorcées : elle en était une. Elle s'appelait Marie-Josèphe. Lui l'avait baptisée Eglantine, parce que c'est le nom d'une fleur qui égratigne. Je crois qu'ils se sont égratignés souvent. Sans la guerre, ils se seraient quand même mariés. Pardonnez-moi, faut que j'aille m'occuper de mon fricot. Revenez me voir quand vous voudrez.

— En matière de cuisine, quels étaient les goûts de votre fils ?
— Des goûts de paysan. Soupe, lard, saucisson, fromage. Mais il était aussi capable d'apprécier des plats compliqués quand un acheteur l'invitait au restaurant, cailles, ortolans, je sais pas quoi. Je me rappelle une seule chose qu'il ne pouvait pas souffrir : les choux de Bruxelles.

21

Il sentait en lui cette âme étrangère, qui prenait de plus en plus la place de l'ancienne. Ses atomes Chabanne luttaient contre ses atomes Mestre. Voulait-il vraiment rester lui-même ? Ou acceptait-il de devenir un autre ?

Cherchant à résister à cet envahissement, il fit le bilan de ce qui le distinguait du défunt caporal. D'abord, leurs arts respectifs. Peindre est plus agréable que sculpter. On en sort les mains à peine souillées ; alors que les tailleurs de pierre tapent comme des sourds sur leurs burins, se poudrent comme des meuniers. A moins qu'ils ne pétrissent la glaise à pleins bras, les manches retroussées, comme le boulanger pétrit sa pâte. L'âge, les infirmités n'empêchent pas de peindre : Renoir travaillait encore les doigts gourds de rhumatismes. Mais surtout la peinture donne une idée plus exacte des objets, car elle ajoute aux lignes les couleurs, les jeux de la lumière et de l'ombre. Elle entoure les figures d'un cadre naturel ou imaginaire de plantes, de montagnes, de nuages. Elle les situe dans un lieu, une saison, une époque. « Il faut en tirer cette conséquence, aurait répondu le professeur Yan Pé, que l'âme du peintre est supérieure à l'âme du sculpteur. Chose tout à fait conforme à une transmigration réussie. »

Autres différences entre Marcel et Christian : celles qui existent entre un enfant de la ville et un enfant de la campagne. Le premier pénétré de mille influences sociales et culturelles ; le second confit dans son isolement. L'un ouvert aux problèmes de son temps, l'autre noyé dans ses rêves.

Il fit un effort pour avaler des choux de Bruxelles ; mais il les trouvait toujours aussi amers.

Empruntant un autobus départemental, il répéta le voyage d'Orcet pour compléter son enquête. Il fut reçu de nouveau par la veuve Mestre. L'ayant fait asseoir à la table historiée, elle prit la précaution, avant de lui servir de son vin, de la recouvrir d'une toile cirée à carreaux écossais. Lorsqu'il eut trempé les lèvres dans son verre, il demanda :

— Auriez-vous des portraits de Christian ?

Elle fouilla dans une armoire, retrouva une photo de classe. On l'y voyait au premier rang, assis, les yeux écarquillés (elle le désigna du doigt), tout pareil aux trente autres gamins qui l'entouraient, le crâne tondu, en gros sabots. Sous la présidence de l'instituteur à la barbe fleurie.

Une seconde le montrait en tourlourou, vareuse bleue et pantalons rouges, car il s'était donné la peine de coloriser chaque uniforme au pinceau.

— En ce temps-là, on ne photographiait pas souvent.

Une dernière, une coupure du journal *Le Moniteur* en date du 12 février 1912, le représentait dans son atelier, les mains remplies d'outils, déclarant au journaliste qui l'interrogeait :

— Je n'ai jamais eu d'autres professeurs d'art que le ciel et la terre.

La veuve reprit très vite ces photos, les replongea dans ses archives, disant que la lumière les faisait pâlir, qu'il ne fallait pas les regarder trop longtemps.

Puis, se tournant vers Marcel, elle interrogea nettement :

— C'est donc si important que vous soyez né le jour de sa mort ? Que vous portiez les mêmes initiales que lui ?

— Je pense être sa réincarnation.

— Sa... ? Expliquez-moi.

— Certaines personnes très instruites pensent que les âmes des défunts ne s'envolent pas ; mais qu'elles s'installent dans d'autres créatures vivantes, humaines, animales ou végétales. Il y a même des religions orientales qui sont fondées sur cette croyance.

Elle sourit, se répéta :

— C'est rigolo... Mais vous ne lui ressemblez pas beaucoup.

— Il s'agit d'âmes, pas de corps.

Elle haussa les épaules. Puis elle se remit à fouiller dans ses placards. Elle sortit des cahiers d'écolier. Des albums de dessin. Des livres. Des lettres. La seule qu'il eut le temps d'écrire à la fin du mois d'août 1914.

Ma chère maman,
Nous voyageons au pays du champagne. Les vendanges cette année ne seront pas faites. Alors nous ne nous privons pas de grappiller dans les vignes. Mieux vaut que nous mangions ces raisins à peine mûrs plutôt que de les laisser perdre. Nous poursuivons l'ennemi depuis quinze jours. Si ça continue, il va rentrer en Allemagne et la guerre sera terminée. Aie confiance. Nous allons nous revoir bientôt et nous déboucherons avec les amis nos meilleures bouteilles. Je t'embrasse très fort. Ton fils Christian.

Elle sortit d'une armoire des vêtements qu'il avait portés. Les yeux fermés, elle enfouit son visage dans leurs plis. Malgré le temps, ils avaient gardé quelque chose de son odeur, ambre, poudre à fusil, tabac de pipe. Ses bottines, ses souliers de chasse, ses chapeaux. Tout était parfaitement en ordre, prêt à servir.

— Comment était-il, enfant ?

— Bon élève à l'école. Il avait obtenu le certificat d'études. Mais il n'a pas voulu aller plus loin. C'est dommage. Il aurait pu devenir au moins maître d'école, au lieu de perdre son temps sur les pierres. Son père lui disait : « Un jour, tes pierres, tu les mangeras ! » Ils se disputaient souvent.

Après bien des hésitations, il la questionna sur la transporteresse.

— Oh ! la transporteresse ! Son grand mystère ! Sachant que je n'aimais pas les divorcées, que l'on considérait en ce temps-là, que je considère encore comme de mauvaises femmes, il n'a jamais voulu me la faire connaître. Mais il la voyait souvent. Il partait à bicyclette et restait absent des trois, quatre jours. Parfois une semaine.

— Vous ne l'avez donc jamais vue ?

— Jamais. Excepté dans la pierre. Dans les images qu'il faisait d'elle.

— De quoi vivait-elle ?

— Je ne sais pas. Sans doute d'une pension que lui versait son ancien mari.

— Vit-elle encore ?

— Je le pense.

— Croyez-vous que je pourrais la rencontrer ?

— Cherchez-la du côté de Mirefleurs. Elle doit s'appeler Marie-Josèphe Randan.

Mirefleurs. Petit bourg au milieu du comté d'Auvergne, d'aspect médiéval, cerclé de murailles, sur la pente du puy Saint-André. Entouré de prairies, de cultures, de vignobles. Il appartint à Jean Stuart, descendant des rois d'Ecosse. Louis XI, de passage en ces lieux, ayant remarqué ses créneaux fleuris, le débaptisa de son ancien nom de Chasteauneuf. Ce que confirme sa devise :

> *Appeler me faics Millefleurs.*
> *Justice de peu d'étendue,*
> *De la Comté je suis la fleur,*
> *Petit chasteau de grand value.*

Les rues sont étroites et coudées. Une tour prétend avoir appartenu au juriste Domat et avoir hébergé son cher ami Blaise Pascal. Quelques belles résidences derrière un parc. Par endroits, la vue s'évade vers la Limagne, l'Allier et, très loin, la dentelle bleue des monts Dore.

On lui indiqua la maison de Marie-Josèphe et de sa fille Octavie, à la sortie du pays, en direction de la source des Gargouillères. Le cœur battant, il gravit ce chemin caillouteux. Devant les cuvages, des bacholles prenaient l'air et sentaient la vinasse. Comme à Orcet, des treilles habillaient les façades nues. Il marchait sans hâte, craignant un peu d'arriver. A son passage, un chien lui aboya hargneusement aux mollets.

— Qu'est-ce qu'il y a ? Pourquoi aboies-tu ?
— Comment, qu'est-ce qu'il y a ?
— C'est ce que je te demande.
— J'aboie parce que c'est mon métier. Je suis nourri pour ça.
— Ne craignez rien, le rassura sa propriétaire. Il ne mord pas.

Il fit quand même un écart. D'autres aboyeurs pratiquèrent leur métier. Le quartier était infesté de clebs agricoles, qui sentaient sur lui une puanteur citadine.

A un homme qui revenait des champs, une faux sur l'épaule, il demanda la maison de madame Randan.

— La dernière à gauche.

Un pavillon modeste, tout en hauteur, flanqué d'un jardin plein de légumes et de roses. Sur l'appui d'une fenêtre, un chat immobile faisait semblant d'être en faïence. Deux femmes, sous de grands chapeaux de paille, cueillaient des haricots. Et lui, à travers le grillage :

— Madame Randan ?

L'aînée des deux se redressa, les poings sur les hanches. Des mèches blondasses débordaient en désordre sur son front.

— Ça se pourrait, dit-elle.

— Vous n'êtes pas sûre ?

— Qui vous envoie ?

Il ôta sa casquette pour bien montrer ses joues rebondies, un visage qui respirait l'innocence.

— Qui m'envoie ? dit-il. Christian Mestre.

Les bras lui en tombèrent. Elle vint à lui, les yeux comme des culs de bol. Du bleu, du blanc autour, sillonné de quelques lignes rouges.

— Répétez, je vous prie.

— Je voudrais vous parler, si vous voulez bien, de Christian Mestre. Et de moi-même.

— Je me demande bien... je me demande bien...

— Je suis venu exprès de Clermont par l'autobus départemental.

Elle se tourna vers sa fille, lui recommandant de poursuivre la cueillette pendant qu'elle recevait ce monsieur. Et lui :

— Quelle âge a-t-elle ? Vous lui parlez comme à une enfant.

— Je ne sais pas son âge. Octavie est née en 1915. Faites la soustraction.

Il la fit : vingt-deux ans. Elle en paraissait quinze ou seize.

La pièce où elle l'introduisit, plus qu'un salon-salle à manger, était une serre où une multitude de

263

plantes et de fleurs s'épanouissaient. Grimpantes, rampantes, pigeonnantes. De toutes tailles, de toutes couleurs, de tous parfums. Sans la fenêtre ouverte qui permettait de respirer, on serait tombé dans les pommes aux émanations des lys, des roses, des érythrines, des amaryllis. Sur une console, un couple embrassé, en pierre de Volvic. Madame Randan lui désigna une sorte de chaire, où il reconnut aussi le ciseau de Christian Mestre. Elle enleva son chapeau, secoua la tête, ses cheveux de cuivre mêlé d'argent plurent sur ses épaules. Elle portait glorieusement sa cinquantaine à peine ridée. En 1914, elle devait être belle à implorer grâce.

— Vous étiez, n'est-ce pas, sa transporteresse ?

— Vous savez ce détail ?... Je n'ai plus ni cheval, ni voiture. Je transporte mes légumes dans ma hotte quand je vais les vendre sur la place de Mirefleurs. A présent, expliquez-vous.

Il répéta les coïncidences de dates, d'initiales, de goûts artistiques, la transmigration des âmes. Elle reçut ses propos le plus sérieusement du monde. Sa conclusion :

— Où cela vous conduira-t-il ?

— Nulle part, sans doute. Mais depuis que j'ai fait cette découverte, l'âme de Christian m'habite chaque jour davantage.

— C'est gênant ?

— Elle absorbe la précédente.

— Nous sommes tous les héritiers d'âmes innombrables : celles de nos ancêtres. Leur mélange forme notre âme à nous, qui est toute nouvelle. J'espère que cette fantaisie ne vous empêche pas de vivre normalement.

— Fantaisie ? Je vais vous prouver le contraire. J'ai toujours chez mes parents consommé les choux de Bruxelles. Un jour, c'était au tout début... je venais de découvrir cette réincarnation, je les ai pris soudain en horreur. Sans savoir que telle était sa répugnance à lui.

Et elle, souriant en coin :

— En effet, l'âme de Christian n'aimait pas les choux de Bruxelles... Mais il y a une opinion que je partage avec vous : les plantes, les fleurs ont une âme. Je vis au milieu d'elles. Je leur parle. Je les comprends. Elles font partie de ma famille. Voulez-vous que je vous les présente ?

Elle le promena dans sa serre, lui exposa le nom, le caractère, les exigences de chaque espèce, ses vertus, ses maladies, ses guérisons.

— Et celles du jardin ! J'en tire toutes sortes d'infusions : de fraisier, de menthe, de thym, de balsamine, de chardon bénit, d'ortie, de liseron. Voulez-vous essayer ? Que puis-je vous offrir ?

— Disons : de fraisier. Mais... votre fille ?

— Eh bien ?

— J'aimerais la voir de plus près. Pardonnez cette question indiscrète : est-ce sa fille à lui ?

— Vous avez deviné juste. Je n'ai rien à cacher. Je dois cependant vous avertir : elle est spéciale. Elle sait parler, mais elle n'a rien à dire. Elle sait lire aussi, mais à peine. Elle est très habile au contraire dans les travaux manuels : couture, broderie, raccommodage. C'est un ange parmi les humains.

Elle disparut. Il l'entendit dans la cuisine remuer une casserole. Elle revint, disposa sur la table trois soucoupes, trois tasses, trois petites cuillères, un sucrier. Puis elle appela Octavie. Au bout d'un moment, la jeune fille entra, serrant un petit chat noir contre sa poitrine. Il sut plus tard que Mirefleurs la nommait « la belle idiote ». Pour l'heure, elle semblait ne s'intéresser qu'au chaton, qu'elle caressait et baisotait.

— Dis bonjour au monsieur.

— Bonjour, monsieur.

Elle avait un instant levé sur lui des yeux pers, qu'elle baissa bien vite pour reprendre ses baisotements. Comme si Octavie ne l'entendait pas, sa mère expliqua que ces yeux jouissaient d'un étrange mimétisme : ils prenaient exactement la nuance qu'avaient ceux de son chat du moment. Elle les avait connus marron, mordorés, maintenant pers. Une transmigration de couleurs.

Ils burent la tisane aux feuilles de fraisier. Douceâtre. Avec précaution, Marcel avança une main pour caresser le petit animal. Octavie eut d'abord un recul. Puis elle céda. Il effleura de deux doigts la fourrure noire.

— C'est une fille, consentit à dire Octavie en relevant les yeux.

— Comment s'appelle-t-elle ?

— Réglisse.

Marie-Josèphe reprit ses confidences :

— Comme je vous le disais, Octavie est née le 4 avril 1915, juste neuf mois après la mobilisation de son père. Sentant qu'il ne reviendrait pas de cette guerre, il avait voulu, avec mon consentement, me laisser ce souvenir de lui. Je l'ai élevée dans l'opprobre de ma famille et de mon entourage. Aucune de ses deux grand-mères n'a jamais voulu la connaître. Nous nous en passons. Tout de suite, je me suis aperçue que, si elle est normalement constituée de corps, elle ne l'est pas d'esprit. Pour qu'elle ne soit pas l'objet de moqueries, je ne l'ai pas envoyée à l'école. Je lui ai appris moi-même le peu qu'elle sait de lecture et d'écriture.

— Est-ce qu'elle comprend bien notre conversation ?

— Elle comprend ce qu'elle veut. Ce qui lui est utile. Le reste lui passe par-dessus la tête. Le temps ne compte plus pour nous. Nous sommes heureuses ensemble, elle, moi, Réglisse, autant qu'on peut l'être. Encore un peu d'infusion ?

— Je veux bien. Avez-vous des relations avec le voisinage ?

— Très peu. Seulement commerciales. Je vends mes légumes, mes fleurs, mes lapins. J'achète du sucre et du pain. Nous sommes la honte de Mirefleurs. Dieu m'a punie de mes péchés, pense-t-on, en m'envoyant une fille spéciale.

— Avez-vous d'autres reliques, d'autres souvenirs de son père ?

Elle lui montra des portraits d'elle à la sanguine, en pied, en buste, nue, habillée, de face, de dos, de profil. Expliquant qu'il dessinait peu, que c'est sur sa demande à elle, par un privilège spécial, qu'il l'avait couchée sur des feuilles.

Et aussi des jouets, un écureuil, un lapin, un coq qu'il avait modelés en argile, avant de partir, pour leur enfant futur. Octavie en avait détruit plusieurs autres.

— Puis-je revenir ?
— Quand il vous plaira.

Il revint souvent. Il s'était mis en tête d'apprivoiser la fille aux yeux variables. Il l'obligeait à parler en lui posant des questions enfantines : « Comment t'appelles-tu ? Comment s'appelle ta chatte ? Pourquoi Réglisse ? Qu'est-ce que tu as fait ce matin ? » Elle répondait certaines fois en paroles ; d'autres fois par un sourire silencieux, par un mouvement de la tête. Mais généralement elle ne répondait point, comme si elle n'avait pas entendu. Elle regardait ailleurs. Patiemment, il se répétait, la prenant par la main, telle une enfant à qui l'on veut faire traverser une rue. Ou bien elle répondait à côté :

— Dans quelle pièce sommes-nous, Octavie ?

— Il va sûrement pleuvoir.

Elle semblait appartenir à un monde étranger.

Un jour, elle lui prêta Réglisse. La belle et la bête ouvraient des yeux que l'effroi colorait du même violet, de sorte qu'il ne savait plus bien qui était la chatte, et qui la fille.

Il arrivait toujours avec un cadeau gourmand, petits-fours, caramels, berlingots. Elle les saisissait et les grignotait avec des délicatesses félines.

Il apporta le jeu de dominos qui, dans son enfance, les jours de pluie, l'opposait à sa sœur Judith. Il eut quelque peine à lui en faire accepter les règles. Quand ce résultat fut atteint, ils passèrent de longues heures tête à tête, souffle à souffle. Octavie éclatait de rire chaque fois qu'elle gagnait. Il trichait impudemment pour lui laisser la victoire.

D'autres fois, ils jouaient aux cartes. A la bataille, ce jeu stupide qui peut durer soixante heures, jusqu'à l'instant où l'un des deux partenaires se trouve les mains vides.

Plus tard, il proposa aux deux femmes de faire leurs portraits réunis. Marie-Josèphe accepta l'épreuve. C'est elle qui régla les poses : elle debout, en train de peigner sa fille assise, Réglisse sur ses genoux. Les séances durèrent quatre semaines. Quatre semaines de communion, d'agitation, d'éclats de rire.

— Tiens-toi tranquille ! Comment veux-tu que le monsieur... ? Il va te faire une tête de loup !

— Ce n'est pas grave. Je ne cherche pas la ressemblance.

— Ah bon ?

— Je vous représente comme je vous vois. Comme je vous sens.

Naturellement, quand ce fut fini, elles ne se reconnurent pas. Octavie poussa des cris d'horreur.

— Je vous avais prévenues !

Le tableau fut quand même exposé à Clermont, boulevard Desaix, dans la vitrine d'un marchand de musique, *A Sainte Cécile*. Le propriétaire d'une galerie lyonnaise voulut l'acheter. Chabanne refusa, mais proposa une copie pour 1 200 francs.

Le Grillon vert ne souffrait pas trop de ces absences. Elise examinait son fils avec un mélange d'inquiétude et d'espoir, car, à toutes ses questions, il répondait simplement qu'il était en train de se préparer un grand avenir. Les 1 200 francs du Lyonnais remplirent de stupeur sa famille, et par voie de conséquence tout le quartier de Fontgiève. On racontait qu'il allait bientôt quitter Clermont. Partir pour Paris. Peut-être pour l'Amérique.

22

Pour ne pas être astreint aux horaires des autobus, il fit à bicyclette ses voyages, par Aubière et Cournon. Le village aux mille fleurs finit par le connaître comme le loup blanc. On lui décochait des sourires entendus, des clignements d'œil ironiques. La vox populi le proclama le bon ami attitré de Marie-Josèphe Randan, malgré leur différence d'âge. Les mieux informés le qualifiaient du titre de gigolo. D'autres prétendaient qu'il contentait aussi bien la mère que l'idiote. Les romans à un franc cinquante présentaient ce genre de situations, qui, toutefois, se dénouaient conformément à la morale.

Héritier de l'âme de Christian Mestre, le Cafetier Chabanne se sentait des obligations paternelles envers la fille aux yeux de chatte. A peine se trouvaient-ils ensemble qu'il commençait son enseignement. Avec l'aide des dominos, du jeu de l'oie, des petits chevaux, des cartes. Au cours d'interminables dialogues :

— Un roi. Tu sais ce que c'est qu'un roi ?
— …
— Alors, je t'explique. Ecoute bien. C'est un monsieur qui gouverne un pays. Tu comprends « gouverner » ?
— Hou… hou…

— Explique-moi ce que ça veut dire.
— Ça veut dire... ça veut dire...
— Ça veut dire commander aux autres pour que tout se passe comme il faut. Qui gouverne dans ta maison ?
— Sais pas.
— Mais si. Réfléchis bien. Qui ferme la porte à clé, le soir ? Qui fait la cuisine ? Qui décide de semer au jardin des carottes ou des petits pois ?
— Marie-Josèphe.
— Faut pas dire Marie-Josèphe. Faut dire maman.
— Marie-Jo.
— Ce sont les mamans qui gouvernent les maisons. Un pays se gouverne comme une maison. Tu sais ce que c'est qu'un pays ?
— Hou... hou...

Il fallait recourir à un atlas, montrer du doigt les pays qui composent l'Europe, l'Asie, l'Afrique. Chacun avec son nom et sa couleur. Oui, le monde est très compliqué. Et qui ferme à clé la porte des pays, le soir ? Et qui commande d'y semer des petits pois ?

Elle savait compter jusqu'à dix. Il lui apprit à compter jusqu'à cent.

— Vous êtes, dit la mère, un bon maître d'école.
— C'est facile, quand on n'a qu'une élève.
— Tant que je vivrai, elle ne manquera de rien. Mais que deviendra-t-elle, après moi ? Croyez-vous qu'elle pourra un jour se débrouiller toute seule ?
— Je l'espère. J'en suis presque certain.

— Tu vas faire longtemps encore tes courses contre la montre ? interrogea le traceur-cafetier.

Jusqu'alors, Marcel n'avait point entretenu ses parents de la transmigration des âmes. S'il s'y était aventuré, Henri Chabanne se serait écrié à coup sûr : « Utopie ! » Un mot dont il connaissait mal la signification et qui voulait dire pour lui, selon les cas : « Illusion ! », « Impossibilité ! », ou « Connerie ! ». Il n'en avait point parlé davantage à sa mère, fort chatouilleuse sur les principes catholiques, bien que peu pratiquante : après la mort, les âmes vont au paradis, au purgatoire ou en enfer suivant leurs mérites, point final. Il se contentait donc d'expliquer qu'il se rendait à Mirefleurs pour exécuter des portraits comme celui qui lui avait rapporté 1 200 francs. Henri secouait la tête pour exprimer ses doutes, mais n'insistait point : Marcel continuait d'assurer son service au Grillon vert selon les conventions établies ; cela lui suffisait.

Les choses duraient déjà depuis des mois. Vint le jour de la révélation.

Comme les autres après-midi, il avait appuyé sa bécane au grillage, retenue par l'antivol. Il heurta doucement des phalanges, sûr d'être attendu. La porte s'ouvrit tout de suite en effet. Dans la pénombre du vestibule parut Octavie, seule, sans Réglisse contre son cœur.

— Et ta maman ?
— A la cave... Les pommes de terre...
— Elle les dégerme ?
— Oui. Dégerme.

Comme il se baissait pour l'embrasser trois fois, à l'auvergnate, elle jeta ses bras soudain autour de son cou, se colla à lui et, gloutonnement, lui prit les lèvres. Suffocation. Incrédulité. Indulgence. Mais, très vite, il se sentit mollir. La fougue d'Octavie le gagna, il rendit ce qu'elle lui donnait. Eblouissement. Béatitude. Alléluia.

Longtemps, il la tint dans ses bras, gémissante de bonheur. Il enfonçait les doigts écartés dans ses cheveux, il sentait dessous sa tête ronde. Ses cheveux marron clair, crépus, avaient la consistance d'une toison de brebis burelle. A les tondre, à les tortiller, on en aurait tiré assez de corde pour se pendre. En attendant, il la buvait comme on boit une source.

Mais où diable avait-elle appris cet art du baiser, elle qui ne sortait de la maison qu'accompagnée ? Pas au cinéma, où les deux femmes n'allaient jamais. Ni à la télévision, pas encore inventée. Avait-elle, à travers le grillage, aperçu des couples d'amoureux pratiquer le bouche-à-bouche ? Ou était-ce un pur instinct de sa chair et de son cœur ? Pareille au jeune bouc élevé par grand-mère Chabanne à Espirat en même temps que deux chevrettes. Leurs jeux furent d'abord innocents. Puis, les mois passant et la saison venue, sans recevoir aucune éducation sexuelle, le jeune mâle les avait bel et bien couvertes toutes deux.

Quoiqu'on fût à la fin de l'hiver, les lèvres d'Octavie avaient un goût de fraise. Sans doute avait-elle mangé de la confiture. Ils étaient deux enfants innocents qui, soudain, découvraient qu'ils s'aimaient. Sans se l'être jamais dit avec des mots.

Ils s'écartèrent l'un de l'autre, leurs mains encore jointes. Leurs dents et leurs yeux luisaient dans la pénombre. Ils se lâchèrent seulement lorsque Marie-Jo les appela. Ils passèrent ensemble le reste de l'après-midi en de menus travaux, sous la surveillance légère de Réglisse.

Les jours suivants s'écoulèrent comme si aucune révélation ne s'était produite. Mais l'amour semblait avoir délié la langue d'Octavie. Elle en vint à faire des phrases de huit ou dix mots. Il lui proposa, lui expliqua, lui fit répéter des vocables difficiles : catastrophe, pluviomètre, imperceptible, réprobation. Elle en composait des phrases :

— L'orage a rempli tous les pluviomètres. C'est une catastrophe. Quand les fautes sont imperceptibles, elles ne causent pas de réprobation.

Marie-Jo enfin l'envoya seule — bien que surveillée à distance — faire des emplettes dans Mirefleurs. Lorsque madame Tournadre, la boulangère, la vit entrer dans sa boutique, elle en reçut le choc de sa vie :

— C'est donc toi, la petite de Marie-Josèphe Randan ?
— Bonjour.
— Et qu'est-ce que je peux te donner ?
— Une bouteille de lait.
— Non, m'amie. Moi, je vends du pain. Le lait, c'est à l'épicerie de madame Bourguet. Est-ce que je peux te donner quelque chose ?
— Un pain d'une livre. Bien cuit.
— Et tu causes ! Tu causes comme tout le monde !
— Comme tout le monde.
— Tu me dois vingt sous.

Octavie tendit sa main ouverte. Madame Tournadre y prit les pièces appropriées.

Au cours de ses insomnies, Marcel Chabanne jouait avec le verbe *aimer* de même que les petites filles jouent aux osselets. Il l'analysait. Il le disséquait. Il en composait des mots croisés. *A* comme *son* âme. *I* comme l'iris de *ses* yeux. *M* comme *ses* mains. *E* comme *son* épiderme. *R* comme *son* rire. Car *elle* était dans toutes ses pensées sans qu'il eût besoin de la nommer. Son inspiratrice. Son obsession. Son étoile Polaire.

Après avoir regardé Octavie comme une petite sœur un peu attardée, voici qu'il reportait sur elle, en vertu de la transmigration, l'amour que Christian Mestre avait autrefois éprouvé pour son Eglantine. Revenant en arrière et considérant les filles — peu nombreuses — pour lesquelles, jadis et naguère, il avait pu avoir quelque sentiment, il s'apercevait avec un émerveillement chaque jour répété que cet amour nouveau était d'une autre dimension, d'une autre nature. Non plus seulement un amour des yeux ou d'un bout de cœur, mais un amour qui le remplissait de la tête aux pieds. *Von Kopf bis Fuss*, comme chantait Marlene Dietrich. Il le sentait couler dans ses veines, bourdonner dans ses oreilles, respirer dans sa poitrine, battre dans ses artères carotides, chatouiller ses doigts, ses orteils, son sexe. Tout cela était d'une complication à dormir debout, sans doute, mais l'empêchait de dormir couché.

— Tu as, constatait à son lever madame Elise, une mine de déterré. Tu devrais arrêter ces travaux de peinture qui t'attirent à Mirefleurs.

Il secouait la tête et l'embrassait. « Un de ces quatre matins, se disait-elle, il va se passer quelque chose d'important. »

Dieu neigea toute une nuit. Routes impraticables. Neige de février vaut du fumier.

Puis saint Lazare s'en mêla, le soleil revint, on put pédaler de nouveau. Le Cafetier Chabanne reprit le chemin de la paroisse aux mille fleurs.

Un jour qu'ils étaient assis à la même table, où demeuraient les reliefs d'un goûter, Marcel et Octavie côte à côte, Marie-Jo-Eglantine en face d'eux, Réglisse dans un rayon de soleil, il laissa ses doigts jouer machinalement avec quelques miettes de pain. Ils les pétrissaient, en formaient une boulette. Alors, sans intention précise, pour le simple plaisir du contact, la fille aux yeux variables posa une main sur la sienne. Sur cette main qui s'ennuyait d'être seule et cherchait un divertissement dans le modelage de la mie. La mère, qui d'abord regardait ailleurs, ne put faire autrement que de remarquer ce jeu de la main chaude. Marcel voulut le dissimuler en jetant dessus le foulard qu'il portait au cou. Ainsi le magicien s'efforce-t-il de recouvrir son travail de prestidigitation, d'où va s'envoler une colombe. Raté. Au lieu de cacher quoi que ce fût, le foulard forma, en bordure de la table, une éminence si insolite qu'on ne voyait plus qu'elle. Tous trois la contemplaient fixement, comme si sa présence n'eût dépendu de personne. Comme une taupinière qui se fût formée là.

Marcel dit enfin à madame Randan :

— Pourrais-je vous parler, seul à seul ?

Elle recommanda à sa fille d'emporter Réglisse dans le jardin.

— Je vous écoute.

Il toussota, se racla la gorge, répondit tout d'un souffle :

— J'ai l'honneur de vous demander la main de votre fille Octavie.

Silence. Long silence. Longs regards muets. Enfin :

— Vous a-t-elle contaminé ?

— Contaminé de quoi ?

— Je l'ai fait observer par des médecins psychiatres. C'est une malade mentale. Son cas s'appelle onirisme. Elle confond le rêve et la réalité. Elle dort les yeux ouverts. Elle rêve sa vie sans se rendre compte de ce qu'elle est. Même si elle a fait des progrès sensibles depuis que vous vous occupez d'elle. Envisagez-vous aussi de sombrer dans l'onirisme ?

Long silence encore. Puis :

— Madame, je ne rêve pas. J'aime votre fille comme elle est, avec ses mots et ses mutismes. Tantôt absente, tantôt présente. Des progrès, elle en fera d'autres. Je m'en porte garant.

— Et elle, vous aime-t-elle ?

— J'ai tout lieu de le supposer.

— Qu'est-ce qui vous le fait croire ?

Elle le vit rougir, l'entendit balbutier :

— Faites… faites-lui part… de ma demande en mariage. Vous verrez bien.

Octavie revint du jardin, portant Réglisse dans ses bras. Les deux autres se levèrent, presque solennellement. Marie-Jo posa une main sur ses cheveux couleur de bure.

— Ma chérie, j'ai pour toi une grande nouvelle.

La jeune fille sourit ; mais elle n'avait de regards que pour son instituteur. Ses yeux parlaient déjà.

— Veux-tu bien mettre la chatte sur son coussin préféré et venir t'asseoir près de nous ?

Le feu de bois pétillait dans la cheminée. Comme pour se mêler à la conversation, la pendule sonna 4 heures. On la remontait tous les soirs avec une petite manivelle qu'il fallait enfoncer dans deux trous ; et cette tâche, par privilège spécial, appartenait à Octavie.

— Ecoute-moi. Sais-tu ce que vient de me dire notre ami Marcel ?

Elle ouvrit si grands les yeux que Marie-Josèphe put y distinguer le reflet minuscule de son propre visage.

— Il vient de me demander ta main. Il voudrait, si nous en sommes d'accord, toi et moi, que tu deviennes sa femme.

Sans hésiter, la fille aux yeux de chatte tendit sa main à Marcel, puisqu'il la demandait, pendant qu'un sourire illuminait tout son visage. Telle était sa réponse. La mère ne voulut pas s'en contenter :

— Ecoute. Sais-tu vraiment ce que c'est que le mariage ?… Cela veut dire vivre ensemble jour et nuit. Travailler ensemble. Manger ensemble. Dormir ensemble. Avoir ensemble des enfants.

La fille opina de la tête.

— Te sens-tu capable de les élever, ces enfants ?

Même jeu.

— Répète après moi : j'élèverai les enfants que nous aurons ensemble.
— J'élèverai ensemble... j'élèverai les enfants que nous aurons ensemble.
— En es-tu certaine ?
— Oui... certaine.
— Dans ce cas...

Vinrent les épisodes qui agrémentent le déroulement de tous les amours. De toutes les passions. Le second terme convenait mieux à ce qu'il éprouvait, car cela comportait une charge de souffrance. Voire de folie. Passion du Christ. Il fallait être fou comme Jésus, sublimement fou pour accepter les supplices dont il avait toujours connu à l'avance le déroulement. Pour croire que les hommes peuvent être vraiment sauvés. Un petit signe de croix, un bout de repentir, et paf !, tout est oublié : les fureurs, les mensonges, les avarices, les fornications, les fripouilleries, les assassinats. Déposez tout ça dans l'antichambre et passez dans le salon, mon Père vous attend. Folie de vouloir guérir un monde incurable. Mais qui ne pouvait être amélioré, si peu que ce fût, que par la folie du Sacrifié.

Marcel, héritier de l'âme de Christian Mestre, se sentait prêt à sacrifier sa vie pour guérir la fille aux yeux de chatte. En attendant, ils se promenaient, main dans la main, dans le jardin de Mirefleurs. Comme il était facile d'être heureux parmi les roses et les tomates ! Mais ensuite ?

Naturellement, il rêvait d'elle toutes les nuits. Au cours de leurs étreintes clandestines, il l'avait à peine caressée. Mais, en dormant, il la plumait comme l'alouette de la chanson. Et la tête, et la tête. Et les pattes, et les pattes. Et les ailes, et les ailes. Il sortait de son rêve aussi brûlant qu'un pain qui sort du four.

Il rêva d'elle aussi autrement. Il la vit le jour de leurs noces, vêtue et couronnée de blanc, transportée à l'église sur un âne, mais à rebours, son visage tourné vers la queue. Lui tenait la bête par la bride et marchait de même à reculons. Autour d'eux, la population de Mirefleurs ricanait, hennissait, applaudissait, se tapait le front, présentait des cordes :

— Elle est folle ! Folle à lier !

Ce matin-là, il se réveilla couvert d'une sueur glacée.

Il osa lui demander :

— Est-ce que tu rêves de moi, de temps en temps lorsque tu dors ?

Elle le regarda, les yeux écarquillés par l'étonnement. Puis elle fit une petite grimace d'ignorance, haussa les épaules : elle ne se rappelait point le contenu de ses rêves. Comme il paraissait déçu, elle éclata de rire. Une réponse à laquelle, dans son embarras, elle recourait toujours.

Lorsqu'il informa ses père et mère qu'il allait se marier, ce ne fut pour eux qu'une demi-surprise. Tel était donc le motif avéré de toutes ces peintures à Mirefleurs. Leurs craintes vinrent ensuite :

— Est-ce que tu vas nous quitter ?

— Il y a ici assez de place et assez de travail pour une personne de plus. Nous vivrons avec vous si vous en êtes d'accord.

Vint le moment des présentations. Monsieur et madame Chabanne reconnurent, en dépit des imparfaites ressemblances, les deux femmes qui avaient posé pour le tableau à 1 200 francs. Mais Octavie, troublée par la vue, les salutations de ces personnes étrangères, eut à peine la force de desserrer les lèvres. Au cours du repas qui suivit, elle ne changea guère d'attitude. Après les au revoir, Marcel accompagna les deux dames jusqu'à leur autobus départemental. Les parents purent confronter leurs opinions :

— Elle m'a l'air un peu spéciale, dit le traceur. En tout cas, pas très causante.

— Il faut qu'elle s'habitue. Notre fils doit bien savoir ce qu'elle vaut, après toutes ces séances de peinture. D'ailleurs, si elle parle peu, il devrait plutôt s'en réjouir. Femme muette et mari sourd, paix du ménage nuit et jour. On n'achète pas un âne dans un sac.

Ils se sentirent rassurés par ces deux proverbes.

Les noces eurent lieu au printemps 1938 à la mairie de Clermont. Le nouveau maire, monsieur Pochet-Lagaye, unit le jeune couple au nom de la loi et lui fit cadeau d'une boîte de pâtes de fruits, car il était confiseur. L'abbé Fourvel, curé de Saint-Eutrope, leur impartit ses bénédictions. Au Grillon vert, fermé au public pour cause de mariage, le festin fut préparé par madame Elise et la vieille Marinou. Peu d'invités. Personne du côté de madame Randan. Rien que la proche famille du côté des Chabanne. On était allé quérir en taxi les grands-parents d'Espirat. Les oncles, tantes et cousins. En tout, deux douzaines de convives.

Point de voyage de noces non plus. Octavie n'était pas encore prête à voyager. Troisième proverbe auvergnat : il faut laisser à la vache qui tire son char le temps de pisser.

Les premiers jours, on ne lui proposait point de travail. Mais elle en réclamait :

— Est-ce que je peux vous aider ? Donnez-moi quelque chose à faire.

Madame Elise la plaça derrière le comptoir. Elle lui apprit les noms des diverses liqueurs, la recette des mélanges. Elle se trompa un peu, au profit des buveurs. Puis elle se trompa moins. Puis elle ne se trompa plus du tout. Elle attirait d'ailleurs les clients, car elle était jolie à croquer avec ses yeux félins et sa chevelure de mouton.

La plus difficile à apprivoiser fut la chatte noire. Madame Elise la gagna au moyen de boulettes de viande préparées spécialement à son intention, qu'elle disposait à travers la maison, si bien que Réglisse n'éprouva bientôt plus l'envie de s'échapper. Elle devint une pensionnaire à plein temps.

Le Cafetier Chabanne continuait d'exercer sa double profession comme avait fait jadis le Douanier Rousseau. Il essaya de la peinture abstraite, du dessin surréaliste, mais ne réussit point à y prendre intérêt. Les paysages seuls l'inspiraient, la rougeur des pouzzolanes, la grisaille des brumes d'automne, l'océan des nuages, le moutonnement des puys, la lessive bleue des lacs de cratère. Naturellement, il fit aussi trente portraits d'Octavie. Avec ou sans ressemblance.

— A présent, lui expliqua-t-il, tu ne peux plus vieillir. Tu es fixée à jamais sur mes toiles. Eternellement jeune.

Ils avaient à peine besoin de se parler, ils se comprenaient d'un geste, d'un regard, d'un sourire. S'ils ouvraient la bouche en même temps, c'était, quatre fois sur cinq, pour prononcer les mêmes mots. Rien n'était plus naturel, puisqu'ils se partageaient la même âme, celle de Christian Mestre, l'une par filiation, l'autre par transmigration.

Il fit l'expérience du cinéma et l'emmena un dimanche au Novelty. C'était *Marius*, d'après Marcel Pagnol. L'accent marseillais des acteurs la déroutait. Elle pouffait aux scènes dramatiques, elle pleurait quand le public riait. Il lui chuchotait à l'oreille des indications : celui-ci est un Lyonnais retraité ; celui-là commande un navire qui transporte des voitures ; ce gros est amoureux de Fanny, la jeune poissonnière ; elle est amoureuse du garçon de café, mais il ne s'en aperçoit pas.

D'une façon générale, elle n'était jamais très sûre de ses visions. Non point qu'elle fût myope ; mais elle interprétait mal les formes et les couleurs, confondant au loin un arbre avec un clocher, un rocher avec un char de bois, des maisons éparses avec un champ de coquelicots. Des confusions tantôt jolies, tantôt grotesques. « Ça ne fait rien, se disait-il avec délice. Si elle voit mal, je lui prêterai mes yeux. Si elle s'égare dans ses pensées, je penserai pour elle. » Ainsi, chaque jour que Dieu faisait, il avait le bonheur de se sentir à la fois un peu lui et un peu elle.

Au comptoir du Grillon vert, elle était une curiosité. Une « attraction », comme celles du Novelty. Elle attirait les clients comme le miel attire les mouches. Le comptoir faisait des affaires d'or. Chaque soir, en épluchant sa caisse, Henri Chabanne se réjouissait d'avoir une bru si décorative. Il ne se gênait pas pour la complimenter sans détour :

— Vous êtes le plus bel ornement de mon bistrot.

Elle regarda les *Places* de Clermont accrochées aux murs, peintes par le jeune Marcel, et éclata de rire.

La grâce de son onirisme avait transformé l'atmosphère. Aucun buveur n'avait un geste déplacé en sa présence, n'osait une plaisanterie douteuse. Il émanait d'elle quelque chose de presque sacré qui les tenait en respect. Nul ne songeait même à se moquer de la Beauté de Fontgiève, une pauvre vieille pute toute décatie, qui venait de temps en temps consommer un viandox.

— Voilà, Beauté, disait Octavie avec innocence, en la servant.

— Vous êtes un ange, répondait la pute.

Plus personne ne cherchait à la débarrasser de ses

rêves. Elle voyait le monde à travers un léger brouillard, qui lui fondait dans la bouche comme la barbe à papa.

C'est six mois plus tard qu'Henri Chabanne rasa sa putain de moustache hitlérienne.

Au cœur de l'Auvergne avec Jean Anglade…

Les ventres jaunes (n° 1960), *La bonne rosée* (n° 2090) et *Les permissions de mai* (n° 2162)

Cette belle série romanesque est un hommage de Jean Anglade à sa ville natale… Elle retrace l'histoire de l'étonnante et séculaire communauté des couteliers de Thiers à travers la chronique de la vie d'une famille.

Le saintier (n° 10516)

En 1732, Pardoux Mosnier, digne descendant d'une grande famille de fondeurs de cloches auvergnats, part à Moscou pour participer à la réalisation de la plus grosse cloche du monde…

Le jardin de mercure (n° 3265)

Au début du XXe siècle en Auvergne, la fille d'un gardien d'observatoire, qui vit avec les siens au sommet d'une montagne pelée et coupée du monde, se prend de passion pour la météorologie.

Y'a pas de bon dieu (n° 4361)

La vie de Jeannette Auguste, enfant trouvée recueillie par un curé de Corrèze : une jeunesse pieuse, un mariage sans amour avec un coiffeur de la Creuse, la guerre… jusqu'au jour où, en 1917, des troupes russes arrivent en renfort tandis que la révolution bolchevique gronde.

Un lit d'aubépine (n° 10145)

Entre 1902 et 1945, le destin des trois fils d'un gendarme corse en poste dans un village d'Auvergne : l'aîné prêtre, le second officier, le cadet voyou…

Le voleur de coloquintes (n° 1188)

Un Auvergnat quitte la ferme où il est né et découvre la ville, la guerre… mais il n'oublie ni ses racines ni sa philosophie, et reste, malgré tout, le "bougnat".

Un parrain de cendre (n° 4607)

"Tounette" est la dernière née d'une famille limousine de douze enfants. À quatre ans déjà, elle mène un troupeau de quarante moutons… jusqu'à ce jour de 1942, où, à dix-huit ans, elle quitte son pays.

La soupe à la fourchette (n° 4362)

En 1943, pour des raisons d'alimentation, les enfants marseillais sont envoyés dans les campagnes auvergnates. C'est ainsi que la petite Zénaïde arrive dans le Cantal, chez les Rouffiat, et se lie d'amitié avec leur fils Adrien.

La maîtresse au piquet (n° 10233)

Une jeune institutrice dévouée, en poste dans un quartier défavorisé de la banlieue parisienne, décide de refaire sa vie en Auvergne…

Une pomme oubliée (n° 1065) et *Le tilleul du soir* (n° 1824)

La vie de la vieille Mathilde, dernière habitante d'un petit hameau auvergnat à l'abandon, qui veille sur chaque maison, sur chaque pierre, et tente de retenir les "héritiers" qui repassent parfois, le temps d'un week-end. Dans *Le tilleul du soir*, elle se prépare à partir pour la maison de retraite.

… et Denis Humbert

La dent du loup (n° 10236)

Dans un paisible village auvergnat, un crime inavouable commis pendant l'Occupation resurgit, cinquante ans plus tard.

Un si joli village (n° 3337)

Un jour de 1962, la vie de Luc Meunier bascule : sa femme trouve la mort dans un accident de téléphérique et sa fille reste paralysée. Trois ans plus tard, il s'installe dans le massif du Sancy pour la rééducation de sa fille, tandis que s'y achèvent les travaux d'une station de ski…

La Rouvraie (n° 4372)

Contraint de quitter l'Afrique parce qu'il a aidé un ami africain à fuir les autorités militaires, Vincent Barilet retourne à Damery, dans le Bourbonnais, en quête de ses racines et de ses bonheurs d'enfant.

L'arbre à poules (n° 10519)

Dans un village d'Auvergne, quatre fils de paysans jusque-là sans histoire se prennent à rêver d'une autre vie et d'argent facile…

Il y a toujours un Pocket à découvrir

*Achevé d'imprimer en mai 2000
sur les presses de l'Imprimerie Bussière
à Saint-Amand (Cher)*

POCKET - 12, avenue d'Italie - 75627 Paris Cedex 13
Tél. : 01-44-16-05-00

— N° d'imp. 481. —
Dépôt légal : juin 2000.

Imprimé en France